MW00330306

Donde termina el mar

CLAUDIA MARCUCETTI PASCOLI

Donde termina el mar

 Planeta

Diseño de portada: Tania Villanueva
Ilustración de portada: Tania Villanueva

© 2018, Claudia Marcucetti Pascoli

Derechos reservados

© 2018, Editorial Planeta Mexicana, S.A. de C.V.
Bajo el sello editorial PLANETA M.R.
Avenida Presidente Masarik núm. 111, Piso 2
Colonia Polanco V Sección
Delegación Miguel Hidalgo
C.P. 11560, Ciudad de México
www.planetadelibros.com.mx

Primera edición en formato epub: julio de 2018
ISBN: 978-607-07-4987-2

Primera edición impresa en México: julio de 2018
ISBN: 978-607-07-4993-3

No se permite la reproducción total o parcial de este libro ni su incorporación a un sistema informático, ni su transmisión en cualquier forma o por cualquier medio, sea éste electrónico, mecánico, por fotocopia, por grabación u otros métodos, sin el permiso previo y por escrito de los titulares del *copyright*.

La infracción de los derechos mencionados puede ser constitutiva de delito contra la propiedad intelectual (Arts. 229 y siguientes de la Ley Federal de Derechos de Autor y Arts. 424 y siguientes del Código Penal).

Si necesita fotocopiar o escanear algún fragmento de esta obra diríjase al CeMPro (Centro Mexicano de Protección y Fomento de los Derechos de Autor, http://www.cempro. org.mx).

Impreso en los talleres de Litográfica Ingramex, S.A. de C.V.
Centeno núm. 162-1, colonia Granjas Esmeralda, Ciudad de México
Impreso y hecho en México – *Printed and made in Mexico*

Digamos que no tiene comienzo el mar:
empieza donde lo hallas por vez primera
y te sale al encuentro por todas partes.

José Emilio Pacheco, «Mar eterno»

Lejos del mar y de la hermosa guerra,
que así el amor lo que ha perdido alaba,
el bucanero ciego fatigaba
los terrosos caminos de Inglaterra.

Ladrado por los perros de las granjas,
pifia de los muchachos del poblado,
dormía un achacoso y agrietado
sueño en el negro polvo de las zanjas.

Sabía que en remotas playas de oro
era suyo un recóndito tesoro
y esto aliviaba su contraria suerte;

a ti también, en otras playas de oro,
te aguarda incorruptible tu tesoro:
la vasta y vaga y necesaria muerte.

Jorge Luis Borges, «Blind Pew»

1. Aurelio Autieri

Aurelio Autieri, el hombre que no había usado bufanda ni para surcar los mares del norte, se despertó con calor a pesar de que el termómetro marcaba doce grados. Lo invadió una sensación de liviandad tan intensa que temió que su espíritu se hubiese desprendido del cuerpo. Al girar la cabeza sobre la almohada, no sintió ninguno de los dolores que lo habían afligido en días recientes. Entonces despegó con recelo el párpado del único ojo con que veía nítidamente y reconoció el entorno en el que había vivido durante el último mes: la división de geriatría del hospital Santo Stefano en La Spezia, lugar reservado a los desgraciados de la provincia para que pasaran, bajo supervisión profesional, el periodo que de la vida los llevaría a la muerte. Ese limbo oscuro que, más allá de la experiencia, la sabiduría alcanzada o la lucidez conservada, los sobrevivientes experimentarían como el último enfrentamiento con sus capacidades: un pasaje en ocasiones despiadado, a veces tedioso y cada vez más largo llamado vejez.

En efecto, ahora Autieri era un viejo rodeado de esa maldita condición que lo marchita todo. Recordó lo que había leído en la biblioteca del epicentro de la ancianidad donde se encontraba. «VIEJO. Sinónimo de acabado, gastado, consumido, fracasado, arruinado y destruido». Eso decía el diccionario. Impulsado por la sensación de control que creía tener sobre su cuerpo y convencido de que no hay gloria alguna en la vejez, ni siquiera para quien aspire a vivirla entre hijos y legados, optó por abandonar las reflexiones filosóficas sobre su condición y la de quienes lo rodeaban. Mientras tuviera la posibilidad, actuaría.

Se incorporó con agilidad y se dirigió a la ventana. Cuando la abrió, una ráfaga de viento helado entró al cuarto y el enfermo de neumonía, que ocupaba la cama a su izquierda, se enfrió rápidamente. No conocía su apellido, tampoco la vida, desdichada o mediocre, que había llevado aquel hombre pálido y enjuto hasta la cama donde poco a poco se dirigía al final. La actuación de Autieri no estaba motivada por el altruismo eutanásico, simplemente despreciaba sentirse cómplice de una escena tan patética. Se odiaba a sí mismo y a todos los que podían recordarle su lento e inexorable declive. Además, odiaba tener calor. Así que poco le importó que el viejo de la cama 113 expirara su último aliento en la mascarilla de oxígeno que lo amordazaba.

El paciente del lado derecho, en cambio, comenzó, justo en ese momento y una vez más, a menearse en la silla de ruedas a la que la cuidadora en turno lo había amarrado desde la noche anterior para controlarle los espasmos del Parkinson. Al inhalar el sereno de la noche, que traía el olor del cercano mar Tirreno, Aurelio se sintió restablecido; le pareció que el zarandeo de su vecino era mucho escándalo y la vida de ese atribulado hombre un desperdicio. No, no lo aguantaría más. Tomó un paquete de cigarros y se lo mostró al anciano que, más allá de sus manos temblorosas y de su cabeza colgante, tuvo un destello en la mirada. Sediento de humo, o de muerte, su compañero de cuarto se esforzó en hacer rodar su silla tras el anzuelo. Siguiendo a Aurelio, salió de la escuálida habitación donde dormían para llegar a la puerta de cristal contigua, la que conducía a la escalera de emergencia exterior. Aurelio la abrió desactivando la alarma, como le había enseñado el enfermero con quien compartía nicotina a escondidas del doctor. El hombre de ojos tristes, funciones atrofiadas y jinete de un chirriante asiento metálico, se asomó al descanso de la escalera antes de recibir el leve empujón que le hizo continuar su trayecto hacia el vacío. Mientras caía, Aurelio se convenció de que la víctima estaba contenta de terminar su cautiverio. Cuando el hombre aterrizó en el siguiente descanso, varios metros más abajo, lo que quedaba de él era un enjambre de fierros y huesos. Aurelio se apoyó entonces en el quicio de la puerta y encendió el primer cigarrillo del día. Después de todo —pensó mientras calculaba en su reloj de pulso cuánto tiempo le tomaría al personal de guardia encontrar el cuerpo inerte—, la vida es una ilusión que puede terminar en cualquier momento.

Todo había comenzado el mes anterior, el día en que el exmarinero, de nariz recta y piel permanentemente bronceada, resbaló en el suelo del baño de su casa. Con el cuerpo boca abajo e incapacitado para moverse, tuvo que hacer un esfuerzo mayor para expandir los pulmones y recibir el aire necesario para hablar:

—Ayuda —masculló con la esperanza de que alguien lo escuchara, pero lo único que le respondió fue el eco de su voz reverberando en las baldosas de la regadera—. ¡Ayuda! —Nunca pensó necesitar la de nadie y, sin embargo, se esforzó por gritar, aunque no obtuviera respuesta.

Fue entonces cuando lo supo: aun si conseguía auxilio, la vejez, cuyos avisos llevaba tiempo recibiendo, había llegado en ese instante para quedarse. Para algunos, ese momento sucede al bajar de un auto, o al recibir una intensa punzada en la espalda mientras nietos e hijos lo esperan en la entrada del restaurante en el que los domingos revierten la culpa de abandonarlo el resto de la semana; otros lo experimentan con una risa que se convierte en tos y que no se detiene nunca. A él, Aurelio Autieri, se le había aparecido en el baño de su casa, sin siquiera una toalla en la cintura.

Pasó todo el día en el suelo, completamente desnudo, observando las letras emborronadas de los periódicos que servían de alfombra para el baño, maldiciendo su ancianidad, hasta que alguien escuchó sus imprecaciones y llamó a los primeros auxilios. Desde entonces, Aurelio tuvo claro que, incluso si los huesos rotos se restauraban, sus posibilidades, de ahí en adelante, serían limitadas; y cada día que pasaba analizaba sus opciones con más escepticismo: podía buscar una empleada extracomunitaria, las únicas dispuestas a cuidar a la tercera edad italiana, pero no quería ser uno de esos viejos apocados que pasean por los jardines públicos del brazo de una nana; podía internarse en una casa de reposo, lo que equivalía a cerrar los ojos todas las noches con la esperanza de no tener que abrirlos más; podía acabar con su vida de una vez, aunque desde hacía décadas no lograba desprenderse de ella; o quizás podría realizar la llamada que, al terminar el segundo cigarro de esa mañana, había decidido hacer.

El periódico local le había dado, justo un día antes, una razón más para llevarla a cabo: la última oportunidad para cobrar venganza acababa de aparecer entre los anuncios inmobiliarios y las noticias de deportes. ¡Ah, la venganza! Esa sí que reactiva las neuronas y restablece las coyunturas. Le conmovía ver cómo la vida otorgaba, de vez en cuando, posibilidades que aún lo estremecían. La venganza, hasta la más descolorida, hace vibrar incluso más que el amor.

Aurelio arrastró sus pantuflas de plástico azul hasta el buró de su habitación, en el que descansaba el teléfono. Encendió la lámpara de lectura, tomó su lupa y volvió a mirar el encabezado de la sección internacional del diario: «Fuente de la Juventud, el Mapa de un Mito». El título lo estremeció nuevamente, igual que el resto de la nota: «El empresario estadounidense David Hofman festejó sus ochenta años donando al Museo de Arte de Miami otro de sus tesoros: una colección de mapas antiguos, entre los cuales se encuentra el de la Fuente de la Eterna Juventud...». Hofman seguía vivo y se daba el lujo de donar precisamente ese mapa. Pero de cuál mapa se trataría, si el de la eterna juventud en realidad había desaparecido años antes. Una furia añeja emergió del recuerdo y se confundió con la que le producían en la actualidad esas dos palabras: *eterna* y *juventud*. Las repitió en voz alta:

la posibilidad de ser eterno y permanecer joven, en plena posesión de las facultades que comenzaban a hacerle falta, le molestó doblemente.

No era joven y ninguna fuente vendría en su ayuda. Si alguien lo auxiliaría sería él mismo. Nadie más.

Sin terminar la enésima lectura de la nota, Aurelio levantó la bocina y le pidió a la operadora que lo comunicara con el número escrito en un papel roído que sacó de una aún más roída cartera.

En Miami eran las dos de la tarde; después de unos cuantos sonidos, espaciados por sus respectivos silencios, se escuchó el «*Hello*» de un hombre forzado por su sentido de la responsabilidad a contestar todas las llamadas que recibía.

—Quiero hablar con mi hijo.

—¿Quién habla? —preguntó con voz alarmada.

—¡Carajo! Quiero hablar con mi hijo —gritó el viejo, activando el pequeño artefacto colocado en su oído derecho.

—¿Quién es? —repitió el individuo del otro lado del océano.

—¿Quién va a ser, Antonio? Tu padre… —Hubo un silencio incómodo.

Antonio, el interlocutor, tuvo ganas de llenarlo con un «No lo conozco» y colgar. No hubiera mentido demasiado: apenas conocía a ese padre lejano, geográfica y emocionalmente, pero Aurelio continuó.

—Estoy en el hospital y no va a ser por mucho. —Hizo una nueva pausa antes de formular su petición en el acento cadencioso y sensual de los argentinos—: Tenés que venir.

Después de una breve cavilación Antonio lo tuvo claro: si la llamada hubiera sido suya, no le habría gustado que su última voluntad fuera ignorada por su descendencia, así que preguntó:

—¿En dónde estás? —Lo hizo con desgano, mientras se resignaba a sacar papel y lápiz.

—Carajo, en el hospital, ya te lo dije.

—¿En qué hospital?, quiero decir —rebatió con los dientes apretados, para después apuntar las coordenadas, italianas, dictadas por la voz que no escuchaba desde hacía más de diez años.

Si Aurelio confió en que Antonio complacería su demanda fue porque el anciano contaba con la culpa y con la avaricia humana. El llamado de la sangre o el amor filial, por más que muy en el fondo le hubiera encantado que se manifestaran, los daba por descartados. Para él, aquellos lazos eran vanos, y si algo podía hacer que su único hijo atravesara el Atlántico para ayudarlo esto era la conveniencia o la obligación. Antonio apareció dos días después para enterarse de que su padre había sido internado de emergencia.

En el austero consultorio de paredes blancas, el médico a cargo del paciente Autieri fue pródigo en detalles, que le externó al recién llegado en un excelente inglés, perfeccionado durante su maestría en la Universidad de Oxford:

—Su padre tiene dos vértebras rotas a causa de una caída y de la osteoporosis que padece; diría yo, normal para su edad. Padece también una aguda sordera, secuela de una inmersión marina que le reventó los tímpanos y que corregimos con los aparatos que le colocamos en los oídos. Tiene, además, deficiencias venosa, cardiaca y pulmonar debidas a un estilo de vida con vicios, principalmente alcohol y humos, que no le hemos podido limitar.

Le explicó que existía también la necesidad de que a uno de los penetrantes ojos color gris azulado de Aurelio Autieri le removieran la catarata, que le nublaba la vista al punto de haber sido declarado legalmente ciego.

—Se trata de un procedimiento quirúrgico muy simple que ya le realizamos en el otro ojo y que podemos efectuarle a la brevedad, si usted lo autoriza.

—De acuerdo, pero no me corresponde a mí…

—Le corresponde, ya se lo explicará el asistente social que nos acompaña —dijo, mientras extendía la vista hacia un hombre de mediana edad que observaba callado la escena desde la retaguardia—. Es él quien lleva el caso de su padre, pero no se preocupe: por mi parte, resueltas estas nimiedades, doy de alta al paciente, que podrá vivir —expresó complacido el doctor— hasta los cien años.

«¡Veinte años más! ¡Y yo que había venido a acompañar las últimas horas de un moribundo!», exclamó Antonio en sus adentros, haciendo un esfuerzo por controlar las emociones encontradas, mientras balbuceaba distraídamente lo que solía preguntar de rutina:

—Y… ¿qué medicamentos está tomando?

—Ni siquiera analgésicos —reportó el doctor orgullosamente—. La única recomendación, ahora que por fin apareció un miembro de la familia, es que se ponga el corsé de metal, para que le inmovilice la espalda y los huesos vuelvan a su sitio. Por alguna razón le tiene aversión a ese aparato y no hemos logrado que lo use.

—¿Algo más que deba saber? —apuró Antonio algo destanteado.

—Habrá que llevar a cabo una inspección médica periódica y debe permanecer bajo vigilancia. Es un anciano convaleciente y no puede seguir viviendo solo… —concluyó con una sonrisa que por poco hace llorar a Antonio, y que le recordó el dicho «Hierba mala nunca muere»: había acudido a un funeral para el que faltaba mucho tiempo.

Antonio no tuvo más remedio que escuchar al asistente social, que había permanecido al interior del cubículo para aleccionarlo, ahora en el español aprendido en una misión en Nicaragua.

—Según la ley italiana, el señor Autieri es asunto de su total competencia. Me explico: supongamos que su padre deja un cigarrillo encendido y su casa se incendia, como ya sucedió una vez, por fortuna sólo parcialmente. En ese caso usted no sólo tendría que pagar los daños a terceros, sino que podría ser juzgado penalmente por responsabilidad civil. —El colaborador del Estado tenía la consigna de evitar una nueva carga para su país, ya sea que fuera en un asilo o en una cárcel. Por ello se había guardado de mencionar las misteriosas muertes de los compañeros de cuarto de Autieri, que ni siquiera habían sido investigadas, pues a nadie le había importado el deceso de dos viejos convertidos en un problema para sus familias, ni a él denunciar un caso cuyo desenlace sospechaba, pero que pondría el futuro de Aurelio en manos de la justicia italiana. Se limitó a advertirle que Autieri era un hombre poco apto para la convivencia con otros ancianos.

—Además —añadió—, aún está fuerte, entero, diría yo. No le corresponde un hospicio. Sólo necesita atención y algo de cariño. Y le sugiero que se los dé, no vaya a arrepentirse después…

Ante semejante chantaje, y también gracias al arraigado sentido del deber de Antonio, este asintió, para luego ir a sentarse a un lado de su padre, quien lo esperaba en la habitación.

—¿Qué opinarías de visitarnos en Miami?

Al escuchar las palabras de su hijo, Aurelio sonrió con sorna y emoción al mismo tiempo: se había salido con la suya. Del otro lado del océano, no sólo vería a su nieto, sino que recibiría atenciones y, sobre todo, podría cobrar una última cuenta pendiente: la que tenía con Hofman.

La última vez que Aurelio había estado en Miami, la Ciudad Mágica, iniciaba 1962, el año en que el papa Juan XXIII excomulgó a Fidel Castro y los Beatles grabaron su primer éxito: «Love Me Do». El año en que Antonio fue concebido.

Un domingo, mientras paseaba por Ocean Drive, Aurelio vio por primera vez a Gloria, quien se convertiría en la madre de su único hijo. Llevaba puesto un sombrero tan grande que despertó en el italiano la curiosidad de saber cómo era el rostro que remataba el cuerpo espigado y entaconado que lo presumía. Gloria era una mujer muy blanca, de ojos claros, que le daban una apariencia más sueca que cubana, aunque esta última fuera su nacionalidad. A pesar de los piropos que Aurelio le lanzó en diversos idiomas y que la hicieron sonrojarse y sonreír, no logró verle la cara hasta que se dirigió a ella en español, después de haberla perseguido por algunas cuadras. Si por fin había aceptado conversar con él era porque, en su esencia práctica y calculadora, deseaba explorar mejores opciones que las que tendría viviendo con sus parientes en Hialeah, en una casa a la que no dejaban de llegar exiliados.

Poco tiempo antes, Gloria había trabajado como vendedora de la boutique más lujosa de La Habana. Después de festejar el triunfo de la Revolución, que en su momento le pareció una mejor alternativa al gobierno de Batista, optó por dejar la isla y también a su esposo, un simpatizante de Fidel. Lo decidió al día siguiente de que unos guajiros armados con machetes desfilaran frente a la tienda, que hacía tiempo no era abastecida con mercancía ni recibía clientes. Gloria concluyó que aquello no conduciría a nada bueno y, sin despedirse de nadie, solicitó el permiso para salir de vacaciones, con la excusa de visitar a unos parientes que vivían en Jamaica. Una vez en Kingston, a donde llegó en un vuelo atiborrado de compatriotas, pidió formalmente asilo a los Estados Unidos. Al igual que a los miles de cubanos que entonces tocaron el suelo de la Florida o pretendían hacerlo, el asilo le fue concedido. Al principio de su estancia en Miami se sintió cómoda, pero al cabo de un tiempo tuvo la necesidad de salir de una casa que se había convertido en campamento.

Desde ese primer encuentro con Aurelio, cuando él hizo todo lo posible por llamar su atención, vio a ese hombre de piel curtida, veinte años mayor que ella, aunque con bastantes menos prejuicios, como su salvación. Fue hasta más tarde que supo que sería su condena.

Una condena que ya daba por expurgada, hasta que su hijo Antonio le informó que Aurelio llegaría a «Mayamí».

Casi cincuenta años después de su última visita, y tras diez horas de abstinencia de nicotina, Aurelio Autieri aterrizó en el Aeropuerto Internacional de Miami, un enredo de hangares, túneles de abordaje, pistas y pasto; que hasta 1988 había llevado el nombre de uno de esos políticos a los que nadie honra ni recuerda.

Más que una ciudad americana, Miami era una capital tropical. Larga en rumores, corta en memoria y construida sobre la quimera del dinero fugado; así la describió Joan Didion en los años ochenta. Pronto Aurelio se dio cuenta de que ese concepto no había cambiado, aunque desde la ventanilla del avión, y gracias a sus liberadas córneas, alcanzó a ver cómo la ciudad se había desparramado en una larga, ancha y tupida estela de luces coloradas que brillaban paralelas a las tiras de agua que la rodeaban.

Mientras el auto que los había recogido recorría los *expressways*, Aurelio miraba, ahora de cerca y con curiosidad, la tierra que un siglo atrás había sido una plantación de cocos infestada de ratas, conejos y mosquitos, y que ahora se había convertido en una urbe habitada por las más diversas especies.

Antonio, desde el asiento de cuero color miel, cómodo como el de una sala, intentaba mostrarle la ciudad a través de su propia mirada: «Ese es Downtown, el centro administrativo del condado», señalaba con el dedo, mientras el chofer deslizaba velozmente las ruedas del elegante automóvil sobre el concreto armado. «Brickell, el corazón financiero. Allí tengo mi oficina», continuó, señalando a través del cristal del vehículo. «Por este canal pasan todas las tardes los cruceros que van al Caribe, desde la casa los vemos mientras tomamos el aperitivo. A tu izquierda puedes ver las islas de Hibiscus, Palm y Star Island, donde están las mansiones de los más ricos. Uno de mis socios vive allá. Al frente tienes la silueta de South Beach, la playa, con sus rascacielos y el distrito Art-Deco»; concluyó sin alardear que, gracias a la reciente crisis inmobiliaria de 2008, había comprado un *pent-house* muy por debajo de su valor en el edificio más caro al sur de la calle Cinco. Aurelio escuchaba sin pronunciar palabra, limitándose a mirar la hora, a emitir gruñidos y a forcejear de vez en cuando con el corsé de fierro, que había aceptado ponerse sólo para amortiguar el golpeteo del viaje. Al ver el letrero que indicaba el camino hacia Key Biscayne, preguntó si ahí era donde se encontraba el Museo de Arte de Miami. Antonio, un coleccionista apasionado de arte contemporáneo, asintió un tanto sorprendido por la pregunta.

—No sabía que te interesara el arte —dijo, con la esperanza de encontrar algún punto en común con su padre.

—Hay mucho que no sabes de mí —amenazó Aurelio, al tiempo que intensificaba su forcejeo con el corsé que lo constreñía.

Justo antes de cruzar el último puente hacia South Beach, el vehículo giró hacia una plazoleta escondida detrás de unos setos, a un costado de la capitanía del puerto, y se encaminó a una de las hileras de autos que hacían cola para subirse al ferri. Cuando el chofer bajó la ventanilla, un hombre vestido de oscuro, pese al calor, saludó a Antonio con sonriente familiaridad.

—Bienvenido a casa, doctor Autieri —dijo e ingresó las placas del vehículo en el dispositivo que sostenía en la mano.

Gracias a esa interacción, Aurelio pudo percibir la brisa marina. El aroma salado y fresco que solía inyectarle vitalidad invadió el interior del auto a pesar de que el aire acondicionado estaba encendido. La brisa lo había excitado y se aferró a las varillas del corsé como si quisiera romperlas. No sabía aún que iba a entrar a la isla con mayor ingreso per cápita del mundo, cuyo club ostentaba una de las membresías más caras en los Estados Unidos; fue su hijo, enfundado en unos pantalones de piqué a rayas y con una actitud de modesta zozobra, quien trató de explicárselo:

—Fisher Island es un conjunto residencial muy tranquilo y exclusivo del cual no hace falta salir: hay marina, club de tenis, golf, gimnasio, supermercado y todas las amenidades, además de las playas más bonitas y el mejor clima del mundo. Vas a ser feliz aquí.

La última vez que alguien le dijo a Aurelio que iba a ser feliz en una isla fue en 1959: el sitio se llamaba Cuba. Su recuerdo era una invasiva sensación de claustrofobia.

—¿Querés decir que cada vez que quiera salir de aquí tendré que tomar el ferri o nadar? —se quejó Aurelio, apretando el botón recién localizado para bajar su ventanilla.

En la chata y chaparra plataforma del barco que estaba a punto de zarpar del muelle flotante seguían acomodándose los últimos autos, todos relucientes, todos importados.

Al percibir la silenciosa frustración de Antonio, Aurelio continuó provocándolo:

—Voy a quitarme esta jaula —declaró al percibir el movimiento del ferri, una de sus sensaciones favoritas, mientras empujaba las barras de metal que ceñían su pecho, sin poder liberarse.

Antonio seguía sin contestar, cansado del viaje y de esa súbita e intensa convivencia con su padre.

—¿Qué horas tenés? —volvió a la carga Aurelio, dejando por un momento la lucha con el corsé.

Su hijo contestó sin mirar el reloj:

—Las nueve y media.

—¿Y los minutos no cuentan? Hay insectos que viven apenas unos segundos, posible que no te…

—Nueve treinta y dos —se rindió Antonio ante la exigencia de puntualidad del viejo, que de ahora en adelante, y a pesar de la reticencia de ambos para que así fuera, estaría bajo su cuidado.

Cuando el transbordador llegó al otro lado del canal, el auto descendió a tierra y comenzó a transitar por una calle angosta, cuyo límite de velocidad eran veinte kilómetros por hora. La flanqueaban esbeltas y arqueadas palmeras, rodeadas por jardines tan aseados que a Aurelio le dieron ganas de despeinarlos.

El automóvil se detuvo frente a una de las muchas construcciones de varios pisos que se multiplicaban en la isla: todas uniformadas de beige, todas recubiertas de piedra caliza y con cierto aspecto a tramoya teatral. Torres de techos de tejas y pórticos en versión multifamiliar de lujo, cual haciendas verticales o villas italianas al mayoreo. ¿Qué lugar era ese? ¿Qué le había sucedido a esa isla que en sus tiempos había sido la residencia de una sola familia?, se preguntó Aurelio al bajar del auto y ver el mastodóntico edificio que tenía enfrente.

El acomodador de autos los recibió con entusiasmo —característica requerida a los trabajadores de la isla— y recogió el equipaje en la bahía de recepción, una media luna de asfalto delimitada por hortensias. Antonio, Aurelio y sus respectivas maletas —una, pequeña, de piel de cochino, muy desgastada, y con dos cinturones apretándola; la otra, de ruedas multidirigibles, negra, dura y muy nueva— se introdujeron al vestíbulo de doble altura que los condujo hasta una gran puerta de madera. Parecía el portón de un antiguo templo hindú. Y lo era.

La esposa de Antonio, una mujer de edad difícilmente adivinable, pasaporte mexicano y que respondía al nombre de Maripaz, abrió la puerta con una sonrisa, justo en el momento en que Aurelio, después de haber maniobrado exhaustivamente con el corsé, lograba al fin quitárselo. En sus veintiséis años de casada había visto a su suegro sólo una vez, y no esperaba que en ese encuentro le tendiera un armatoste de fierro en lugar de la mano.

—Bienvenido —dijo incrédula al recibir el corsé, que apoyó en una esquina para que nadie fuera a tropezarse. Se había propuesto aceptar a su suegro en su hogar con toda la amabilidad y compasión de la que era capaz. Consideraba importante que su marido se reconciliara con él antes de que su padre desapareciera de este mundo y lo torturara desde el otro.

—Gracias —contestó Aurelio e inmediatamente después le guiñó y la revisó de pies a cabeza. Concluyó que el rostro de su nuera había envejecido muy poco para la edad que debía tener. ¿Habría encontrado la Fuente de la Eterna Juventud?, se preguntó.

Aurelio sintió entonces que alguien lo miraba de reojo y sin curiosidad desde el área menos alumbrada de la sala.

—¿Julio? —inquirió el viejo acercándose, convencido de que se trataba del niño que no había vuelto a ver desde hacía más de una década, la única vez que su hijo, su nuera y su nieto lo habían visitado en Italia.

—No. Ella es Sofía —aclaró Mapi, como se hacía llamar Maripaz, y completó la oración con una poco convencida aserción—: la princesa de la casa.

—Parece hombre —espetó Aurelio, que detestaba la moda de vestirse unisex y recién descubría, detrás de unos lentes de armazón grueso, los ojos que lo miraban ausentes, enmarcados por un cabello color azabache, remate de un cuerpo cubierto por una camisa demasiado holgada. Aurelio nunca habría imaginado que semejante estampa escondiera una niña llamada Sofía. Una nieta que apenas le dijo «Hola», aunque en ese momento el recién llegado prestó poca atención al distanciamiento con el mundo de la adolescente, que continuaba inmersa en su teléfono. Él también tenía otras preocupaciones.

—¿Y Julio? Así se llama su hijo, ¿no? —insistió Aurelio dirigiéndose a Mapi.

—Julio tiene veinticuatro años ahora, y Sofía catorce, casi la misma edad en la que lo conociste a él… —aclaró Antonio mientras se sentaba en uno de los sillones de la sala, a un lado del que había elegido su esposa.

—Julio está haciendo unas prácticas universitarias en Londres. Es doctor como su padre… Pero ya habrá tiempo para platicar. Supongo que estás cansado. ¿Quieres tomar algo? —ofreció la esposa de Antonio con diligencia, mientras Sofía seguía tan indiferente a la escena que parecía estar en otra parte.

—Una botella de whisky —contestó Aurelio encendiendo un cigarrillo.

Mapi volteó a ver a su esposo, alarmada.

—¿Es broma? —carraspeó mientras calibraba la posibilidad de que su suegro fuera un alcohólico.

—Lo de la botella sí, pero ¿podés servirme un whisky doble sin hielo? —y añadió—: ¿Tenés Chivas?

—¿No prefieres un vaso con agua? Volar deshidrata y... —farfulló confundida Mapi, mientras veía con preocupación cómo se llenaba la sala de humo.

—¿Agua? Ni para bañarme.

Antonio se levantó a buscar el trago de su padre en la cocina. Necesitaba un lugar donde apartarse y darse cuenta de que había introducido a su casa a un hombre que desconocía y cuyo estilo de vida podía causarles conmoción a los suyos. Señales para estar nervioso había habido de sobra.

Durante el periodo transcurrido en Italia, mientras esperaba a que dieran de alta a su padre y procedían a cumplir con los trámites administrativos de un país extremamente burocrático, Antonio no había tenido muchas oportunidades de hablar con Aurelio. Su prioridad entonces había sido la de regresar a Miami lo más pronto posible, por lo que se dedicó a resolver las muchas cuestiones prácticas relativas al cambio de vida de su predecesor. Lo que más vívidamente recordaba de ese par de semanas de estancia eran las catorce veces que había tenido que llenar el requerimiento E53 y los once sellos de las dependencias que tuvo que visitar para conseguir la aprobación y poder mudar a su padre. Durante su estancia no intimaron más allá de lo necesario. Ambos se habían limitado a intercambiar información sobre asuntos de orden pragmático, dejando fuera los más íntimos. Llevaron a cabo las formalidades para la renovación del pasaporte que Aurelio había extraviado y que insistió en tramitar con su segundo nombre, Marco, sin que Antonio entendiera bien por qué; programaron la cirugía de ojo a la que fue sometido; discutieron sobre qué hacer con las rentas que percibía Aurelio por sus propiedades, que no aumentaban desde hacía veinte años; se ocuparon de comprar ropa para que el viejo llegara a Miami presentable, así como de los detalles concernientes a la restauración de su casa, un asunto álgido.

Antonio había encontrado la residencia de su padre en condiciones deplorables: cuadros clavados en las contraventanas de madera carcomidas por la polilla, vidrios rotos, un foco fungía de candelabro en el salón, no había agua caliente ni calefacción, las sábanas de encaje del ajuar de su abuela eran usadas de estropajos y el piso del único baño en funcionamiento —cuya taza estaba cubierta por una costra de mugre— se encontraba tapizado con papel periódico. El resto del departamento yacía bajo una gruesa alfombra de polvo compacto. Sólo se salvaba de la mugre incrustada una mesa repleta de periódicos, cajetillas de cigarros y botellas de vidrio verde sin etiqueta: un panorama revelador de la vida del propietario, convertido para entonces en una especie de vagabundo. ¿Cómo alguien en su sano juicio y con los medios económicos suficientes para sustentarse de forma digna podía vivir de esa manera?, se preguntaba Antonio. Acabó por concluir lo que desde Italia lo atormentaba: estaba tratando con un desequilibrado, encima senil y ya no había manera de evitar esa convivencia.

Regresó a la sala con tres copas de vino, como si estuviera atendiendo a un invitado cualquiera. Aurelio bebió vorazmente una de ellas y anunció que iba a acostarse. Desconcertados, los anfitriones lo condujeron a la habitación destinada a las visitas y se retiraron en silencio, cada uno preocupado a su manera por lo que les esperaba.

Esa noche, Aurelio durmió gracias al tranquilizante que su hijo le puso a escondidas en la copa.

A la mañana siguiente, Antonio se levantó al amanecer. Vestido con bóxers y la playera de hilo de Escocia que usaba para dormir, se dirigió a la recámara de Aurelio. La encontró vacía. Alarmado, salió a buscarlo. Lo halló en el andador que conducía a la playa, fumando un cigarrillo. Por primera vez desde su reencuentro parecía estar en paz. Miraba el mar, que se extendía plácido frente a él.

—Buenos días, ¿descansaste? —preguntó Antonio, tratando de sonar ecuánime.

—A mi edad dormir es absurdo —fue la demoledora respuesta.

—Ven, te enseño los alrededores —le propuso, aliviado de encontrarlo con bien. Aurelio, envuelto en un pijama celeste de perfiles azul marino, asintió y comenzaron a caminar en silencio hacia la playa desierta. El sol naciente y luminoso parecía evidenciar la incomodidad que invadía a Antonio en esos primeros pasos rumbo al mar. No encontró qué decirle a aquel hombre en el que aún no había logrado reconocerse. Ya no había asuntos pendientes con los cuales evitar la intimidad: había llegado la hora de que padre e hijo tuvieran un diálogo más cercano. Pero Antonio se rehusaba a comenzar; todavía no superaba el abandono de un hombre que no se había dignado a buscarlo hasta que lo necesitó y a quien ahora él tenía que rescatar obligatoriamente. El mutismo siguió hasta que Aurelio rompió el silencio. El pavimento había terminado bajo sus pies y sus plantas desnudas pisaron la arena cuando se pronunció:

—Odio la playa.

La tajante declaración obtuvo la única respuesta que se le ocurrió al mortificado Antonio:

—¿Cómo es posible? Si pasaste la mayor parte de tu vida en el mar… Siempre te apasionó, ¿no? ¿Cómo puedes decir algo así?

Aurelio continuó dando pasos cortos hacia el horizonte sin responder. Antes de llegar al agua se detuvo para mirarse los pies apenas hundidos en la arena; cuando el agua que lame la rompiente los alcanzó, cerró por un instante los ojos. Los volvió a abrir para darle una bocanada al cigarrillo, que llevaba entre los dedos amarillentos. Al mirar hacia delante estimó que había llegado el momento de las explicaciones:

—La odio porque es donde termina el mar.

Antonio, que lo había seguido hasta allí, quedó desconcertado frente a esa consideración, que casualmente él siempre había visto al revés: ¿no era ahí donde comenzaba? Aurelio aprovechó el silencio para completar su idea:

—Me gustaba navegar. Ahora, en cambio, paseo por la orilla, observo desde la tribuna; la maldita playa me lo recuerda.

—Bueno, en la vida hay un momento en el que uno se sienta y goza del panorama. —Algo conmovido, Antonio intentó la vía de la conciliación o, más bien, de la resignación—. Tienes casi ochenta años... ¿Por qué no te relajas? ¿Quieres nadar?

—No lo hago desde hace mucho —contestó Aurelio, balanceándose sobre los pies.

—¿Por qué?

—¿Qué hora tenés? —preguntó, ignorando la conversación previa.

—Las siete cincuenta y cinco —contestó Antonio, haciendo un esfuerzo por concederle la precisión que su padre demandaba, mientras lo tomaba del brazo para seguir caminando. Después de avanzar un poco más, Aurelio se volvió de nuevo hacia él.

—No pensaba llegar a viejo, pero ese hijoeputa de Dios me las quiere cobrar todas... —dijo llevando la mirada al cielo—. Y sí, desafortunadamente Dios existe.

—¿Cuándo lo descubriste? —preguntó Antonio con un dejo de sorpresa y otro de ironía.

—No me estaría arrepintiendo de mis pecados si no.

—Tal vez encontraste tu conciencia... —arriesgó a decir el hijo sin ocultar cierto resentimiento.

—¿Esa? Ojalá la hubiera perdido. No, es obra de Dios. Aunque Dios es sólo un apodo, de pila se llama Miedo.

—No has cambiado tanto, entonces...

—Te equivocás. Yo miedo nunca tuve, y este penoso apego a la vida tampoco: me aferro a ella como si fuera un chaleco salvavidas y no supiera nadar.

—Me contó mi madre que eras un pez... —bromeó Antonio, queriendo aligerar el tono de la conversación.

—Un pez que no se atreve a entrar al agua. —Aurelio miró a su hijo, sin moverse—. Nada es igual…, aunque algunos sentimientos persisten —dijo, sorprendido de sus propias palabras.

Antonio se quedó perplejo ante esa repentina emotividad y pensó que conduciría a su padre a expresarle su cariño o al menos a justificarse por haberse desentendido de él, pero no fue así:

—Mi amor hacia el mar es el mismo —declaró Aurelio mientras miraba la espuma blanca coronar las olas que se diluían, una tras otra, en la cristalina ensenada donde paseaban—. No recuerdo cuándo me percaté de ello, pero puedo describirte la primera vez que lo vi como una salvación.

En la lejanía apareció Maripaz:

—¡Aurelio! ¡Antonio! —Este último volteó a verla, mientras su padre ignoró el llamado.

—Fue cuando me tiré al agua desde la cubierta de un buque bombardeado a pocos metros del muelle, allá en el puerto de La Spezia. Después de saquear lo poco que le quedaba, los otros jóvenes de la zona y yo usábamos esa nave como punto de encuentro. No teníamos muchos pasatiempos entonces.

—¡¿Vienen?! —La voz se escuchó más cerca, y Antonio le hizo una seña a su esposa para que se callara. Aurelio, en cambio, no parecía estar al tanto de la presencia de su nuera.

—La guerra acababa de terminar y recuerdo ese primer baño como si fuera hoy. Mi padre había muerto en el frente y mi abuelo se tiró por la ventana al enterarse de la pérdida de su único hijo.

—Debió ser un dolor muy grande el suyo —dijo Antonio, imaginando la devastación que lo azotaría si alguno de sus hijos muriera.

—Dolor el mío, que estaba vivo en medio de la desesperación. Me entraron tantas ganas de desaparecer que cuando me zambullí en el mar pensé que tenía la fuerza de nadar hasta América. Fue entonces que decidí embarcarme en la primera nave que zarpara hacia allá.

—¿Cuántos años tenías? —alcanzó a preguntar Antonio, turbado por la historia que había heredado en la sangre.

—Diecisiete —contestó su padre. Poco más de la edad de Sofía, pensó Antonio. Pero Aurelio continuó—: Mi madre estaba tan afectada que me había internado en un colegio de sacerdotes, más que estrictos, sanguinarios. Mi intención al partir era vengarme.

—¿De ella? —dijo Antonio, que al creer imposible odiar a una madre, replegó de inmediato—: ¿O de los frailes?

—De los americanos. Los aliados que mataron a mi padre durante el desembarco en Sicilia. Fueron ellos los que asesinaron, de algún modo, también a mi abuelo.

—No entiendo cómo pensabas lograrlo —reflexionó Antonio, constatando la magnitud del drama que había vivido aquella familia que no acababa de sentir suya.

—Yo tampoco. Lo único que deseaba era matar americanos y preñar americanas. Pero, cuando llegué a Nueva York y vi a las viudas de los *marines* esperando los cuerpos de sus maridos en el puerto, entendí que sufrían igual que nosotros.

—¿Por eso desististe?

—No. Fue porque durante la travesía alguien me prestó *Moby Dick*.

—¿Un libro calmó tu ira?

—No calmó mi ira, me cambió el rumbo. Seguía creyendo que tenía que hacerle pagar a alguien mis odios, pero cobrárselos a una ballena me pareció más viable que a un pueblo entero —dijo, al recordar todo el coraje que la muerte de los hombres de su familia le había provocado—. Quería ver sangre y compensar mi dolor con el de otros.

Hubo un breve silencio. Antonio, acostumbrado a ocultar sus sentimientos, detuvo las lágrimas que estaban a punto de brotarle y aprovechó para cambiar de tema:

—El desayuno está listo. Hace hambre, ¿no? Y yo debo irme a trabajar.

Aurelio, que también había tenido suficiente de confesiones, volvió a su pregunta más recurrente:

—¿Qué hora tenés?

—¿Y tu reloj? —preguntó a su vez Antonio.

—Lo olvidé —contestó, mostrándole la franja de piel blanca, donde usualmente traía su aparato favorito, en contraste con su muñeca bronceada.

—Recuérdame revisar también tu aparato del oído: se me hace que se descargó la batería. No estás escuchando bien.

—¿Qué hora tenés? —repitió Aurelio.

—Es tarde ya —concluyó Antonio tomándolo del brazo.

Aurelio se encaminó junto a su hijo de regreso a la casa, sin dejar de mirar los puntos blancos que aparecían alternadamente en el horizonte. El sol resplandecía, el viento soplaba cada vez más fuerte y los quiebres de agua indicaban un mar picado. A pesar de las olas, una embarcación se deslizaba sin aparente esfuerzo sobre la línea que dividía el mar del cielo. La última afirmación de Antonio, que por alguna extraña razón había escuchado perfectamente, retumbó en sus oídos cansados. Sí que era tarde: tarde para preocuparse por la hora y hasta para vengarse, pero sobre todo era tarde para seguir viviendo. Viviendo una vejez lenta y desconsiderada, eludible sólo a través del recuerdo. El recuerdo de una ballena, la primera responsable de su presencia en Miami, la ciudad que alguna vez le pareció mágica. Una ballena que marcaba, si no el origen de todos sus males, por lo menos uno que aún le hacía hervir la sangre, le despertaba la curiosidad y, de alguna extraña manera, lo conectaba con el amor.

11. La ballena yanqui (1945)

No era cualquier ballena. Aurelio la llamaba Yanqui, aunque, en realidad, de estadounidense no tenía nada: ni en sus migraciones más largas se había acercado siquiera al norte de América. Le había puesto ese nombre para que le recordara a los yanquis que mataron a su padre. A Yanqui la habían perseguido desde que salieron de Puerto Pirámides, en la Península de Valdez, el pedazo de tierra caprichosa que invadía el mar de la Patagonia argentina. Dieron con ella al sur, en algún lugar entre el Golfo Nuevo y las Islas Malvinas, sin que Aurelio pudiera precisar exactamente dónde. El mar abierto es así: una vasta y democrática llanura que, al no discernir latitudes, credos o países, es igual para todos. Para entonces, el azul que los rodeaba era una inagotable presencia y su odio un hoyo profundo.

Yanqui no era ni tan mala ni tan grande como Moby Dick pero, salvo una que otra lagartija y varios pájaros ultimados a lances de resortera, fue el primer ser viviente que Aurelio tenía la oportunidad de matar, con el que pudo cobrarse una suerte de venganza. Una faena que comenzaría con el dardo mortífero que el arponero en jefe, un uruguayo de barba hirsuta y piel escamada, había acordado dejarle lanzar.

La nave en la que viajaban, de formas toscas pintadas de blanco y rojo, perforaba la espuma de las olas en su avance hacia la cola oscura y alegre que de pronto salía del agua, retorciendo su inmenso cuerpo en el aire con los brincos de un acróbata. A pesar del ansia que esa persecución le provocaba, Aurelio se concentró en la mira del arma. Recordó el *Pequod*, el barco arrastrado por Moby Dick hasta el hundimiento. Por un instante sintió el mismo miedo que había padecido durante los bombardeos, recurrentes en La Spezia, por ser un puerto militar. Pero no iba a correr al refugio. Tenía que ganar, por lo menos esta guerra. Si no lo hacía, perdería su haber más preciado, el único que había traído de Italia al desesperado viaje en el que se escapó de todos y de todo. Con tal de convencerlo para que lo dejara faenar, le apostó al arponero la vieja pluma de oro con dos zafiros que había pertenecido a su padre, y al padre de su padre. No es que Aurelio tuviera intención de usar de algún otro modo ese amuleto, pero lo consideraba el recordatorio de una posibilidad de vida en su país natal, y hasta entonces no había querido prescindir ni de una ni del otro. Había llegado el momento de arriesgarlo todo y de cortar cualquier liga con su pasado.

Hubiera podido ser una apuesta más, de las tantas concertadas entre los miembros de la tripulación, que flotaban en el mar y en una soledad compartida. La misma tediosa soledad que los empujaba a buscar distracciones, no sólo de su rutina, sino del recuerdo de quienes los esperaban en tierra y sobre todo de los que no. Aurelio, desde niño un lector afanoso, había convencido a sus compañeros de hacer una colecta periódica para comprar libros que los entretuvieran en las larguísimas travesías. Más allá de esta noble costumbre, la diversión más recurrente a bordo era la apuesta. Los tripulantes competían por todo tipo de retos: qué gaviota pescaba antes que otra, quién se tragaría más rápido la sopa en la cena, cuál adversario sería sometido en las vencidas o en los juegos de naipes disputados en sus camarotes. Hubiera podido ser una apuesta más, pero Aurelio soñaba con matar al animal que ahora mismo intentaba escapársele y demasiado sueño se le había convertido en pesadilla. Por eso había comprometido no sólo su posesión más preciada, sino el único objeto que lo mantenía en contacto con sus raíces. La batalla que ya daba de qué hablar entre sus compañeros y la derrama de especulaciones en su contra había llegado hasta el cocinero, quien se había jugado su navaja favorita:

—No alcanzará a darle en su primer intento… Va a desperdiciar el tiro —le aseguró a uno de los maquinistas que defendía a su elegido con sus ahorros y su lógica:

—Si el chabón jugó su pluma, es porque está seguro de ganar.

Para entonces, Aurelio había participado en el destace de muchos cetáceos como ese, de los que llevaban el nombre científico de *Eubalaena australis,* conocidos comúnmente como «ballenas francas australes». «Francas», porque constituyen la única especie, entre las varias similares, que al morirse quedan en la superficie, lo que facilita la recuperación del cuerpo. «Australes», porque viven en la zona más al sur de los océanos Índico, Pacífico y Atlántico. Esta era la primera vez que le habían concedido hacer una presa solamente suya, por eso había decidido llamarla Yanqui, para que fuera portadora de sus odios más profundos. Era su momento para satisfacer una frustración y un enojo que no habían cesado desde que decidió embarcarse y darle cauce a su venganza. No podía fallar.

Con el corazón acelerado y un nutrido grupo de marineros observándolo, Aurelio puso el ojo derecho en la mira. Cuando Yanqui se asomó al círculo negro del lente que le apuntaba, el italiano lanzó el arpón, que salió volando cual lengua de serpiente. El público quedó suspendido en la incertidumbre, mientras seguía con la mirada la trayectoria del proyectil destinado a procurarles, o quitarles, sus postas.

Veintitrés meses, dos semanas y un día antes de esa apuesta, Aurelio había desembarcado en el puerto de Nueva York a través de Ellis Island, la puerta de entrada a Estados Unidos para los inmigrantes venidos del otro lado del Atlántico. Recién había terminado de leer a Melville y lo primero que divisó en puerto, cuya estatua de La Libertad daba la bienvenida a los viajeros, fue un barco llamado *Nantucket*. Estaba atracado entre dos buques de guerra, desde los cuales unos uniformados iban descargando ataúdes cubiertos por banderas de rayas rojas y estrellas blancas. Aquello fue para Aurelio una ecuación de factores decisivos: el efecto del libro recién leído se mezcló con su deseo de aventura, que fue eclipsando al de venganza. Como resultado, se embarcó de nuevo, ahora en el *Nantucket* y a escondidas, pues ya no tenía dinero para pagar otro pasaje. Supuso erróneamente que ese bote se dirigiría a la isla vecina, cuyo nombre llevaba escrito en la proa, es decir, al sitio donde el protagonista de *Moby Dick* se embarca. Nunca imaginó que el *Nantucket* había sido un navío militar adecuado para que fungiera como ballenero y vendido a su vez a una empresa argentina dedicada al lucrativo negocio de la cacería de mamíferos marinos. A pesar de la restricción que desde 1935 las organizaciones internacionales le habían impuesto, este tipo de comercio seguía siendo, en la pobreza de la posguerra, una manera efectiva de conseguir dinero por los miles de litros de aceite que el cuerpo de cada víctima ofrecía.

Cuando el *Nantucket* se encontraba en el largo del Triángulo de las Bermudas, el polizón, harto de estar encerrado, salió a cubierta y se armó tal zafarrancho que incluso el capitán acudió a interrogarlo.

—¿Cómo te llamas? ¿De dónde eres? ¿Quién te ayudó a subirte a mi barco? —vociferaba el comandante, convencido de que alguno de sus hombres lo había escondido a sus espaldas.

Aurelio no contestaba, y eso enfurecía aún más al oficial. No había entendido aún que el italiano no hablaba inglés ni español y había dejado de esconderse sólo porque llevaban más tiempo navegando del que le había tomado llegar a América y temía que lo estuvieran regresando a Europa.

—Al agua —ordenó el mandamás del barco, dispuesto a tirarlo por la borda de tan enojado que estaba.

Un marinero holandés a cargo del aseo fue quien se apiadó de la situación, pues alguna vez él había estado en la misma circunstancia.

—Patrón, considere que yo sí podría usar ayuda extra con la limpieza. Esta bola de marranos, ensucian de más… —dijo señalando a algunos de sus compañeros que presenciaban la trifulca.

El capitán, un hombre práctico, al tanto de que en el mar la fuerza humana es un aliado poderoso, accedió sin demostrar que se ablandaba:

—Sólo mientras llegamos al siguiente puerto. No voy a tolerar insubordinaciones.

Y fue así como Aurelio tuvo que fregar pisos y destapar baños hasta alcanzar la ciudad de Fortaleza, en la costa brasileña. Cuando llegaron, nadie pensó echarlo, ni a él se le ocurrió bajarse; se había acostumbrado a esa vida lejana y solitaria, más cercana al cielo que a la tierra. A la entrega del barco en Buenos Aires, la empresa que lo había comprado designó a la nueva tripulación, un ensamble de sudamericanos y unos cuantos europeos. A Aurelio le ofrecieron quedarse con un sueldo, y así empezó su carrera de marinero, igual que ese día —veintitrés meses, dos semanas y veintidós horas desde su segundo embarque— comenzaba la de cazador.

Al activar el gatillo del arpón, el rebote del golpe del arma lastimó su brazo. Un dolor agudo lo recorrió desde la mano hasta el cuello y, con los signos vitales aún excitados, despegó instintivamente el ojo de la mira. Pocos segundos más bastaron para que los gritos de sus compañeros le anunciaran el fracaso de su hazaña. Los que habían perdido por su culpa se aprestaron a prodigarle maldiciones en ese español vulgar que Aurelio había aprendido con facilidad. Yanqui también se burló de sus afanes en su propio idioma: expulsando un festivo chorro de agua que, a lo lejos, parecía el brote de una carcajada.

Aurelio no sabía si llorar o reír. Decidió lo segundo, en un intento por demostrar a quienes lo miraban —con pena o satisfacción, según fuera el caso— que, a pesar de la derrota, no estaba vencido. No tardó en volver a retar a su suerte. Esa noche, rodeado por el disparejo humor de los tripulantes, que más allá de pérdidas o ganancias no habían conseguido el prometido destace, y en sus sobrios cinco sentidos, —por primera vez en meses no había bebido ni un solo whisky durante la cena—, le propuso al arponero la revancha.

El arponero se negó. Sabía que la fortuna era una señora infiel y no deseaba provocar su traición.

—Mi sueldo de un mes a las cartas —repitió Aurelio en un español que sonaba a italiano. El ofrecimiento no alcanzó siquiera la respuesta de su adversario—. Lo que querás jugarte pero dame la oportunidad de recuperar mi lapicera —chilló el perdedor, que a fuerza de practicar se había vuelto un experto en las barajas. De conseguir otro chance, lo sabía, la victoria estaba asegurada.

—Te compro la lapicera —se escuchó la voz del capitán, un fornido argentino de origen alemán y de apellido Janssen, tronar en la sala donde la treintena de hombres a su mando cenaba—. ¡Ponle precio!

El arponero sabía que la voluntad de su jefe no era cuestionable y de todos modos pensaba vender la pluma apenas volvieran a tierra. ¿Para qué la querría él si no por el dinero que podía proporcionarle? A pesar de ello, no cedió:

—No está a la venta, patrón.

—¿Ni por mil mangos?

Era una cantidad muy superior al sueldo de un mes de Aurelio y al valor de ese objeto en cualquier mercado, más aun al conferido por las tiendas de empeño de los puertos de la zona, en las que se encontraban a la venta mandíbulas de ballena o similares. El uruguayo no iba a conseguir una suma igual ni vendiéndola a quien quisiera colmar un capricho con esa adquisición. El capitán lo sabía y, sin esperar a que su subordinado se pronunciara, le ordenó:

—Te pago en mi camarote. —Luego se dirigió a Aurelio—: Autieri, a ti te veo a las nueve en la sala de mandos.

Aurelio estaba sorprendido por ese desenlace y no sabía qué esperar de su jefe, quien siempre le había tenido una vaga consideración, aunque no tanta como para devolverle la pluma sin pretender nada a cambio.

Nervioso y sin saber qué pensar, volvió a sus hábitos de los últimos dos años y, desde la anforita que cargaba consigo, tomó un largo sorbo de whisky. Uno solo, o más bien dos: quería estar lúcido para cualquier eventualidad.

A las nueve en punto, con los sentidos cansados por un nerviosismo que había comenzado muchas horas antes y que ni el par de tragos ingeridos conseguía mitigar, Aurelio tocó la puerta de Janssen. El capitán lo invitó a entrar al pequeño vestíbulo, que dividía su recámara del lugar en el que se tomaban las decisiones de navegación del *Nantucket*. Después de unos cuantos pasos, llegaron a la sala. El máximo dirigente del barco lo convidó a sentarse frente a la única mesa del sitio, cubierta por un mapa que crujía al viento. Janssen, un grandulón que le sacaba casi dos cabezas, cerró la ventana y le ofreció un Fernet. Aurelio, quien en esos años de navegante había convertido al whisky en su amigo más cercano, detestaba ese licor amargo y lo rechazó. Tenía en su cuerpo la cantidad de alcohol suficiente para que la curiosidad borboteara en su garganta, sin que se atreviera a convertirse en palabras. No iba a desvariar ahora.

—Si vos no estás dispuesto a perder, no debés apostar —comenzó el capitán, observando atentamente a su subordinado.

Aurelio había esperado algún tipo de regaño, pero nunca un consejo, y menos tan certero:

—Necesito un servicio —continuó Janssen, escrutando el cuerpo seco del marinero que tenía enfrente, enfundado en unos pantalones largos, ceñidos por un cinturón de piel gruesa que los mantenía en su lugar.

—¿A cambio de mi lapicera?

—Que ahora es mía.

Aurelio hizo una mueca al descubrir su necedad. Si había sido capaz de alejarse de una vida entera —en los dos años que llevaba fuera de casa le había escrito a su madre sólo una vez para informarle que estaba bien—, no entendía la razón de su apego a un objeto que, en términos prácticos, no le servía de nada. Lo único que le quedaba claro es que ahora mismo estaba en la pista de baile y más le valía moverse al ritmo de la música.

—¿Para qué soy bueno?

—Tenés honor, lo he notado: siempre cumplís con tus apuestas. Quiero confiar en vos para una encomienda.

El capitán sacó del bolso de su chaleco una llave con la que abrió la gaveta de uno de los armarios de la habitación. Extrajo un fajo de billetes, que puso al lado de una envoltura de papel grueso, atada con un cordón retorcido.

—Tenés que ir a Gotemburgo a entregar este paquete. Aquí, los gastos del viaje.

—Y… ¿dónde queda eso? —preguntó Aurelio, que no había salido de Italia más que para ir a América y estaba repentinamente norteado.

—En Suecia.

—Pero yo…

—Sos la persona adecuada para resolver un asunto que no puedo atender personalmente, pues estoy en una cacería más importante de lo que parece. Vos cumplís y yo te guardaré la lapicera. Cuando me traigás lo que recibas, la devolveré con la debida recompensa por el servicio prestado.

Aurelio se percató entonces de que no tenía razones para negarse. Iba a cumplir veinte años; llevaba casi dos refugiado en esa pradera de olas y espumas que lo había acogido sin preguntas ni respuestas. Pasaba las noches amarrado a su litera para no caerse durante las tormentas mientras leía algún libro a la luz de una linterna, o jugando a las cartas, principal motivo de pleitos entre los miembros de la tripulación. Su rencor no había desaparecido a fuerza de matar ballenas, aunque se había matizado hasta asentarse, volviéndose su parte más oscura. Cada uno de los cadáveres que había conseguido llevar a bordo, donde se realizaban algunas de las labores de la larga cadena que comenzaba lanzando el arpón, había contribuido a convertirse en combustible para seguir andando. Al recordar esas voluminosas víctimas no encontró un buen motivo para seguir aniquilándolas. Más que tierra, que no extrañaba en lo más mínimo, tenía ganas de tocar carne. Ganas de acariciar la piel de una mujer, no una de papel, como la que aparecía en el percudido poster que retrataba a Rita Hayworth y con el que complacía solitariamente sus instintos, ni una alquilada, como la de las putas de puerto, por las que tenía que hacer cola y soportar el tufo a sudor, pescado y colonia barata.

Había llegado el momento de ir al abordaje, no de un barco o de una ballena, sino de otra vida. Estuvo a punto de preguntarle al capitán acerca del contenido del paquete, pero se dio cuenta de que buscar esa respuesta era gastar saliva: si no se le había dado esta información antes, no sería fidedigna ahora. Se limitó a pronunciar la palabra que iba a cambiar su destino:

—Acepto.

Janssen sonrió satisfecho y se apresuró a darle las últimas indicaciones:

—Mañana volvemos al puerto. De ahí vos continuarás hacia Buenos Aires, para embarcarte en un buque de ruta a Gotemburgo. Estos son los datos de quien recibirá este paquete y te dará otro. Vos lo traerás de vuelta y se lo entregarás a mi esposa, en la dirección de Mar de Plata, que aparece en esta tarjeta —concluyó, poniéndole en las manos el bulto que tenía escrito en la envoltura:

David Hofman,
Lundbyvassen 754,
1902-78 Gothemburg

III. Piratas modernos

Sentado en la cafetería de la isla, Aurelio escrutó con una sofisticada lupa luminosa, regalo de su nuera Mapi, el artículo de *El País*. El encabezado rezaba: «¡SON PIRATAS, SON PIRATAS! Secuestrado frente a Somalia, un atunero vasco con veintiséis tripulantes que faenaba fuera de la zona de seguridad». Como todas las mañanas de su primera semana en Miami, Aurelio se entregaba a sus actividades preferidas después de fumar y beber: asolearse, leer diferentes diarios y tomar café, aunque fueran expresos desabridos. Ojeó el *Corriere della Sera*, el periódico italiano cuya primera plana le había impreso su hijo antes de irse a la oficina y en el que se enteraba de los resultados del fútbol. Luego se asomó al *Miami Herald*: nada llamó su atención allí, más que los kilos de publicidad que lo asediaban. Entonces le dio un largo trago al líquido humeante que reposaba en la mesa, encendió otro cigarrillo y retomó la lectura de la única noticia de su interés. Según el periodista de *El País*, los rehenes del pesquero se encontraban con buena salud y un rescate de monto desconocido había sido demandado a la empresa naviera.

Aurelio pensó en aquellos piratas lejanos y también en los de antaño, los que tanta emoción le habían provocado años atrás.

Miró la flota que se asomaba a la cafetería: una apacible colmena de barcos de lujo, cuya piratería era, a juzgar por la gran cantidad de banderas teñidas de los más diferentes colores, la evasión de impuestos.

Su hijo debía pertenecer a esa casta, la de los filibusteros de cuello blanco, manos impolutas y bien cuidadas, aunque no lo había visto vestir de traje; incluso para ir a trabajar usaba atuendos casuales, con playeras y pantalones de colores contrastantes. Lo intuyó el día anterior, al visitar la elegante oficina de Antonio, ubicada en el piso treinta de la torre de un banco cuya bandera, un letrero de neón suspendido, coronaba ese edificio de la isla de Brickell. El negocio principal de Antonio era una cadena de centros de rehabilitación para todo tipo de adicciones.

—Hay adictos a la adrenalina, al sexo y, por supuesto, al alcohol y a las drogas —le explicó el hijo al padre, mientras Aurelio continuaba viendo el panorama al otro lado del cristal, de piso a techo, que separaba la habitación de un cielo desfachatadamente azul. La oficina estaba aislada del calor por la enérgica, aunque silenciosa, inyección de un aire depurado de bacterias y más frío que el de la Patagonia. Aurelio repasó con la mirada el aséptico y lujoso sitio antes de pronunciar las palabras que se le retorcieron en la boca:

—El dinero también es una adicción.

—Por fortuna, los seguros médicos ya las consideran enfermedades que pueden y deben ser atendidas… y ahí es donde nuestros métodos de recuperación han dado excelentes resultados —continuó Antonio, ignorando el enunciado de su padre—. Tenemos baja reincidencia, porque identificamos los motivos que llevan al uso de estas sustancias o prácticas, y ayudamos a los pacientes a compensar sus desbalances, físicos y mentales, con el uso de los medicamentos adecuados.

—Es decir, le cambiás las drogas y ya está…

Para alivio de Antonio, el sonido del teléfono los interrumpió, después del cual se oyó en el altavoz a una secretaria de voz melodiosa.

—Doctor Autieri, el contador por la línea tres.

—Gracias —contestó él, apretando el botón luminoso y descolgando el auricular para una conversación privada en la que Antonio hablaba de quién sabe cuáles estrategias fiscales, aparentemente indispensables para el éxito de su negocio.

—Aurelio… Aurelio… —fue el llamado que lo regresó a la cafetería en la que lo esperaba, inerte sobre la mesa, al artículo titulado «¡SON PIRATAS!».

—Escucho, no tenés que gritar —le contestó el viejo al joven mesero de abdomen abultado y ascendencia cubana.

—Aquí está el café que me pidió. Le conseguí un *piquete* —dijo el empleado, sacando de su camisa una anforita cuyo contenido derramó sobre la espuma blanca del expreso. La cafetería, para fastidio de Aurelio, no servía alcohol—. ¿Qué más se le ofrece?

—Sentate conmigo.

—No puedo. Está prohibido por el reglamento de empleados.

—¡Sentate acá!

El hombre, que no había ido a La Habana más que a través del álbum fotográfico de sus abuelos, había aprendido que a Aurelio no se le podía decir que no. También había aprendido que si se le complacía, la compensación era generosa. En la semana que llevaba de conocerlo, el anciano había pasado rigurosamente todas las mañanas en esa cafetería, repartiéndole dinero cada vez que le hacía un favor. Además, a esa hora no había a quién atender, así que el cubano se acomodó en la pesada silla de hierro situada a un lado del viejo.

—¿Dónde puedo conseguir un arma? —preguntó el italiano con confianza. El joven entendió por el tono que no era broma y arrimó su silla a la del anciano.

—En la calle 76 están las mejores tiendas.

—Prefiero una que no tenga registro; ya sabés...

—Le va a costar más cara, pero en los almacenes también hay de esas. El más grande del condado está rumbo a mi casa. Si quiere, puedo llevarlo cuando termine de trabajar.

—¿Vos a qué hora salís?

—A las cinco.

—Vamos mañana entonces, a esa hora…

—Bien. Quizá yo también compre una. Se siente uno protegido con un arma —concluyó el joven, tratando de justificar la petición de Aurelio, quien fue rápido en poner fin a las dudas del mesero:

—No necesito protegerme ni le tengo miedo a nadie —declaró, evitando añadir que sólo ansiaba enfrentarse con Hofman. La idea de tener con qué matarlo le provocó un oscuro contento que crecía desde el estómago hasta inflamarle el corazón. Tenía ansias de venganza. La conciencia de su muerte cercana las había vuelto a encender.

Maniáticamente puntual, Aurelio se retiró a las 16:55 sin esperar a Mapi. Para los cánones del italiano, estaba llegando tarde, pues había quedado de recogerlo a las cinco para llevarlo a dar un paseo por Lincoln Road, la calle peatonal donde ella tenía su oficina. Aurelio estaba convencido de que lo había dejado plantado y decidió regresar. Si bien no le gustaba caminar, pensó que el trayecto de vuelta a su nueva casa era relativamente corto y tomó el andador que daba hacia el mar; a esa hora estaba desierto.

Ahí, sentada en una banca, encontró a Sofía, su nieta. Vestía un overol de mezclilla negra y una playera de manga larga del mismo color. Sus ojos estaban maquillados de oscuro al igual que la boca, y el cuello ceñido por un collar de piel con púas de acero, un arreglo que le pareció a Aurelio algo grotesco.

—Hola —la saludó mientras Sofía seguía concentrada en su dispositivo.

Cuando por fin se distrajo un segundo para contestar con un gesto, él aprovechó para preguntarle:

—¿Qué hora tenés?

—¿Qué no llevas teléfono?

—Tu padre me dio uno, pero no sé usarlo.

—*Not even a watch?*

—Tengo reloj, pero me gusta comprobar que no se ha atrasado —contestó mientras revisaba el aparato sujeto a su muñeca.

—*Whatever. It's four fifty nine.*

—Gracias. ¿Qué hacés? —continuó Aurelio, complacido con la precisión de la respuesta así como con la puntualidad de su reloj, e intrigado con la costumbre de esa niña por mantenerse conectada a algún aparato.

—Juego.

Aurelio suspiró. Esa era una buena razón para estar enchufada. ¡El juego! Él mismo había practicado incesante y gratamente esa actividad a lo largo de su existencia. La vida entera es un juego y cada elección una apuesta, pensó; hasta renunciar a apostar es tan sólo una jugada más.

—¿A qué jugás? —preguntó sentándose a un lado de Sofía, que se recorrió al sentir su espacio invadido.

—A matar gente —contestó ella, sin desviar su vista del artefacto que la tenía prendada.

—¿Así nomás?

—No, con una plaga. Gana quien acabe con la población terrestre.

—¿Y cómo vas?

—*Great.* He creado una bacteria resistente a los antibióticos y empecé *in Afghanistan*. Un país jodido tiene pocas posibilidades de defensa; y, si no encuentran cómo parar la epidemia, *I'll win*.

—Toda una estratega… —bromeó.

Entonces, un ruido proveniente de la tableta anuló la tenebrosa música que acompañaba al videojuego, sin que la joven dejara de mover los dedos sobre la pantalla.

—¿Qué fue eso? —preguntó Aurelio, para quien los sonidos agudos eran particularmente molestos.

—*An alarm.*

—¿Alarma? ¿Para qué?

—*For my pill* —contestó Sofía poniéndole pausa al juego y sacando de su mochila una cajita de metal con una calavera en la tapa. De allí extrajo una cápsula que engulló sin agua.

—¿Para qué es? —continuó Aurelio su interrogatorio.

—*For the eididi* —explicó ella.

—¿El qué?

—*Attention Deficit Disorder* —deletreó Sofía, casi con orgullo.

—¿Vos estás enferma? —continuó él sin entender el significado de esas palabras.

—No, pero mi mamá dice que la vuelvo loca si no me la tomo.

—¿Vos tomás un remedio para que se sienta bien ella? —soltó Autieri con un dejo de burla.

—Ella usa muchas otras pastillas —rebatió la niña mientras le concedía una breve, pero molesta mirada.

—¿Qué tiene? ¿Impuntualidad aguda?

Sofía levantó los hombros en señal de hartazgo y regresó a su tarea. No le gustaba lidiar con preguntas sin respuesta.

Justo cuando volvía a deslizar su dedo sobre la pantalla, sonó una pegajosa canción con ritmo rapero: *I'm a bad muh'fucka' / Muh-m-muh- fucka' / Muh-fucka' / I'm a bad muh'fucka'*...

—Ya me voy —se despidió la niña.

—¿A dónde?

—Con mi novio.

—¿Dónde está? —preguntó Aurelio, aliviado de que su nieta probara tener en las venas algo de su sangre seductora.

—En el *chat* —contestó, mientras señalaba el pequeño recuadro con la foto de un joven con rastas en el pelo, que apareció en la pantalla y que a Aurelio le recordó al mulato brasileño con quien alguna vez había compartido camarote en un viaje de Aruba a Montevideo. Un tipo que se pedorreaba tan sonora y fétidamente que, después de la primera noche de ponzoña, lo había obligado a dormir en cubierta por el resto del viaje.

—¿Dónde dices que está?

—*Australia.*

El viejo no pudo resistir cuestionar una situación que le parecía un tanto rara:

—¿Y cuándo se ven?

—*Everyday*.

—En persona, digo—precisó Aurelio a punto de claudicar en el intento por entender a esa joven tan cercana en parentesco y tan lejana en generaciones. Luego se percató de una posibilidad que no había contemplado—: Lo conocés en persona, ¿verdad?

—Nos conocemos mejor que muchos —se defendió ella antes de despedirse—. Y ahora, si no te molesta, *I'm gone… Bye* —concluyó, haciéndole señas a su abuelo para que más bien se fuera él.

Aurelio no solía sorprenderse. En su ajetreada vida había presenciado todo tipo de situaciones, pero en esos momentos su nieta le parecía más rara que un barco en la cima de un pico nevado. Resignado, miró nuevamente el reloj y se encaminó hacia la casa de su hijo, mientras Sofía le contestaba a su novio número cuatro y ponía en espera a su ligue número trece. Los había numerado en orden de aparición para no confundir sus múltiples relaciones cibernéticas.

Mapi llegó a las 17:20. Peinada, perfumada y alterada se disculpó con Aurelio por no haberlo recogido en el café, como habían quedado, pero en el salón de belleza no tenían piedad con las clientas vanidosas, bromeó. Qué bueno que se había adelantado regresando a casa, le dijo, mientras él le escupió un nada convencido «No importa». Después de ayudarlo a subirse al convertible, cuyo color combinaba con el rojo de sus uñas recién pintadas, se puso al volante y aceleró. Recorrieron en auto la isla de Fisher, el canal en ferri y Miami Beach a todo lo largo. En el asiento trasero no dejaban de aletear elegantes folletos plastificados que anunciaban desarrollos inmobiliarios, cuyos nombres —Apogee, Icon, Grand Venetian, Murano Grande, etcétera— pretendían enaltecer el ego de sus clientes. Mapi, frente a la indiferencia de su esposo, la partida de su hijo consentido y el rechazo de su hija, se había refugiado en su trabajo como agente de bienes raíces. Ahora, con la llegada de su suegro, intentaba volverse necesaria por lo menos para él.

Cuando llegaron al vanguardista estacionamiento de Lincoln, una Mapi cada vez más nerviosa le enseñó a Aurelio su moderna oficina, ubicada en la planta baja del mismo edificio. También le contó que a partir del auge que representó el rescate del Deco District, el mercado inmobiliario de la ciudad se había ampliado a mexicanos, centro y sudamericanos y europeos —además de estadounidenses—, quienes escogían ese sitio para vacacionar, vivir y realizar atractivas inversiones. Aurelio la escuchaba, viendo cómo sus ojos parpadeaban constantemente, mientras ella le aseguraba que desde la década de los noventa hasta la fecha, y a pesar de la caída temporal del mercado, si alguien aspiraba a multiplicar su dinero en un relativo corto plazo, sólo tenía que comprar una de esas propiedades. Consideró innecesario exponerle uno de los argumentos de convencimiento que usaba para sus clientes de la costa oeste: «Si en Los Ángeles eres lo que manejas, en Miami eres lo que habitas». Que Aurelio adquiriera un departamento, un piso o el edificio entero en alguno de los opulentos desarrollos que Mapi representaba parecía ser el objetivo de su nuera. En su aparente afán por conseguirlo, ella continuaba su monólogo ensayado, salpicado de vez en cuando por alguna incoherencia, sin dejar de mostrarle *brochures* que pregonaban frases como «*More than you need, all that you desire*», «*The ultimate statement of who you are and how you want to be*».

Aurelio, mareado por oír tanta información y sin poder callar a su acompañante, optó por apagar sus aparatos auditivos. Pronto se dio cuenta de que era inútil: tal y como se lo había anunciado el médico, cada día escuchaba mejor sin ellos. Necesitaba cafeína urgentemente y así se lo comunicó a su nuera, que lo invitó a la terraza del Segafredo Café, el sitio donde la gente se sienta para ver a la que pasa. A Mapi la silenció al fin un capuchino doble y Aurelio aprovechó la calma para apurar su café con *grappa* y preguntarle:

—¿Puedo hablar?

—¡Claro! ¿Te gustó alguno de los proyectos?

—¿Apenas llego y vos ya querés echarme?

—No digas eso —rebatió compungida—. Muy al contrario, me gustaría mucho que fueras parte de nuestra... —cuando iba a pronunciar la palabra *familia*, Aurelio la interrumpió.

—No soy bueno entendiendo familias. Pero ¿qué le pasa a la de vos?

—¿Qué quieres decir? —preguntó Mapi, dejando por un instante su máscara de ecuanimidad, al mismo tiempo que su ceño ponía gran empeño para anular el efecto del bótox y se fruncía. De pronto le pareció paradójico que justamente ella, que se había casado con la intención de que fuera para siempre y estaba convencida de que el objetivo más importante para una mujer era el de crear una familia, ni con su mejor esfuerzo había podido formar una. Por un momento la pregunta que agobiaba sus noches volvió al ataque: ¿en qué se había equivocado? No tuvo tiempo de contestarla porque Aurelio completó su apreciación:

—Tenés una hija que no habla más que con su computadora, un hijo que no habla ni por teléfono y un marido que duerme en casa un día no y otro tampoco.

Mapi tragó saliva y estuvo a punto de ampararse en la explicación usual: «Mi esposo se ausenta para atender sus clínicas en Fort Lauderdale y Juno Beach; Julio es muy estudioso y no tiene tiempo para dramas y Sofía tiene casi quince años, la edad en la que ni ella se entiende». Pero, con las prisas de esa mañana ajetreada había olvidado tomar su prescripción y sus nervios acabaron por hacer corto circuito con las palabras del viejo. Al borde de las lágrimas y frente a una verdad cada vez más difícil de ignorar, se rindió:

—Mi hija es una desequilibrada. Me odia. Mi hijo es gay y hace todo lo posible para evitarnos —confesó, mientras una lágrima descendía por su mejilla y se preparaba para la porción de verdad que más le dolía—: y mi marido tiene otra mujer.

Aurelio deseó no haber preguntado nada: había abierto la caja de Pandora y lo único que deseaba era cerrarla, pero Mapi lloraba, ahora fluidamente, y sintió la responsabilidad de consolarla.

—Soy el menos indicado para dar consejos. Quien abandonó a mi hijo durante décadas fui yo y tuve un solo matrimonio, que duró apenas unos meses y tuvo lugar porque estaba borracho —comenzó, mientras le ofrecía el pañuelo de tela con el que solía secarse el sudor—. Tus hijos harán su vida como mejor les parezca. En cuanto a tu marido, no me consta; si he de ser sincero, más bien he visto todo lo contrario, pero dicen que hablando se entiende la gente.

—Hace mucho que no lo hacemos. No hablamos, quiero decir. Bueno, tampoco lo otro. Él se la pasa mariguano.

—¿Fuma? Pero si a mí no me deja ni prender un cigarrillo… —se sorprendió Aurelio; desde su convivencia en Italia, estaba al tanto del desprecio de su hijo por el tabaco.

—Sólo mariguana, todo el tiempo… Dice que sólo así me soporta —contestó sollozando.

Aurelio estuvo a punto de confesarle cuánto lo comprendía, pero se contuvo.

—¿No se supone que se dedica a curar adictos?

—Para él la mariguana es un producto natural que no es nocivo para la salud. Dice que es mucho mejor que el alcohol… e incluso que los ansiolíticos.

«Cada quien defiende sus vicios», pensó Aurelio sin externarlo.

—Dice que yo también debería fumar, que me hace falta relajarme —siguió Mapi un poco más tranquila.

—¿Y por qué no lo hacés?

—He probado, pero se me cruza con los otros medicamentos y sólo me provoca malestar. —Cuando Mapi pretendía retocarse el maquillaje y vio en el espejo que se le había corrido, se excusó para ir al baño y llorar en privado.

Al quedarse solo, Aurelio se sintió agobiado por el drama que lo rodeaba. Se había imaginado una familia, si no feliz, al menos funcional; en cambio, ahora descubría todo lo contrario, pensó mientras se acariciaba la barba a medio crecer. Entonces, prefirió perder la mirada en sus semejantes —cuyas semejanzas se limitaban a la especie— que paseaban de un lado a otro de la calle: el muchacho tatuado a bordo de un patín a motor, la mujer latina con zapatos de plataforma y cabello teñido, un niño cuyos tenis fluorescentes cambiaban de color a cada paso y la madre de este meneando una carriola al ritmo de sus nalgas; o el adolescente de paso seguro y mirada perdida. Todos, musitó, expuestos a un vicio común: el de tener un vicio. Todos sin poder renunciar al producto destinado a proporcionarles aunque fuera un poco de bienestar. ¿Sería que resultaba imposible soportar la vida sin una mínima cooperación externa? Él, desde que tenía memoria, nunca lo había logrado. Y tal parecía que ahora menos, pensó al recordar cuánto enviciaba la venganza. Entonces imaginó que pronto le cobraría a Hofman hasta lo que Janssen le había robado a él.

IV. Destellos y destinos (1947)

Dos sucesos consiguieron que Aurelio abortara la misión que le había encomendado el capitán del *Nantucket*. El primero tuvo lugar cuando desembarcó en Mar del Plata, sitio donde el barco que lo llevaba a Buenos Aires hizo escala técnica a causa de una avería. En ese puerto turístico Aurelio visitó el Casino Central, un imponente edificio de reminiscencias neoclásicas inaugurado en 1939, cuyos juegos le había descrito con detalle un compañero. Vestido con su mejor camisa y cargando el fajo de billetes entregados por Janssen, cambió el dinero por fichas y caminó con el paso seguro y expedito de quien confía en sus movimientos. Después de deambular entre las mesas y observar atentamente y durante horas los mecanismos de juego, eligió dónde sentarse. Con esa euforia irreverente e ignorante de las consecuencias que solía darle la apuesta, comenzó a jugar *blackjack*.

—Carta cerrada —pidió Aurelio, que, al destapar un dos, pasó.

—Tres, tres, joto, seis… La banca paga. Hagan sus apuestas —cantó la mujer responsable de la mesa.

Una carta misteriosa y una reina a la vista. Aurelio la descubre: as de corazones.

—Veintiuno. La banca paga doble. Hagan sus apuestas —recitó en una pausada cantilena la voz de la banca.

Era uno de esos días en los que Aurelio no esperaba mucho. Con la emoción que le provocaba estar en un lugar tan divertido como ese, le era suficiente. De esos días que, gracias a las pocas peticiones que se le hacen, están dispuestos a darlo todo. Para las doce de la noche no había perdido más que una mano y las fichas que se amontonaban en su lugar se habían multiplicado como los panes distribuidos por Jesús en Galilea. En medio de la excitación que da la suerte, tuvo un rapto de clarividencia y decidió darle un descanso a su invisible compañera de velada. Cambió su ganancia en metálico y obtuvo tanto que no le cupo en las bolsas. Después de repartir propinas al crupier y al mesero, que no había dejado de llenar su copa, guardó el dinero en un morral hecho del mantel proporcionado por la cajera. Se dio cuenta entonces de que estaba lo suficientemente borracho para no temerle a la soledad y era lo suficientemente rico para no tener que recibir órdenes de nadie, al menos por un rato. Salió por la puerta trasera que da a la rambla, la avenida peatonal que bordea la costa, y fue a sentarse en la ancha escalinata que baja a la playa. Encendió un cigarrillo. Las mejores cosas de la vida le habían sucedido fumando, tal vez por eso fumaba tanto.

El segundo motivo por el que Gotemburgo acabó por parecerle un lugar demasiado lejano y la pluma dejada en Patagonia tan sólo un recuerdo más fue una mujer: una muchacha diminuta que se le apareció a lo lejos y caminó hacia él, proveniente del mar. Tenía en la mano izquierda un rollo de vendas enmarañadas y en la derecha unas zapatillas con un elástico que les torcía la suela. Sus pies estaban embarrados de arena. Aurelio quedó tan impresionado con esa inesperada presencia que, cuando la tuvo cerca, sólo alcanzó a decir:

—Señorita, ¿puedo ofrecerle tabaco?

La joven lo miró incrédula. Jamás había fumado ni tenía intenciones de hacerlo. Él observó la reacción del rostro de niña en la penumbra y supo que no había sido el acercamiento adecuado. Ella continuó su trayecto hacia el área de aseo, que estaba mejor iluminada y se dispuso a quitarse la arena de las piernas. Aurelio pudo ver entonces el cuerpo, delicado y firme a la vez, debajo del vaporoso vestido de gasa. Sus pies lucían enrojecidos y ansiosos de ser acariciados, aunque fuera por el agua.

—¿Un masaje a los pies entonces? —fue rápido en proponer.

La mujer, intrigada, acabó por contestarle con otra pregunta:

—¿Por qué vos harías eso por mí?

—Porque sería un placer tocar… aunque sea sus pies.

Ella lo fulminó con unos ojos de un color imposible de descifrar, pero con la intensidad de los de un gato al acecho. Él, desde la oscuridad, le sostuvo la mirada con el cinismo de quien se sabe oculto:

—Y sé que lo sería para usted también.

La joven revisó la silueta que tenía enfrente y luego se miró los pies hinchados, que ya recibían el débil chorro de agua. Se veía algo incómoda por la intrusión del marinero, pero debía sentirse halagada de que un desconocido estuviera dispuesto a tanto.

Aurelio caminó hacia ella hechizado y poco a poco lo alcanzó la luz de una de las farolas que creaba sombras puntiagudas sobre la escalera. Mientras avanzaba se quitó la camisa, y se colgó del hombro el improvisado morral en el que cargaba su fortuna. Ella retrocedió inhibida y se sentó en el escalón contiguo para ponerse los zapatos. Pero Aurelio había decidido ir por todo: esa noche no le negaría otra victoria. Se arrodilló con su camisa en la mano. Dispuesto a recibir incluso una bofetada, comenzó a secarle los pies. Ella, al ver de cerca aquel pecho lampiño y musculoso, se dejó hacer.

—No me atrevo a preguntarle qué hizo con sus pies esta noche —continuó él con confianza, motivado por la actitud de la joven ante el roce de sus manos, que sólo la tocaban a través de la tela.

—Bailé —contestó ella, mientras terminaba de ponerse las zapatillas y ocultaba su mirada en un último residuo de timidez.

—Espero se haya divertido —dijo él, levantándose del suelo.

—*El lago de los cisnes*, en el Teatro Colón.

—¿Bailarina profesional? —exclamó con admiración. Ella respondió con una sonrisa.

Esa noche, Aurelio conoció la otra embriaguez. No la turbación pasajera causada por el alcohol ni el breve placer del orgasmo, sino el enajenamiento del ánimo que lo llevó de lo celestial a lo carnal y de vuelta. Una montaña rusa de emociones desconocidas que le parecieron algo así como ganar durante una semana seguida en el casino y matar tres ballenas a la vez. En una *suite* del contiguo Hotel Provincial, que Aurelio rentó para la ocasión, no dejaron piel sin descubrir ni historia sin contar. Irina le confesó que su familia era originaria de San Petersburgo, que habían vivido primero en Rumania y luego en París, donde ella había nacido; era la hija menor de un exteniente de la Guardia Imperial Rusa y una exbailarina. Al comienzo de la última gran guerra volvieron a exiliarse en Buenos Aires, ciudad donde vivía con sus padres y cinco hermanos. Había bailado desde que tenía memoria y ahora lo hacía con el Cuerpo Nacional de Ballet Argentino.

A Aurelio le habría impresionado cualquier cosa que ella le hubiera contado, así como le parecía fascinante verla moverse con los gestos precisos de quien controla sus movimientos, o recibir el rocío de su saliva cuando la nota de su voz se alzaba, u oler su piel perfumada y hasta asomarse al río de sus ojos, que le provocaban al italiano ganas de dejarse llevar por la corriente. En esa larga noche se dedicó a escucharla y a admirarla; más tarde a recorrerla, atento a cada una de sus reacciones, mientras que el amor le revelaba la más grande satisfacción: la que proviene de satisfacer a otro. Una vez que logró contagiarla con el ímpetu de su deseo, se concentró en entender el cuerpo de mujer, y lo descubrió más sensible a las palabras que a las acciones. Así procuró complacerla, hasta que sus muslos temblaron de cansancio, hasta que su boca se llenó de ambos y la razón se le quebró en emociones.

Durmieron con el sueño ligero y nervioso de los amantes, excitados por la presencia del otro, volviendo constantemente al cuerpo del otro, temerosos de saberse y perderse. Se despidieron entrada la mañana, pues la compañía de danza iba a regresar ese mismo día a Buenos Aires.

Cuando trataron de intercambiar direcciones, él se acordó que la suya estaba en alta mar. Prometieron volver a verse, a pesar de que ambos percibían la naturaleza efímera de esa noche.

Ya en su camarote, que compartía con otros miembros de la tripulación, Aurelio lo decidió definitivamente. La alcanzaría en Buenos Aires. Y, tal vez a causa del arrojo que fluía por sus venas o con el objetivo de emprender de una vez una nueva vida, optó por abrir el paquete que venía cargando desde la Patagonia; en ese momento se sentía bendecido por la buena fortuna. No contó con que la suerte es una visitante maleducada: avisa cuando llega, pero nunca cuando se va.

Con cuidado, como si se tratara de un artefacto que podía explotar, sacó el bulto misterioso de la pequeña maleta, rectangular y rígida, que nunca desempacaba. Cortó con los dientes la cuerda que lo ceñía para descubrir al fin el secreto que la envoltura le había ocultado. Un mapa antiguo, escondido entre dos pedazos de madera, apareció frente a sus ojos. «¿Qué es esto?», se preguntó sorprendido antes de abrir la carta que lo acompañaba y que recitaba en inglés el siguiente texto:

Puerto Pirámides, septiembre de 1947

Estimado señor Hofman:

Como prometí en mi telegrama, le envío con un emisario de confianza el mapa que recuperé según sus instrucciones.

Le ruego entregar lo convenido a mi mensajero y avisarme cuando esto suceda.

Misión cumplida.
Marc Janssen.

Aurelio lamentó que el tal Hofman no fuera a recibir ese encargo. Estuvo a punto de tirarlo al mar, como para dejar en claro que, aunque no tuviera razones para negarse, no se doblegaría ante las peticiones de nadie. Ni siquiera a las de su madre cuando le había rogado que cargara el féretro vacío de su padre —cuyo cuerpo nunca encontraron en el campo de batalla—, lo que a Aurelio le había parecido un sinsentido. Además, intuyó que el valor del mapa no debía ser exclusivo para el destinatario y, visto que por su parte se lo había pagado a Janssen con su pluma, se consideró el nuevo propietario, con derecho a venta, si es que la ocasión y el precio lo ameritaban. Ahí y así, embebido en sus renovadas pasiones —una mujer de nombre Irina y la excitación que el juego le provocaba—, dio por cerrado el asunto, sin imaginar que esa decisión intempestiva le traería consecuencias permanentes.

V. Negociaciones intrépidas

En el bolsillo interior de su rompeviento rojo, justo a un lado de la cajetilla de cigarros, Aurelio cargaba la pistola, una Walther PPK que, según quien se la había vendido, usaban James Bond y la Gestapo. Estaba sorprendido de lo fácil y barato que había sido adquirirla en ese gran supermercado de armas donde había ido el día anterior. Pidió que se la dieran sin registro y así fue. Tan simple como comprar palomitas en el cine, pescado en el Casablanca Fish Market u ordenar un vestido de diseñador por internet, actividad esta última que su nuera practicaba incesantemente. Sólo había que seleccionar el color y la talla y listo, operación cerrada.

Con la pistola en su poder, antes de visitar a Hofman, decidió disipar sus dudas acerca del mapa. Necesitaba ver con sus propios ojos en qué consistía la treta de su enemigo. Después de dejar su chamarra en el taxi contratado por hora —con todo y su «operación cerrada» en el bolsillo—, Aurelio caminó por los amplios espacios del Museo de Arte de Miami, un establecimiento de dos niveles localizado sobre una plataforma elevada y unido a los jardines circundantes por terrazas sombreadas y alegres. La luz natural bañaba indirectamente los pasillos que lo condujeron a la sala nombrada según el benefactor que la hizo posible: David Hofman. Entró, percibiendo la lineal geometría de los muros que lo rodeaban, y se acercó a la mesa que recibía a los visitantes con el libro conmemorativo de la exhibición. Hojeó el impreso, disponible también en versión digital, hasta toparse con la biografía del ahora filántropo. Alemán de nacimiento y judío de origen, había llegado a los Estados Unidos con la bolsa de diamantes en la que había convertido sus haberes en el otro continente. Con ella había construido un imperio de este lado del océano, dedicado principalmente a la hotelería; un emporio que le permitió incursionar en el coleccionismo: desde los marfiles sacros, representando al Niño Jesús en todas sus versiones, hasta las cartas geográficas, pasión heredada de su padre. Aurelio cerró la publicación y se dirigió hacia los mapas exhibidos. Se detuvo para observar aquellos que llamaban su atención, hasta llegar a un sencillo bastidor sin vidrio en el que estaba extendido el pergamino de piel de res que en otros tiempos, y si su percepción era correcta, él había llevado consigo de un continente a otro. Allí estaba, colgado en solitario sobre una pared oscura y ostentando una leyenda desaparecida cincuenta y ocho años antes: «Mapa elaborado en el siglo XVI. Indica la posible ubicación de la Fuente de la Juventud, como la describieron en sus crónicas: Gonzalo Fernández de Oviedo, Francisco López de Gomara y Hernando D'Escalante Fontaneda».

El anciano no dio crédito a sus ojos. No, ese mapa no podía existir. No así, con todos los colores y los detalles que recordaba bien. Y, sin embargo, allí estaba. Era similar, por no decir igual al que había tenido en su poder por años. Lo tenía grabado en la memoria, porque durante el largo periodo que lo cargó consigo lo había observado con detenimiento, esperando descubrir sus secretos.

Dejó pasar un grupo de niños guiados por su maestra. La atractiva mujer, de pelo castaño y ojos rasgados, les contaba en español a sus alumnos la leyenda que a pesar del escepticismo de los historiadores esa pintura venía a corroborar: «El conquistador Juan Ponce de León había buscado sistemáticamente la Fuente de la Eterna Juventud y, gracias a esa obsesión, encontró en cambio "la Tierra de la Pascua Florida", el estado que ahora habitamos». Aurelio escudriñó a la joven de pies a cabeza. Al descubrirle un trasero respingado, su favorito, le sonrió. Ella en cambio lo ignoró, y él volvió a mirar el documento que tenía enfrente. No podía ser: ese dibujo se había eclipsado mucho tiempo antes. ¿Cómo podía estar allí, desafiando toda lógica? Por un instante dejó a un lado ese enigma y sucumbió a la tentación de creer que la búsqueda de algún tipo de inmortalidad fuera justificada. Observó la leyenda, la misma leyenda en letras antiguas de *su* mapa: «Fuente que torna en mozos a los viejos». Pensó en los hombres del pasado, que no diferían mucho de los actuales en su sueño de conseguir, no amores, tesoros o verdades, sino retazos de vida. Sintió el rechinar de sus huesos artríticos, el cansancio de sus ojos defectuosos, la fatiga de sus oídos electrónicamente auxiliados y, por un momento, imaginó gozar de un cuerpo renovado por una nueva y reluciente juventud. Una lozanía que le permitiera conquistar, como en sus buenos tiempos, a la mujer que deseara.

La maestra, que había salido de la sala con sus alumnos, irrumpió repentinamente, y Aurelio creyó que sus encantos habían surtido efecto. Pronto se dio cuenta de que la única razón de ese inesperado regreso había sido recuperar a un niño que se había quedado rezagado viendo un mapa de la antigua Roma. Entonces lo tuvo claro: la Fuente de la Eterna Juventud era un tiro en la cabeza. «No sé por qué no pensé en dármelo antes o por qué no me lo doy ahora, ya tengo pistola», musitó. Demasiado tarde. Con la vejez no se negocia, se arrasa. O se soporta la esclavitud que implica, como le había tocado hacer, sometiéndose a las insuficiencias del cuerpo y a la necesidad de irse en limpio de este mundo. Volvió a mirar el mapa, que lucía como si las vicisitudes por las que habían pasado juntos no hubieran ocurrido. Un imposible. Tal vez es falso, especuló Aurelio. «Pero ¿qué motivo tenía Hofman para llevar a cabo ese burdo engaño, perpetrado para colmo en un museo? ¿Por dinero? No le hace falta. ¿Por qué entonces?», se preguntó.

Echó a andar hacia la salida con el paso tan firme como su pierna resentida y demás achaques se lo permitieron. Al pasar frente a la foto de David, se detuvo y, apenas sus ojos encontraron los de su contrincante, lo maldijo en silencio. Salió al exterior y el aire sofocante lo abrumó hasta que subió al taxi. Por fortuna, el chofer lo había esperado con el aire acondicionado encendido, tal y como se lo había ordenado. El frío lo despabiló y la orden que le dictó al conductor fue lacónica: «A Palm Beach».

El chofer se dirigió entonces a la autopista I-95 mientras Aurelio se perdía en sus cavilaciones, pero, apenas se percató de la ruta elegida por el conductor, le pidió que en vez de esa tomara la antigua vía estatal.

—De ese modo vamos a llegar mucho más tarde —lo previno el taxista, un nicaragüense a quien había seleccionado por su tolerancia al humo.

El exmarinero rebatió que si bien no contaba con tiempo de sobra, tampoco tenía prisa y, como para confirmar su calma, encendió un cigarrillo y bajó el vidrio eléctrico de la ventanilla por la cual se escurrió el producto de su primera bocanada. Quería disfrutar cada instante de ese regreso.

Cruzaron varios altos desolados antes de encaminarse por la sinuosa calle que corría a un lado del estero más largo del mundo. Cuatro mil ochocientos kilómetros de longitud, para ser exactos; es decir, todo el litoral del este americano, de Boston a Brownsville y luego hasta la Florida, con una porción de origen natural y otra construida durante la Segunda Guerra Mundial para proteger a los Estados Unidos de posibles ataques submarinos. «Vaya yanquis, tan eficientes como paranoicos», pensó.

Después de más de dos horas de camino, en las que Aurelio estuvo absorto en sus recuerdos —más fidedignos a su memoria que el paisaje tan distinto que la ruta presentaba—, llegaron a la curva que identificó a la perfección y que daba oficialmente inicio a la localidad llamada Palm Beach. Allí nada había cambiado: la misma hilera serpenteada de villas gótico-italianas con palmeras retorcidas y elegantes rejas se desplegaban en la delgada lengüeta de tierra que divide el estero del mar. La playa de arena oscura, hundida tras una larga balaustrada, era la otra frontera.

Pronto distinguió, entre las suntuosas residencias que iban asomándose a su vista, Nuestro Paradiso. La casa presentaba la mezcla de estilos característica de la zona: *driveway* privado, una ancha torre coronada por un techo a cuatro aguas, tejas impecablemente alineadas y ventanas pequeñas de madera blanca con marcos ojivales.

Había llegado. ¿Y ahora qué? Se descubrió nervioso. Tenía las manos sudorosas y le dio por secárselas en su abundante cabello gris.

Por un momento quiso olvidar su misión autoasignada y le dio prioridad a dos apremios: necesitaba desaguar y un trago que le diera ánimos. Pidió al conductor que lo llevara a los Breakers, el inmenso hotel nombrado así porque en su mole se estrellaban las olas y los clientes pedían habitaciones arriba de la rompiente. En ese establecimiento, poseedor del fastuoso lujo del siglo XIX, se convivía con el mar de manera anticuada: viéndolo desde la terraza, sin mojarse ni vivir sus incomodidades. Tampoco sus libertades. A Aurelio siempre le había parecido un sitio demasiado pomposo, pero ese día necesitaba un receso y el lugar, con su calma y esquivez, era ideal para tal propósito.

—Una grappa doble —ordenó cuando, después de visitar el baño, llegó al bar, cuya barra era un acuario lleno de peces colorados que venían a averiguar qué bebidas alcoholizaban a sus visitantes. Aurelio miró el océano a través de los ventanales y le pareció estar en un barco. Recordó las palabras del gerente la primera vez que se alojó allí: «Entre *The Breakers* y el mar no hay nada». Nada, salvo una calle de concreto para que el servicio lo abastezca y para proteger el edificio de la marejada. Y fue justo con el objetivo de contener el mar, aunque fuera visualmente, que construyeron un palacio de esas dimensiones. Aurelio divisó un barco a lo lejos, se veía diminuto, como un juguete que guardaba distancia para no hacer sentir pequeño al espectador.

Cuando vació su copa, miró su reloj de pulso, marcaba las 12:17. No podía darle más vueltas a este asunto ni había llegado hasta ahí sólo para descansar. Fue al baño y se peinó nuevamente con las manos. Era hora de irse. Antes de llegar al taxi, recorrió de vuelta los salones vestidos de brocados, con maderas entalladas y alturas palaciegas que conformaban las áreas públicas del hotel.

—Tome la A1A de vuelta a Miami. Yo le diré dónde parar —instruyó al chofer, que lo esperaba pacientemente.

En pocos minutos se encontró de nuevo frente a Nuestro Paradiso, nombre que evidenciaba que en Palm Beach los idiomas latinos, en especial el español y el italiano, se mezclaban como si fueran uno mismo. Bajó del vehículo y se decidió por la entrada más simple: la que anuncia el timbre. Un interfono con cámara integrada contestó su llamado:

—*Who is this?* —preguntó una voz femenina.

—Traigo un paquete para el señor Hofman —contestó Aurelio al reconocer el acento latino de su contraparte.

—*Mister* Hofman no recibe —le contestó la voz ya en español.

—¿Puedo dejárselo a usted entonces?

—Espere.

Se escuchó la apertura electrónica del portón; la voz continuó:

—Siga el andador hasta la puerta principal.

Aurelio pisó la gravilla blanca, que crujió bajo sus zapatos, introdujo su mano en el bolsillo de la chamarra y tocó el arma, luego la cajetilla de cigarros. Al llegar al acceso lo esperaba una mujer con uniforme blanco y sin sonrisa.

—Buenas tardes —la saludó con vergüenza fingida—, acabo de darme cuenta de que olvidé el paquete para David en el hotel. Disculpe, pero soy un viejo amigo suyo: ¿cómo está? Ando de paso y quería saludarlo.

—Está descansando, pero si me dice su nombre, le informo que estuvo aquí —aseguró la que parecía una enfermera y que, gracias a la explicación de Aurelio, se volvió menos cauta.

—Janssen, capitán Janssen —mintió, añadiendo—: Me gustaría dejarle mi teléfono. Estaré unos días en la zona y nada me haría más feliz que ver a mi querido Dave. ¿Tenés dónde apuntar?

—Deme un segundo —dijo ella, desapareciendo tras una de las puertas del vestíbulo con paredes y piso de mármol rosa.

Al quedarse solo, Aurelio aprovechó para subir las escaleras que en otros tiempos habían servido de locación para una película protagonizada por Frank Sinatra. Se dirigió a la puerta de doble hoja enmarcada por un pequeño *lobby,* que, por su envergadura, le hizo pensar que se trataba del acceso a la recámara principal. Después de desenfundar el arma, entró apuntando.

Sentado en una silla de ruedas estacionada cerca de la mesa que daba a la terraza, un hombre de escaso pelo blanco y conectado a un tanque de oxígeno lo miró con los ojos apagados, sin el más mínimo asomo de sorpresa o de miedo.

Hofman no lo había reconocido ni parecía en condiciones de hacerlo. A Aurelio le provocó tan grande impresión ver cómo la vejez había reducido las capacidades de su enemigo que hasta olvidó quién era el decrépito individuo que por fin tenía enfrente. Cuando recobró la noción de que David Hofman miraba la Walther PPK con que lo amenazaba, imaginó la súplica de su adversario para que terminara de una vez con su mísera vida. No, no estaba para hacerle favores a nadie, y mucho menos a Hofman. Además, si lo mataba tan rápido, no podría averiguar qué había pasado con el mapa. ¿Por qué un apócrifo colgaba de las paredes del museo? Lejos de apiadarse, optó por la mejor venganza dadas las circunstancias: dejarlo vivir. Cuando bajó el arma, resignado a que la vida fuera más cruel que la muerte, escuchó un grito proveniente del baño:

—¡Aurelio!

El exmarinero se sobresaltó y reaccionó girando la pistola hacia la voz que, le pareció, provenía de ultratumba. Miró por un momento a la mujer, cuyos lentes de delicado armazón filtraban una mirada casual, casi divertida. Luego, preguntó incrédulo:

—¿Gloria? —antes de pronunciar ese nombre ya le había quedado claro que era ella, así que bajó la guardia y el arma, y formuló su siguiente pregunta:

—¿Y vos qué hacés acá?

—Aquí vivo. ¿Qué haces tú aquí? —Ella lo miró con sus ojos límpidos e inconfundibles, sin perder la nota de simpatía contenida en su voz.

—Vine a ver a este desgraciado que ni me ha reconocido —reviró guardando el arma en la bolsa de su chamarra, convencido ya de que la situación tenía su carga de humor.

—Sufre de Alzheimer y no me reconoce ni a mí... —Encogió los hombros—, que soy su esposa —pronunció esta última palabra con cierta satisfacción.

Aurelio tragó saliva. Ambos se examinaron intrigados por ese reencuentro imprevisto que a cada uno le trajo distintos recuerdos mientras David Hofman los miraba a su vez desde el acogedor limbo del olvido. Gloria, poco acostumbrada a sorprenderse por alguna eventualidad, observaba, curiosa, al único hombre que le había hecho perder el temple.

—¿Su esposa? ¿No estaba casado con otra? —Se extrañó Aurelio, sorprendido de que Antonio no se lo hubiera dicho. Pero ¿por qué iba a hacerlo?, si, cuando su hijo fue a buscarlo a Italia, diez años atrás, él se había abstenido de preguntarle por su madre.

—La gente muere, a veces por fortuna…

—Ahora que me acuerdo, tú también estás casada con otro. Hasta donde sé, nunca me pediste el divorcio.

—No hizo falta. Te dieron por muerto. Así que soy su tercera esposa; él también es el tercero para mí. El tres es mi número de la suerte. Nos casamos cuando enviudó por segunda vez, aunque ya llevábamos tiempo juntos, no te lo voy a negar. Un año después de que te fuiste, para ser exactos —remató con cinismo y con la intención de comprobarle que jamás lo había echado de menos, aunque tampoco lo había olvidado tan rápidamente.

—Lo recuerdo, lo del número tres, lo jugaste en la ruleta sin perder un solo tiro —rebatió él, ignorando las últimas acotaciones de quien fuera su esposa.

—Te digo…

—Fue en Maracaibo, en nuestra luna de miel.

—Pero ¿no te parece que es tarde para venganzas? —le preguntó Gloria directamente.

Aurelio estaba a punto de contestar, pero ella continuó:

—Lo sé todo.

—Si vos lo sabías, ¿cómo pudiste meterte con este hampón después de lo que me hizo? —arguyó Aurelio, refiriéndose a la acusación de homicidio que había fabricado Hofman en su contra.

—Sé también lo que tú le hiciste a él —rebatió Gloria refiriéndose, en cambio, a la parte de la historia que Aurelio desconocía, la que descubría la importancia que el mapa tenía para David.

—¿Y te parece razón suficiente? —preguntó Aurelio, sin intuir qué más escondían las palabras de Gloria.

—De sobra —concluyó ella.

Frente al juicio categórico de Gloria, Aurelio prefirió averiguar la hora, a pesar de que la había revisado minutos antes.

—La una con catorce minutos —fue la respuesta, lo suficientemente exacta para satisfacer a su exmarido. Lo conocía bien, a pesar de su breve matrimonio.

—Hace hambre —declaró el italiano, optando por contener las emociones que se le agolpaban en el estómago.

No había acabado de pronunciar esas palabras cuando la enfermera que le había abierto la puerta irrumpió en el cuarto:

—¡Señora, señora! Un desconocido se metió…

La trabajadora miró a Aurelio, quien reinaba en medio de la recámara como si fuera suya. El estupor la dejó muda, mientras

Gloria contestaba con la sangre fría que, hasta en las situaciones más complejas, siempre había tenido:

—No se preocupe. Mejor traiga lo que sobró de la comida: el *desconocido* —dijo remarcando el término con sarcasmo— tiene hambre.

VI. Verdades mentirosas (1948)

Cuando Aurelio llegó de vuelta a Buenos Aires en noviembre de 1947. Vio la ciudad con nuevos ojos, con unos que tenían ganas de quedarse. Le gustaba esa capital cosmopolita de un país que seguía acogiendo generosamente a los italianos, dejándose influenciar por sus modos y compartiéndoles a su vez las propias costumbres. Eso sin contar a Irina, la mujer que le había removido el sentimiento, ese que involucra tanto los sentidos como la pertenencia. Uno no se enamora solamente de la persona, sino de su entorno, de reflejarse en ella y de imaginar en quién puede convertirse a su lado.

Con la ilusión de un nuevo porvenir vibrando en sus adentros y después de atravesar el boulevard Palermo para llegar al barrio del mismo nombre, se instaló en un hotel con vista al Río de la Plata.

Apenas dejó en el cuarto sus pertenencias, se dirigió a buscar a Irina al domicilio que le había proporcionado. Cuando dio con el edificio, un palacete de cuatro niveles en el elegante barrio de la Recoleta, tocó el timbre y se hizo pasar por un colega de la compañía de danza. Una voz femenina se identificó sin miramientos y le contestó que su hija no estaba, pero que llegaría más tarde. Aurelio se sentó a esperar en un café cercano con vista al acceso del edificio y a la algarabía de una ciudad que lo tenía fascinado.

Comenzó ordenando un whisky derecho mientras hojeaba el periódico, cuyo encabezado anunciaba que el gobierno pagaría ciento cincuenta millones de libras esterlinas para comprar el ferrocarril, hasta entonces propiedad de los ingleses. A las ocho de la noche, con tres whiskies encima y después de haber leído hasta los obituarios, el mesero le avisó que el establecimiento iba a cerrar. Aurelio pagó la cuenta y, cuando se disponía a retirarse, reconoció en la otra acera la silueta de Irina. Caminaba de la mano de un joven, cuyo brazo libre le sujetaba la cintura.

Aurelio se quedó inmóvil. Al verlo, Irina no pudo disimular su asombro; él, en cambio, decidió ponerle buena cara al mal trago y tomó la delantera.

—Irina, ¡pero qué casualidad! —exclamó tranquilamente al cruzarse la banqueta, mientras los celos le recorrían el pescuezo y su ritmo cardiaco se aceleraba.

La muchacha soltó la mano de su acompañante sin entender bien la movida de Aurelio.

—Una sorpresa —dijo con el poco aire que, a causa del asombro, le quedaba en los pulmones—. ¿Vos cómo estás?

—Yo, muy bien, pero vos… lucís aún mejor que en nuestro último encuentro —le contestó él entre galante y sincero.

Irina lo miraba acongojada y sin aparentes intenciones de presentar a los dos jóvenes, quienes, colocados uno frente al otro, parecían escudriñarse en un espejo; tal era su parecido: la misma estatura, la misma complexión delgada, la misma raya de lado en el pelo oscuro y los mismos ojos penetrantes, aunque de distinto color.

—Buenas noches —saludó el italiano a su rival.

—Disculpen —intervino ella—. Te presento a Ernesto —dijo, haciendo una pausa incómoda, a la que añadió a regañadientes—: mi novio.

Así que él había sido sólo el paréntesis de una relación esta-
blecida, pensó Aurelio mientras observaba al acompañante de
Irina. Guapo no era.

—Aurelio Autieri —dijo, tendiéndole la mano.

—Ernesto… —contestó el otro ofreciéndole a su vez la suya,
mientras Irina lo interrumpía nerviosa, antes de que pudiera pronunciar su apellido:

—… le dicen Chancho —especificó, sin encontrar otra cosa
que decir.

—Mi prima me ha contado mucho de vos —mintió Aurelio.

—A mí ni una palabra. No sabía que vos tenías un primo
—cuestionó Ernesto a su novia, estrechándole la mano a quien
se la había tendido.

—No nos vemos… casi —balbuceó ella.

—Pero nos escribimos. Acabo de llegar de Europa y tengo
muchas ganas de conversar con vos.

—Quedamos de ver a unos amigos en un comedor que está
a la vuelta —dijo el argentino señalando una bocacalle—, por si
querés venir…

—Si la prima invita, yo encantado —afirmó el marinero. La
forzada sonrisa de ella bastó para que el trío se encaminara hacia
el restaurante intercambiando trivialidades.

Alrededor de una mesa larga estaban sentados una decena de
comensales: todos eran jugadores de *rugby*, algunos iban con sus
parejas. Aurelio se colocó en un extremo y los escuchaba hablar
del partido de esa tarde, en el que el equipo al que pertenecían,
el Yporá Rugby Club, había perdido frente al San Isidro.

Irina estaba a su lado. En el silencio que se había instalado
entre ellos y conforme avanzaba la noche, cada quien hacía muy
distintas consideraciones. Inicialmente, Aurelio había acariciado
la idea de quitarle la novia a su rival, pero conforme avanzó la velada cambió de parecer. Estaba decepcionado y no veía el caso de
encapricharse con una mujer desleal. Además, ese joven vestido

con desparpajo y ansioso por entrar a la Facultad de Medicina acabó por caerle bastante mejor que ella. Después de todo, Irina no sólo le había ocultado su situación amorosa, sino que había traicionado a quien parecía un buen tipo, alguien que podía haber sido él. Ella, en cambio, viendo a Aurelio actuar con tanta prontitud frente a la adversidad de encontrarla comprometida, iba acumulando atracción hacia él, aunque no se atrevía ni a mirarlo por miedo a ser descubierta.

Chancho, por su parte, ignoraba cualquier rencilla que ocurriera en el corazón de sus vecinos de asiento y continuaba hablando de deportes. Les exponía a sus compañeros de escuadra la idea de editar una revista dedicada a su actividad favorita. Tenía dudas respecto del nombre: *Takle* o *Rugbiers* eran las propuestas. Un mesero con delantal de piel interrumpió su charla para tomar la orden. El grupo comenzó a pedir comida con apetito famélico; sin embargo, Ernesto ordenó solamente jugo de naranja y ensalada de espinacas. El italiano, asombrado por esa dieta, le sonrió mientras pedía dos trozos de pascualina, asado de tira y otro trago, y se enteraba de la razón del escueto menú de Chancho: padecía asma. Entonces alguien llamó la atención de Ernesto al encabezado del diario que Aurelio había llevado consigo:

—¡Ciento cincuenta millones de esterlinas desembolsó el boludo de Perón para comprar los ferrocarriles!

—Era necesario recuperarlos y Perón no es ningún boludo —lo apremió Ernesto.

—Recuperarlos, sí, pero ¿a ese precio? ¡Es un boludo! ¡Y tú, un peronista de mierda! —lo retó el mismo joven, tan robusto y alto que no cabía en su silla.

—¿Boludo porque está favoreciendo a los jodidos? ¡Falta que nos hacía! Vos sos un burgués de cagada... —contestó Ernesto, que cada vez se alejaba más del pensamiento de los jóvenes privilegiados a cuyo sector pertenecía.

—Al menos ya no están en manos de esos malditos *hooligans*, tan explotadores como los yanquis que parieron —coreó un tercero para aliviar la conversación, acostumbrado a los arranques socialistas de su compañero de equipo.

Aurelio, que continuaba guardando para los estadounidenses una buena ración de odio, intervino:

—Explotadores y asesinos. En mi patria mataron a mi padre... y a mi abuelo.

—¿Qué decís? —preguntó Chancho, intrigado.

—Mi padre murió en el desembarco aliado en Sicilia y mi...

—¿Y qué hacía ahí?

—Soy italiano. —Y una vez que cayó en cuenta de su incoherencia se apuró a añadir—: Una abuela de Irina era toscana, hermana de la mía, pero se casó con el coronel Baranovski.

Al escuchar esa enésima mentira, Irina se levantó de la mesa visiblemente molesta y fue en dirección del baño.

—Si el padre de vos peleaba contra los aliados, vos sos fascista —rebatió Ernesto, mientras Aurelio se atragantaba con un humeante pedazo de carne, antes de contestar con la boca llena:

—Fascista nací, como todo italiano —afirmó con un orgullo tan automático como confuso, producto de lo que desde temprana edad le había inculcado su padre y que, a pesar de haber renegado, de pronto afloraba: el amor a la patria vencida y humillada, pero suya.

—Mussolini pervirtió ideas justas hasta volverlas criminales, es cierto, pero no todos los italianos son iguales —afirmó Chancho, recordando en alta voz la organización antifascista a la que había pertenecido en Mendoza, conformada por emigrantes venecianos.

—Por mí, deberíamos ser anarquistas —lo interrumpió Aurelio, que simpatizaba con el movimiento renacido durante la posguerra en Carrara, una ciudad próxima a La Spezia. Después de haber visto cómo se comportaba su país con los excombatientes de una guerra que había perdido (por ejemplo, con su padre, cuyo cuerpo ni siquiera había hallado) creía poco en el Estado.

Ernesto, un lector sistemático, capaz de pasar dieciocho horas en la biblioteca de la universidad estudiando cualquier cosa, excepto Medicina, conocía el movimiento anárquico italiano, pero no estaba dispuesto a dejarse engañar por un fascista. Mientras tanto, Irina volvía del tocador, molesta porque nadie había notado su ausencia.

—Siempre hay opciones. Y vos tuviste la tuya: estamos condenados a la libertad —replicó Chancho, citando una de las frases de Jean-Paul Sartre mientras utilizaba un palillo para eliminar un residuo de espinaca que se había incrustado entre el colmillo y el premolar derecho.

—Tenés razón: somos libres pero, y hasta Sartre lo dijo, no podés condenar a un hombre por su pasado —convino Aurelio, que había reconocido la alusión al escritor francés y quería demostrarle a Chancho que él también lo había leído.

La conversación continuó en un mano a mano en la que discutieron acerca de la filosofía existencialista y de una serie de ideas con las que habrían cambiado al mundo si no hubieran preferido jugar al *rugby* y a la ruleta respectivamente.

En los días que siguieron, las cosas empeoraron para Irina: Aurelio y Ernesto se volvieron inseparables. Pasaban horas discutiendo, cada uno en su particular estilo: el italiano, aderezando la conversación con el brío de su labia; el argentino, escuchando y rebotando, de vez en cuando, con asertivas y lapidarias conclusiones. Ambos defendían sus puntos de vista con ideas a las que no estaban dispuestos a renunciar, por más necias o insolventes que fuesen. Debatían con esmero y seguridad, pero sobre todo con inteligencia, acerca de cómo habrían mejorado las condiciones de sus semejantes de haber podido. Y cuando sus posturas diferían demasiado, cambiaban de tema a uno más concordante: tenían la misma vocación viajera y deseaban conocer el mundo. Ernesto anhelaba recorrer Latinoamérica; Aurelio, pasearse por los océanos del planeta entero. Todo esto sucedía frente a los ojos estupefactos de Irina, quien comenzaba a sentirse la tercera arista de un triángulo con vocación de convertirse en línea.

Un día, después de varios con esta dinámica y luego de que los tres se inmortalizaron en una foto con una corvina pescada al alimón en una playa apartada, Irina aprovechó la repulsión de su novio al agua para invitar a Aurelio a tomar un baño en el mar.

Ernesto los miró alejarse y aprovechó para irse a tirar a la sombra en compañía del libro en turno. A causa del asma, el argentino detestaba mojarse hasta en la ducha —de ahí le venía el apodo de Chancho, es decir, cochino—; se bañaba cuando mucho una vez por semana, con todo y camisa.

Con vigorosas brazadas hacia el horizonte, Aurelio llegó lejos, mientras Irina trataba de alcanzarlo para hablar a solas con él. Cuando el italiano escuchó a la joven gritar su nombre, regresó hacia ella para oír la voz que no hacía mucho le había parecido divina:

—¿Hasta cuándo vas a torturarme? —le preguntó ella, con la voz hecha trompicones de tan rendida que estaba por el esfuerzo de nadar.

—No es mi intención hacerlo —contestó él, mientras pedaleaba una imaginaria bicicleta que lo mantenía a flote.

—¿Cuál es tu intención?

—Nadar —dijo, volteando a ver el mar turbio y agitado que los rodeaba misterioso.

—¿Para qué viniste a Buenos Aires? —reclamó ella.

Frente a una actitud cada vez más desesperada, Aurelio se animó a hablar:

—A vos te busqué porque pensaba que valía la pena hacerlo. Me di cuenta de que no es así, y asunto concluido.

—Entonces, ¿por qué seguís aquí?

—Me cae bien tu novio. Y no tengo nada mejor que hacer.

—Yo sólo quería decirte que… lo que pasó entre nosotros… fue especial… para mí. Lo mío con Ernesto es…

—No sigás, que las explicaciones son como las caricias: no se las tenés que dar a cualquiera —espetó Aurelio, que, aunque le molestara admitirlo, estaba despechado.

—¡Sos un grosero! —se quejó Irina, con el rostro y el cuello cubiertos por manchas moradas, testimonio de un coraje dirigido más a ella misma que al irreverente muchacho que, al fin y al cabo (pensó), tenía razón.

Aurelio se sumergió entonces tragándose el dolor de su primera desilusión amorosa. Nadó bajo la superficie, sacando el aire de los pulmones poco a poco. Por más seguro que intentaba sentirse, le dolía ser cruel. Y le dolía ese desenlace, pero deseaba dejar en claro, más a sí mismo que a ella, que de ahora en adelante si los lazos de sangre le eran lejanos, los del corazón lo serían aún más. Cuando se le acabó el oxígeno, aguantó sin respirar hasta que necesitó asomar la cabeza. Había nadado un buen tramo hacia mar abierto. Irina, en cambio, había vuelto a la playa.

Después de flotar unos minutos para retomar fuerzas, Aurelio emprendió el camino de regreso; con cada brazada procuraba dejar atrás su irritación. Una vez fuera del agua recobró su temple. Al ver a Irina secándose al sol, cerca del pescado inerte, le preguntó conciliador:

—¿Cuándo cocinamos a este amigo?

—¿Hablás de mí? —intervino Ernesto, que se había acercado silenciosamente y pretendía jugarle al italiano una broma, usando el vocabulario lunfardo en el que cocinar significa matar.

—No, boludo, ¡hablo de la pesca! —Y los dos se rieron mientras Irina ya no hacía ningún esfuerzo por esconder su enojo.

Todo parecía haber vuelto a la rutina de trío que llevaban, pero a la mañana siguiente, tal vez a causa del baño que le había refrescado las ideas o gracias a que su ego herido había sido suficientemente reverenciado, Aurelio decidió irse: truncar de una vez la posibilidad de establecer cualquier atadura era su objetivo. O puede que simplemente anhelara la libertad que, al estar en tierra y en contacto con los dolores relativos al apego, sentía haber perdido.

Su decisión se debía también a su borrachera en un bar cercano al puerto la noche anterior que le hizo perder, en un póquer promovido por compañeros de apuesta eventuales, una buena parte del dinero que le quedaba. No había podido contenerse frente a la tentación de recuperarse en cada mano y había continuado especulando, a la par que bebiendo, en cada ronda perdida. Cuando despertó en su hotel, la cabeza le retumbaba con un insistente golpeteo y con la idea de cambiar de coordenadas. Al incorporarse, el ruido se hizo más espaciado y agudo. Aurelio entonces distinguió lo que estaba pasando: alguien tocaba a su puerta. Se levantó con el torso desnudo, se puso distraídamente los pantalones y se encaminó al acceso vociferando:

—¿Quién? ¡Qué prisa! ¡Ya voy!

Abrió sin esperar la respuesta del visitante y lo que recibió fue un puñetazo. Un golpe que fue a dar a su pómulo izquierdo sin darle tiempo de esquivar el impacto ni de identificar al agresor. Mientras se tambaleaba, con la vista nublada y a punto de caer, reconoció la silueta de Ernesto, que entraba a la habitación y cerraba la puerta tras él:

—¿Por qué no me lo dijiste? —le reclamó el argentino.

—¿De qué hablás? —preguntó Aurelio, sin saber a cuál de sus mentiras se refería.

—De tu historia con Irina… Me lo ha contado todo.

Aurelio supo que era inútil negarlo:

—Lo siento —admitió entonces.

El golpeteo en la puerta recomenzó. Los dos jóvenes se miraron uno al otro sorprendidos. Una vez más, el ruido provenía de la puerta, no de la cabeza de Aurelio. Este último levantó la voz para preguntar, ahora cautelosamente:

—¿Quién?

La respuesta fue un sonoro golpe que pareció tumbar la puerta, seguido por un autoritario.

—¡Soy Janssen! ¡Abre, desgraciado!

—Me voy —le susurró Aurelio a Chancho, mientras le hacía un ademán de guardar silencio.

Entonces no se imaginaba la cantidad de veces que se preguntaría *a posteriori* por qué no le regresó el mapa al capitán Janssen en ese momento, liberándose así del pergamino que tantas complicaciones le traería. Pero su contumacia le impidió obedecer una orden que no se le daba la gana escuchar.

Ernesto miró al italiano ponerse una playera y sacar de debajo de la cama la maleta que nunca desempacaba. ¿Qué otra ofensa había cometido Aurelio?, se preguntó Chancho. No tuvo tiempo de formular su pregunta en voz alta, porque el italiano le tocó afectuosamente el hombro:

—Entretenlo, por favor; te debo una —le pidió Aurelio sin esperar respuesta. Luego corrió al baño, abrió la ventana y se lanzó por la salida de emergencia, un cubo vertical de fierro fundido que desembocaba en una calle secundaria, pero igual de transitada que la avenida al frente del edificio.

Cuando Janssen consiguió tirar la puerta e irrumpió en la habitación, Aurelio ya estaba abordando un taxi. Ernesto, en cambio, apenas pudo contestar las preguntas del capitán de lo asombrado que estaba.

Una vez llegado al puerto, el corazón de Aurelio, que había latido alteradamente durante el trayecto, se sosegó un poco. La majestuosidad de las grúas, como grullas mecánicas fungiendo de centinelas en la lejanía, la impavidez de las gaviotas que observaban desde el vuelo el ajetreo ajeno y la multitud de posibilidades que los barcos ofrecían le proporcionaron una calma velada de excitación. Era cerca del mediodía y el sol estaba en el cenit, igual que las operaciones de carga, descarga, almacenaje e intercambio entre transporte marítimo y terrestre. El Puerto Nuevo de Buenos Aires, destinado a sustituir al antiguo puerto Madero y convertirse en el más importante del Hemisferio Sur, estaba en ebullición.

Las cinco dársenas que componían el ensamble le eran familiares a Aurelio, quien las había visitado varias veces durante su estancia en la ciudad, tratando de decidir si no era mejor largarse de una vez. Optó, entonces, por dirigirse al área de control del muelle que más movimiento tenía: el destinado a los barcos con entrega directa de su carga, como los pesqueros, petroleros o perecederos.

Con un par de frases galantes se enteró en la oficina de contrataciones cuál nave estaba por zarpar. Gracias a sus lisonjas, una de las empleadas le informó que un barco petrolero con bandera liberiana llamado *Jaguaroundi* buscaba un ayudante de cocinero. Aurelio ni siquiera sabía pelar papas, pero se ofreció para el puesto alegando amplia experiencia gastronómica. Poco importó: como era usual en esos casos, lo habrían empleado aún sin referencias. Un par de horas después se enteró de que irían a Monrovia, la capital de Liberia, el país africano que fundó Estados Unidos para repatriar a quienes fueron sus esclavos y que, por ser puerto libre, abanderaba varias empresas marítimas con intención de evitar impuestos. A Aurelio le urgía largarse y dejar atrás una vida que se había tornado incómoda. En lo que esperaba la orden de embarque, no lograba sacar de su mente el mapa que seguía cargando en la maleta que nunca desempacaba y que había provocado la persecución de Janssen. De haber seguido sus instrucciones y haber ido a Gotemburgo en vez de a Buenos Aires —sin haberse ofuscado por el amor a la mujer que lo había traicionado, por la adicción que le provocaba el juego o por la rebeldía que le impedía ser controlado por alguién más, situación que le había acarreado las más diversas inconveniencias— nada de lo que siguió habría sucedido.

VII. La gloria eres tú

David Hofman miraba a su esposa conversar con Aurelio como si el asunto no le concerniera. El trío, sentado a la sombra de la terraza techada que se conectaba con la amplia recámara, parecía ser parte del *tea-gathering* de una lujosa casa de reposo. Tres ancianos aseados entreteniéndose recíprocamente mientras llegaba la hora de comer, de dormir, de jugar a las cartas, de tomar el té… la hora de morir.

«Es penoso sentarse al lado de un hombre que parece estar tan alejado de la vida», pensó Aurelio. A la persona que tenía enfrente le quedaba poco del David Hofman que él recordaba, tan nítidamente como la última vez que lo vio, en 1962: un intocable y arrogante triunfador, de ética escasa, pero oculto tras una cortina de aparente respetabilidad. Y, sin embargo, reconocía los ojos turbios, las entradas profundas de su frente y la nariz aguileña, aunque en él faltara todo lo vital: la voz, el movimiento, la intención. Aurelio lo observaba, esperando cualquier signo que delatara algún embuste, tal vez ideado para librarse de él. Gloria, en cambio, estaba cansada de lidiar con la presencia de quien fuera su marido y optó por confrontarlo:

—¿Qué objeto tiene perseguir a alguien que ya ni existe? El pasado no vuelve ni se puede alterar o corregir; a lo único que podemos aspirar es a no repetirlo.

Aurelio sacó el paquete de cigarros del bolsillo de su camisa.

—No fumes en su presencia, por favor.

—Estamos al aire libre.

—David tiene insuficiencia respiratoria. Por Dios, ¡está conectado a un tanque de oxígeno!

Aurelio se abstuvo de encender su tabaco y de contarle sus razones. Prefirió preguntarle algo que le intrigaba:

—¿Cómo fue que te casaste con él?

—Tal vez no lo creas, pero fue muy bueno conmigo... y me enamoró. A él sí lo esperé.

—¿Desde cuándo te enamorás de los buenos? ¿Y desde cuándo te dio por esperar?

—Ya no tenemos edad para el sarcasmo —reviró ella con algo de fastidio.

—¿Para qué tenemos edad entonces? —rebatió él, sin intenciones de dejarla ganar la última palabra.

—Para hacer lo que no hicimos antes y lo que no podremos hacer después. Convivir con tu hijo y con tus nietos y, si no te es posible ayudarlos, por lo menos no estorbarles.

Aurelio prefirió no imbuirse en el tema familiar e intentó cambiarle el rumbo a la plática:

—¿Y de enamorarse? —preguntó con un dejo de vanidad.

—Si aún te quedan ganas, también...

—Tú eres la experta. ¿O te vas a conformar con esto? —dijo, señalando a David, que ahora mantenía la mirada fija en el marco de la ventana.

Gloria miró a Aurelio con desaprobación, sin querer admitir que se sentía, de algún modo, halagada con sus celos. Prefirió evadir el tema:

—¿Qué pasará con la comida? Déjame ir a ver... —dijo levantándose de la mesa para bajar a la cocina.

En cuanto Aurelio se quedó solo con David, se puso de pie y lo rodeó hasta quedar cara a cara. Lo escrutó de arriba abajo, intentando descubrir un gesto que lo evidenciara. Cuando constató la indiferencia del otro y con la voz autoritaria de quien pretende amedrentar, lo llamó por su nombre:

—¡David!

El enfermo apenas parpadeó, pero Aurelio consideró ese movimiento como la señal que esperaba para ir al ataque:

—Te estoy perdonando la vida, pero quiero saber por qué jodiste la mía —espetó, clavando sus pupilas azuladas en las del contrincante—. ¿Por no entregarte a tiempo un mapa? ¿Por qué ese mapa era tan importante para vos? ¿Qué escondés, boludo de mierda? —repitió, agarrándolo de la abotonadura de la camisa con ambas manos, mientras Hofman se retraía—. ¡Decímelo ya! —le ordenó, mientras enderezaba la menudencia en la que se había convertido aquel cuerpo, convencido de que algo en todo eso se le escapaba.

—Dónde... —susurró Hofman antes de detenerse. Fue gracias a una ulterior sacudida que completó la frase, con voz trémula y como si no hubiera escuchado la pregunta—: ¿Dónde está mi hijo?

—¿Qué haces? ¡Suéltalo! —le ordenó Gloria. Acababa de volver y, después de apoyar en la mesa el platón que traía en las manos, se precipitó en ayuda de su esposo.

Al verla, Aurelio dejó a su vez, delicadamente, a David en la silla en la que lo habían sentado.

—Le estaba acomodando la camisa.

—¿No te da vergüenza? —lo increpó Gloria, mientras le peinaba el poco pelo, cándido de tan blanco, que le quedaba a su marido—. Hostigar a un enfermo. ¿A eso llegaste? No sé qué buscas, pero te aseguro que él no te lo puede dar —concluyó desplomándose en el asiento que había quedado vacío, mientras lo acercaba al de David, quien no parecía alterado.

El celular, la tableta blanca de letra magnificada de Gloria, dio aviso de llamada entrante emitiendo las notas del «Mambo del Ruletero», de Dámaso Pérez Prado. Aurelio recordó que era el favorito de su exmujer; lo habían bailado muchas veces en los tiempos en los que frecuentaban los cabarets de Miami.

—Diga —contestó Gloria, cortándole la melodía al aparato.

Después de una pausa larga continuó:

—Comprendo… ¿Puedo hacer algo por ustedes?

Un silencio aún más largo siguió.

—No. No ha desaparecido, está conmigo… Sí, ahora va para allá.

Más silencios llenaron el aire.

Después de despedirse con varios «Sí» espaciados, finalmente colgó y se dirigió a Aurelio:

—Sofía está en el hospital.

—¿Por qué?

—Se cortó las venas.

—¡¿Qué?!

—Bueno, no sé si las venas o qué se cortó ahora…

—¿Qué querés decir?

—Que no es la primera vez… y al parecer no será la última. Ya no me alarmo.

—No entiendo.

—Se lastima constantemente, aunque nunca demasiado. Parece que esta vez fue un poco más grave, pero nada para preocuparse.

Frente a la expresión de incredulidad de Aurelio, que no entendía a ciencia cierta de qué le estaba hablando su exmujer, a Gloria no le quedó más remedio que ampliar su explicación:

—Han probado de todo para impedir que se lastime: Sofía está bajo el cuidado de uno de los mejores psiquiatras de Florida, si no del país, y ahora mismo la atiende también una terapeuta emocional y otra conductual.

—¿Y aun así está en las mismas?

Gloria hizo una mueca como de quien intenta burlarse, o resignarse, y continuó:

—Sigue. Después de haberla tratado con hipnosis, en un internado especializado, con equinoterapia, con aislamiento, asesoría grupal e individual, acupuntura y cualquier novedad que les recomienden. La niña se pelea a diario con su mamá, que está tomando ahora mismo un curso de constelaciones para «entender» a su hija. Ya no saben qué inventar.

—¿Constelaciones? ¿Las del cielo?

—Pobre de mi hijo...

—Nuestro hijo.

—Como ves, Antonio no está para que le crees un problema más en estos momentos. Le dije que ibas para Miami... y te ruego que vayas para allá —ordenó con una mueca en la parte inferior de su cara.

—¿Vos no irás a verla?

—Me quedo con David. Esta tarde le toca visita médica y no hay mucho que yo pueda hacer por Sofía. Si quieres visitarla, está en el Sinai Medical Center. El taxista que te trajo sabrá llevarte; si mal no recuerdo, dijiste que está afuera esperándote, ¿no?

Aurelio miró la comisura de los labios de Gloria. Sus ojos claros estaban acuosos y una orografía de diminutas arrugas rodeaba su boca. Se consideraba un hombre difícil de confundir, pero ella tenía la capacidad de conseguirlo.

—Está bien, me voy... —dijo, encaminándose a la salida.

—Adiós —replicó ella.

—Sólo una cosa más —añadió él—: ¿cuánto tiempo lleva David en estas condiciones?

Sorprendida, Gloria contestó con cierto victimismo:

—Hace dos años que sólo me reconoce a ratos.

—¿Quién donó los mapas al museo entonces? —cuestionó el exmarinero, sin darle importancia a la velada queja de ella.

—Fui yo, con el consentimiento de sus hijas. Así lo había dispuesto él en su testamento. Sólo nos adelantamos un poco al cumplir su voluntad.

En el trayecto de regreso a Miami, Aurelio le pidió al taxista que sintonizara alguna estación que diera los resultados del fútbol. Solamente consiguieron escuchar los del futbol americano, deporte que detestaba, lo que completó su incordio. Dejó la ventana del auto lo más abajo que pudo, mientras se fumaba un cigarrillo tras otro. Esta vez, el permisivo chofer, que lo había traído, tomó, a petición de Aurelio, la autopista I-95, que recorrió al ritmo obediente de las 65 millas por hora permitidas, pero en lugar de permanecer callado, como lo había hecho en la ida, tal vez debido a que llevaba demasiadas horas guardándose las palabras, le expuso a su pasajero la curiosa teoría que lo obsesionaba: según él, el mundo era víctima de una conspiración orquestada por la familia Bush, los amos del oro negro, la sustancia que todavía controlaba al mundo. Aunque no por mucho tiempo más. Ellos eran los culpables del alza de los precios del petróleo, pero también del atentado a las torres gemelas y de las epidemias en África, por citar algunas de las desgracias que aquejaban al planeta a causa de los Bush. Y así, con sorprendente soltura narrativa, tejía una historia tan articulada como su capacidad para imaginarla. Una cantaleta que el italiano escuchó como si fuera una canción lejana.

Conforme se acercaban a su destino, Aurelio se sintió atribulado. No podía distinguir si era por el misterioso mapa que siempre parecía ocultar algo más, por el impacto de haber encontrado a Hofman convertido en un zombi y a Gloria en su esposa o porque comenzaba a ablandarse frente a los lazos de sangre. No es que Aurelio experimentara sentimientos profundos hacia su nieta; a lo largo de su vida se había dedicado a evadir esas ligas mortíferas que atrapan el corazón y lo constriñen hasta asfixiarlo, y no iba a cambiar ahora. Sin embargo, el asomo de una preocupación antes desconocida lo invadía a ratos. Se concedió licencia entonces: cosas más raras habían hecho hombres como él, ajenos irredentos, al llegar a la senectud. «La perspectiva de la nada frente a uno es aterradora», pensó. Inquietarse por su nieta no era, después de todo, algo tan disparatado.

Cuando llegó al hospital con el nombre del monte en el que, según la Biblia, Dios le entregó a Moisés los diez mandamientos, Mapi lo recibió con una máscara de ecuanimidad. Su hija había tenido un lamentable accidente —por fortuna, sin mayores consecuencias—, le informó en un estado de contento inducido. Aurelio la miró piadosamente, mientras ella le contaba los detalles de modo tan relajado que parecía que estaba hablando del clima en un día soleado. A Sofía la estaba atendiendo un cirujano plástico, comprometido a que no le quedara cicatriz alguna en las heridas que la niña se había provocado rajándose el antebrazo con un *cutter*.

Antonio despidió a los dos agentes de policía, uno de origen cubano y el otro afroamericano, que habían acudido al reporte de los médicos, obligados a indicar cualquier uso de arma, aunque fuera blanca. El informe había terminado favorablemente: la víctima, una menor de edad fuera de peligro, no había intentado suicidarse, fue la conclusión. Las lesiones eran demasiado superficiales para indicar ese propósito. La mención del nombre del alcalde, un amigo de Antonio, fue necesaria para evitar que las autoridades ensuciasen el historial de su hija, que quedaba a salvo, una vez más.

Aurelio, ignorante de esos detalles, saludó a su hijo mientras se hacía la pregunta que le pareció más obvia: ¿por qué? Una pregunta cuya respuesta a nadie parecía interesarle. Tampoco Antonio, que en esos momentos no quería tener otra preocupación aparte de su hija, le preguntó al padre por qué se había ido. Ambos permanecieron callados, oficiando sus dolores en silencio, mientras Mapi entonaba un blablablá de sonidos que, como burbujas de jabón, se estrellaban frente al sigilo de sus acompañantes.

Aurelio decidió entonces irse a esperar afuera del edificio. El calor era infame, pero era el único sitio donde podía fumar. O eso pensó. El complejo médico distribuido en un cayo a la orilla de la Bahía de Biscayne era *tobacco-free*. Libre de humo. Libre de libertad. «Porque el uso del tabaco es una de las principales causas de muerte evitable en los Estados Unidos, creemos que prohibir su empleo en nuestras instalaciones es consistente con nuestra misión de cuidar la salud». El anuncio, distribuido en sitios estratégicos, continuaba con una vasta lista de tipos de tabaco y áreas donde aplicaban dichas restricciones. No se podía fumar ni siquiera en el interior de un coche estacionado. «¿No se enteraron ya de que hagan lo que hagan, el resultado es el mismo? ¡Todos vamos a morir! Y sin siquiera disfrutar de un cigarrito», pensó Aurelio. «A la mierda con las reglas, como si alguna vez las hubiese observado», rebatió en sus adentros. Se apostó debajo de un árbol y prendió un Camel. Iba en la tercera bocanada cuando un guardia se le acercó.

—*Sir?* —dijo amablemente.

El italiano lo ignoró. El oficial volvió a repetir, ahora con más autoridad:

—*Mister?* —Aurelio volvió a ignorarlo.

—¿Señor? —replicó entonces en español.

Aurelio aparentó no escuchar. Existen los sordos también, ¿no? Entonces, el hombre, vestido con un uniforme que le quedaba lo suficientemente justo para poner en evidencia su musculatura, se acercó para entregarle una tarjeta. Al recibirla, Aurelio le concedió una breve mirada:

We know that quitting tobacco is difficult. However, the benefits of quitting are well documented, as tobacco use is the primary cause of all cancers and emphysema, and it is a leading preventable cause of heart disease and stroke...

Y continuaba en la parte posterior:

We encourage you to contact the Miami-Dade Area Health Education Center, which offers free tobacco cessation classes to the public. For more information...

Es una conjura, se convenció. El código cultural, o genético de los estadounidenses les exige absurdas reglas. Les gusta promulgarlas, imponerlas y hasta acatarlas. Aurelio estuvo a punto de contestarle al oficial un *go to hell*, pero sabía de sobra que cualquier cosa que dijera sería usada en su contra. Entonces apareció Antonio. Asomado a la puerta de entrada del edificio le hizo señas indicándole que volviera a entrar. Aurelio tiró la colilla al suelo, apagándola con el pie. Guardó la tarjeta en su bolsillo, junto a la cajetilla de cigarros y el arma. Sin pronunciar palabra, pero mostrando al oficial su mejor sonrisa, regresó al aire acondicionado.

La cirugía de anestesia local realizada a su nieta había terminado y Sofía, al recibir la visita de sus padres, había solicitado ver a su abuelo a solas.

Antes de darle la noticia de esa extraña petición a su padre, Antonio le había contado los antecedentes: Sofía era una niña traviesa, perfectamente normal para su edad, aunque, de cuando en cuando, no lograba manejar sus frustraciones más que lastimándose. Estaba siendo atendida para evitarlo y la recomendación de los expertos era tratarla con mucha delicadeza, sin invalidar su proceder. «Tiene la autoestima muy baja y no debe ser confrontada», concluyó.

Aurelio evitó hacerle preguntas a quien no consideraba capaz de contestarle. ¿Cómo dejar que alguien se corte a sí mismo? ¿Qué clase de idiotez o debilidad era esa? Se aprestó a asentir y a desobedecer.

Antonio lo miró circunspecto, con poca esperanza de que su padre pudiera entender todo el amor que él sentía por su hija. Después de todo, la relación entre ambos pasó de nula a unas cuantas llamadas telefónicas. Antonio no había sentido necesidad alguna de conocer a su padre biológico, ni siquiera porque careciera de un padre de facto. Su madre había hecho a su vez voto de libertad amorosa, cambiando de pareja a menudo, pero manteniendo una relación con quien él solía llamar tío David, hasta que Hofman enviudó y se casó con ella. Sin embargo, frente a la petición de Julio, que siempre preguntaba por su abuelo, Antonio —no por amor a su padre, sino gracias al que sentía por su hijo—, había aceptado la propuesta de Mapi de buscar a Aurelio. A partir de ese encuentro, amable pero lejano, Aurelio recibía una tarjeta navideña y otra en su cumpleaños, cortesía de su nuera, tan cuidadosa de las formas que no olvidaba hacérsela firmar a su marido. Era un lazo de comunicación débil, que él contestaba ocasionalmente y que terminó por desilusionar a todos, incluyendo a su nieto, quien pronto dejó de preguntar por su abuelo.

Con semejantes antecedentes, Antonio dudaba que en esos momentos Aurelio pudiera ser de alguna ayuda para Sofía, pero no podía negarse a la solicitud de su hija, así que lo dejó entrar a la habitación y, para calmar su nerviosismo, salió al corredor a reportarle telefónicamente a su amante las novedades.

Apenas Aurelio estuvo solo con su nieta, le preguntó:

—¿Qué te pasó?

—*A bitch at school* se burló de mí —contestó ella con la verdad, a sabiendas de que tendría que soportar algún tipo de interrogatorio si quería conseguir su propósito.

—¿Y por qué no está ella en la camilla?

—*I don't know* —se defendió, mientras se planteaba la misma pregunta.

—¿Por qué te cortaste?

—¿Por qué, por qué? Es lo que todo el mundo quiere saber siempre…

—Es la pregunta que debería de anteceder cualquier decisión —dijo, consciente de todas aquellas veces donde él mismo no había aplicado su principio de vida.

—Entonces, ¿por qué quieres saberlo? *Why do you wanna know?*

—Porque quiero oírlo de ti.

—Porque llegué a mi casa y no tenía ganas de ver a nadie. Me encerré en el baño; mi mamá comenzó a gritar, *she always does*, que iba a tirar la puerta y...

—O sea que siempre hay otro responsable.

—*Anyway,* ¿a ti qué te importa?

A pesar de sus esfuerzos por complacer a su abuelo y conseguir que le cumpliera la petición que estaba por formularle, su enojo se manifestaba sin que pudiera controlarlo.

—A mí nada. Dicen que soy tu abuelo, pero dudo mucho tener una nieta tan boluda.

Mentía, en parte, pero a Sofía hacía mucho que nadie le hablaba con tanta verdad. Una realidad que, aunada a lo vulnerable que se sentía, la hizo llorar, azorada por la contundencia del viejo. Estaba molesta con él y con el mundo, pero conocía el arte del chantaje y en ese momento aquel hombre le servía a sus propósitos.

—¿Podrías ayudarme? —dijo sollozando.

—¿Para qué soy bueno? —se apiadó el abuelo.

—Necesito que le entregues algo a una vecina. *I'm gonna have to stay overnight, 'cause my dad* quiere que otra vez me hagan todos los estudios —se justificó Sofía.

—Está bien —aceptó curioso por averiguar qué escondía esa extraña petición y esa aún más extraña niña.

—*The envelope is in my jacket.* Mi amiga se llama Marjory Nelson y vive en el *penthouse 3* del edificio Palazzo del Mare. *I wrote everything down* —dijo, alcanzándole a su abuelo un pedazo del papel que yacía en la mesita con ruedas junto con los restos de una gelatina y un vaso con néctar de manzana.

—¿Es todo? —preguntó Aurelio, tomando el sobre del saco indicado y guardándolo en su chamarra.

—*Don't tell my parents, please.*

—¿Por?

—*Just because...*

—No se los diré, pero a cambio de algo. —Si ella lo chantajeaba, no veía porque él no podía hacerlo.

Sofía frunció la nariz, el ademán animal que usaba involuntariamente para indicar cuando algo le molestaba.

—¿A cambio de qué?

—De verte desnuda.

—*What the fuck!*

—Esa es la condición. Tómalo o déjalo —reiteró Aurelio, ondeando en el aire el sobre y el papel con las indicaciones que minutos antes había recibido.

—*You're disgusting* —lo acusó Sofía, quien supo que no tenía alternativa ni tampoco sentía verguenza.

Luego de un breve silencio, en el que su resentimiento hacia el mundo se tornaba en uno dirigido exclusivamente a Aurelio, accionó el mecanismo eléctrico de la cama hasta quedar sentada. Se quitó la sábana de encima de un tajo, usando el brazo perforado por el catéter. Solamente traía puesto un camisón de hospital y tuvo que levantar las nalgas, primero una, luego la otra, para liberar la tela del peso que la bloqueaba. Con el brazo sano y con movimientos alterados, deshizo el moño que amarraba la bata a la altura del cuello. Después desfiló ese mismo brazo, soltando la manga. Cuando iba a sacar el otro brazo, con la dificultad de tener que hacerlo sin perjudicar su enchufe vital, Aurelio la detuvo.

—Suficiente.

Ahí estaba su nieta al desnudo. La piel blanca, el cuerpo martirizado.

Además de dos aretes en el ombligo, uno en el pezón, tres profundos rasguños le cubrían el escote arriba del pecho, una rozadura todavía en carne viva se extendía en el estómago, algunas quemaduras de cigarro en las ingles y ambos brazos parecían haberse batido con un roedor acorralado. Eso, sin contar los tatuajes y las vendas que cubrían las heridas provocadas por el *cutter*.

—¿Todo es obra tuya? —preguntó Aurelio, tratando de disimular la impresión que le causó ver a su nieta torturada por ella misma. En un acto que pretendía mitigar su angustia, sacó un cigarro de su bolsillo y lo puso en sus labios sin encenderlo.

Lo único que le faltaba era que entraran ahora mismo a coartar una vez más su derecho a fumar. Eran capaces.

—*Yep* —admitió, rehuyendo su mirada.

—Cuando quieras matarte, chiflame, que te digo cómo… A vos te falta oficio; a mí, voluntad. A lo mejor podemos ayudarnos —ironizó apesadumbrado, antes de salir del cuarto e irse a buscar un lugar en el que pudiera inhalar la sustancia que aplacaba sus ansias.

VIII. De Liberia a libertades (1949)

El 27 de septiembre de 1948, Aurelio se embarcó en el buque petrolero *Jaguaroundi* con la maleta de piel de cochino que nunca desempacaba. Subió por los peldaños de fierro que cruzaban transversalmente la altura del barco, mientras una escalera marina de cuerda colgaba sobre su cabeza. Una cabeza a la que Janssen le había puesto recompensa. El capitán aún no se resignaba a que Aurelio, con esa oportuna huida de Argentina, hubiera quedado fuera de su alcance. Cuando el italiano llegó a cubierta, le pareció haber abordado un barco fantasma. Un enjambre de tubos, ductos, válvulas y compuertas, teñido con el color ladrillo de la pintura antioxidante, daba la impresión de estar en un cementerio de partes. En la popa pendía de una robusta estructura un solo bote salvavidas en forma de submarino, que recordaba un jamón en espera de la madurez. El letrero de «*NO SMOKING, safety first*», seguido por «*Dangerous Cargo*», triunfaba amenazante en medio de la pared blanca, lo que inquietó a Aurelio, quien era desde entonces un fumador compulsivo.

Para cuando la pesada cadena que sostenía el ancla comenzó a subir, el radar dio inicio a sus alegres vueltas y el humo salió de la chimenea de proa, Aurelio se aprestó a observar la partida, uno de sus momentos favoritos del viaje. El alejamiento de tierra firme siempre significaba la posibilidad de un nuevo comienzo y eso lo emocionaba.

Al cabo de unos días de navegación, el italiano, quien había aprendido a burlar tanto la vigilancia como los riesgos y a menudo fumaba a escondidas, volvió a experimentar los alivios de la fuga geográfica. Gozaba como nadie de la tranquilidad que implica estar en medio del mar, sitio en el que era improbable recibir visitas no deseadas. Apreciaba de sobremanera esa sensación de desapego, incluso del propio océano, un elemento presente pero lejano a la vez, que envuelve al navegante sin siquiera mojarlo, salvo por unas cuantas salpicaduras a discreción de las olas o humedeciéndolo con el rocío que vigoriza la piel.

Lo que Aurelio tuvo claro es que no volvería a enrolarse en la cocina. No había calculado que los humanos tienen la necia costumbre de comer tres veces al día y eso sí que era una lata. En especial, porque el resto de la tripulación estaba de asueto la mayor parte del tiempo, mientras que él y el cocinero trabajaban incesantemente. Eso sí, todos, incluyendo el capitán, apestaban al olor penetrante y desagradable de la gasolina. Ni bañándose tres veces al día, después de cada comida, Aurelio lograba oler el perfume que usaba de forma abundante después de cada ablución. «No por nada, pensó, el petróleo era gas expulsado por seres muertos millones de años antes».

En el primer día a bordo del *Jaguaroundi*, Aurelio conoció a un irlandés llamado Joseph, de edad similar a la suya, piel muy clara y respuestas puntuales. Los dos jóvenes se comunicaron en inglés, el idioma que el italiano empezaba a hablar. Su nuevo amigo le ofreció su botella de whisky y lo enteró de algunos hechos irrefutables:

—La maloliente materia prima que transportamos existe desde la prehistoria, pero con la cantidad de autos y aviones que ahora circulan se ha vuelto indispensable. Yo no lo entiendo, pero parece que todo el mundo quiere un coche en estos tiempos. Hay casi cincuenta millones de ellos...

—Yo prefiero viajar por mar.

—También yo. Afortunadamente, el mar se convirtió en la manera más eficiente de transportar el crudo. Y, para nuestra suerte, los barcos cisternas que conectan productores y consumidores pagan sueldos dobles, a pesar de que la mayor parte del viaje uno está de vacaciones: tomando sol y whisky.

—Mis dos actividades favoritas —admitió Aurelio, mirando satisfecho sus manos bronceadas, listas para volver a empinar la botella que se intercambiaban de vez en cuando.

—Lo mejor de navegar es un excelente negocio en el que llevo años —precisó el irlandés, que ya no se daba abasto con el contrabando de las más variadas mercancías y buscaba con quien compartir las ganancias, así como las inconveniencias, de su emporio.

Aurelio escuchó los detalles de la empresa de quien durante esa borrachera apodó *The Irish*. Para cuando llegaron a Monrovia habían afinado los detalles del pacto, además de haberse terminado una vasta dotación de alcohol y descubierto que tenían otras predilecciones en común: el fútbol, el box, el juego de azar, las mujeres y la necesidad de dar la vuelta al mundo en ochenta barcos. Fue así como Aurelio decidió seguir los pasos de su nuevo amigo. Ya sin responsabilidades culinarias y en calidad de simple marinero, mismo rango que Joseph; en Liberia se embarcaron hacia Sudáfrica y de ahí al Golfo Pérsico, pasando por el Canal de Suez para llegar de vuelta al Mediterráneo, Europa, América y otra vez África y Asia, sin interrupción. Su patria era, nuevamente, el océano; su negocio, el comercio clandestino; Joseph, el contacto entre vendedores y compradores. Al principio se trataba de introducir tabaco en algún puerto lejano. Más tarde ampliaron su tráfico a las armas, un producto de alto consumo ya que, a pesar de los estragos de las dos grandes guerras, la humanidad se las ingeniaba para seguir acribillándose, ahora en menores y más discretos conflictos, pero matándose al cabo. La proclamación del Estado de Israel había ocasionado un pleito con sus vecinos; Corea del Sur se había arrojado contra su homónima del norte; Kenia había recrudecido la insurrección contra los británicos y un sinfín de pequeñas contiendas, desde regionales hasta personales, necesitaban del abastecimiento de materia prima para cumplir con los deseos de una raza perversa y obtusa que no escatimaba esfuerzos para aniquilarse. Aurelio recordaba siempre el momento en que, al poco tiempo de conocerse y durante la entrega de un pedido de fusiles a un grupo de cazadores en Mozambique, Joseph le había salvado la vida, disparando contra un elefante que estaba a punto de pisarlo durante una retirada que se convirtió en estampida de paquidermos. Una de las tantas aventuras que habían protagonizado a lo largo de su relación y que había convertido a *The Irish* en su mejor amigo, o más bien, en el único.

Para entonces, Irina, Ernesto, Janssen y hasta Hofman eran figuras borrosas de un pasado aciago. El mundo era tan grande y estaba tan lleno de historias que no había muchas oportunidades de que se cruzara de nuevo con ellos, lo que le daba a Aurelio una cierta nostalgia; aunque, por otra parte, una enorme y compensadora sensación de libertad, aunada al reconfortante derecho de no volver a someterse a voluntades ajenas de ningún tipo; ni siquiera a la de Joseph, a pesar del aprecio y de la gratitud que sentía por él. Así las cosas, hasta que el petrolero *Galaxy*, en el cual se embarcaron en la primavera de 1952, anunció su siguiente destino: Gotemburgo.

Desde que Aurelio supo que llegaría a la ciudad sueca ubicada en el estrecho de Kattegat, sacó del fondo de la maleta que nunca desempacaba el mapa que seguía envuelto en el mismo cartón con el que se lo confiaron, entre las mismas dos tablas de madera. En algunas ocasiones, cuando la necesidad apremiaba, había considerado venderlo, pero siempre acababa arreglándoselas sin permutar aquella reliquia, que llegó incluso a olvidar con el paso del tiempo.

El día fijado para el desembarque extendió el pergamino sobre la cama en la que dormía y procedió a verlo con la curiosidad de quien lo acaba de descubrir. Medía lo justo para ser transportado fácilmente: treinta centímetros, a lo sumo, por unos cuarenta y cinco: una proporción estética, tal vez áurea, o por lo menos, la ideal para un cuadro. Su superficie estaba pintada con colores vivos: rojo, para acentuar algunos detalles, azul turquesa, para el mar, y una amplia gama de verdes y marrones, para la tierra y su vegetación. En la parte inferior se observaba una leyenda en español antiguo, idioma usado en las referencias de esa carta geográfica de aspecto más infantil que preciso. El título rezaba jocoso: «Fuente que torna en mozos a los viejos». A un lado de esta inscripción, uno de los vértices de la estrella de cuatro puntos marcaba el norte, apuntando hacia el margen superior de la representación.

En el mapa aparecían cuatro islas: una tenía la forma de un alacrán. Su cola retorcida y alargada, después de una breve interrupción, continuaba en una isla de formas redondas, en medio de las cuales había dos islotes, más pequeños y regulares. La posición de la fuente estaba señalada en el central, encima del cual triunfaba la palabra *Bimini*.

En la esquina inferior derecha de la parte posterior había un detalle en el que Aurelio se fijó por primera vez: un número de cinco cifras. Se dio cuenta de que nunca le había puesto demasiada atención al mapa. Simplemente, a causa de su resistencia innata a que una voluntad que no fuera la suya controlara su vida, se había negado a entregarlo, aún cuando lo más fácil habría sido hacerlo. Sin embargo, ahora era diferente: el destino lo había llevado hasta aquella nórdica ciudad. Y si bien Aurelio no creía en el destino, el destino creyó en él: enviándolo a Gotemburgo le había otorgado la oportunidad de acabar con un asunto pendiente desde hacía más de cuatro años. Además, cabía la posibilidad de cobrarle a Hofman el servicio de entrega, una idea que lo hizo sonreír. Apenas atracaron en la desembocadura del río Göta,

Aurelio decidió buscar la dirección donde debió presentarse casi un lustro antes.

En cambio, Joseph, un tipo de imponente estatura y profunda devoción católica, tenía para su amigo otros planes. Los de siempre. No había puerto adonde llegaran en el que *The Irish* no conociera su iglesia más emblemática o un par de mujeres con quien pasar la velada y hasta la madrugada. Gotemburgo, el estuario más concurrido de Suecia, cuyas aguas nunca se congelan a pesar de su helada latitud, no era la excepción.

—Voy a misa, pero más tarde podemos encontrarnos en un *pub* llamado Björns —propuso el irlandés, que no escondía su fe aunque respetara el escepticismo religioso de Aurelio—. Quedé con Agda, un primor, ya la verás. Prometió traer a su hermana gemela. Al parecer es su exacta copia.

—No puedo, tengo un asunto que atender —contestó el italiano, sin dar más explicaciones. Nunca le había contado a nadie la historia del mapa y no tenía intenciones de hacerlo ahora.

A Joseph le gustaba estar enterado de los movimientos de su compañero y amigo más querido. En esos cuatro años de convivencia habían compartido mucho, comenzando por el episodio de lealtad vivido en Mozambique. Se habían vuelto familia, la única que se permitían. Además, Joseph, al igual que Aurelio, renegaba de la suya, compuesta por un padre alcohólico y una madre con seis hijos a cargo, más interesada en recibir el dinero que invariablemente le mandaba su primogénito que en la vida de este.

—¿Qué asunto?

—Uno personal…

—¿Que te impide divertirte?

—En todo caso, los alcanzo más tarde —dijo Aurelio a manera de conclusión.

Joseph tuvo que resignarse al hermetismo de su amigo y procedió a la rutina habitual de creyente y practicante: ir a confesarse con el Todopoderoso por las muertes que su negocio ocasionaba y seguir pasándosela bien. Aurelio, en cambio, quien no creía en Dios ni en ser responsable de las acciones de otros, se instaló en un hotel del centro, después de lo cual procedió a tomar un coche de alquiler y a cumplir con su cometido.

En la iglesia de Helga María Magdalenas, Joseph pedía la redención de sus pecados y hasta de los de su amigo ateo, mientras que Aurelio llegaba al 754 de la calle Lundbyvassen. Al bajar del auto se encontró con una construcción señorial con techo de prolongada pendiente y teja roja, destinada a provocar el deslizamiento de la nieve acumulada en los inviernos. El resto de la fachada era de piedra clara y en la segunda planta había un balcón con barandal de fierro forjado al que se asomaban cuatro de los vanos de la estancia. Parecía un *hotel particulier* parisino, pero con la escala y el colorido de un palacete en San Petersburgo. El edificio hacía esquina en un leve *pan coupé*, que albergaba el portón principal, un entramado de madera en cuyo alrededor Aurelio buscó un timbre. Había tres botones pero ninguno decía «Hofman». Revisó el número en la dirección escrita en la envoltura del mapa que cargaba consigo. Era el correcto. Tocó. Nadie contestó. Apretó otro botón y siguió esperando. Nada. Fue al último disponible. Silencio. Estaba nervioso y caminó, simulando arrastrar su pie, hacia el canal al que se asomaba una calle muy angosta. Quería ver el palacio en su totalidad y descubrir el eventual movimiento de sus habitantes. Había ensayado la excusa con la que se disculparía con Hofman por su tardanza: un accidente lo había incapacitado para caminar y, en consecuencia, para viajar. Estaba seguro de que lo perdonaría. «Después de todo, era una explicación plausible», pensó. Pero el sitio parecía vacío, y Aurelio constató que ese elemento tan precioso como no renovable llamado «tiempo» es en verdad una cuarta dimensión de la que nadie consigue sustraerse: había trascurrido demasiado tiempo desde que Janssen le hiciera su encargo como para que nada hubiera cambiado. Cuando estaba por irse, se asomó a una de las ventanas un joven que no llegaba a la mayoría de edad.

—¿Hofman? Busco al señor Hofman —le gritó Aurelio en el poco sueco con el que el taxista lo había aleccionado.

El joven movió la cabeza en señal de negación o tal vez de incomprensión. En eso, una mujer se asomó a una puerta secundaria, le dijo al chico algo que sonaba como una orden y que lo hizo desaparecer en el interior del edificio. Aurelio se acercó entonces a ella para volver a la carga, ahora en inglés, idioma que para entonces hablaba bien:

—Buenas tardes, ¿aquí vive David Hofman?

—No —fue la abrupta respuesta que recibió.

—¿Me podría dar alguna información sobre él?

—No.

—¿Le gustaría ganarse cien coronas?

La mujer lo miró incrédula, pero no pronunció palabra.

—¿Quinientas? —inquirió él.

Ella siguió sin responder y, sólo después de varios segundos, se pronunció:

—*He lives in America now. I know nothing else* —dijo, cerrándole la puerta en las narices y sin esperar siquiera el pago prometido.

Aurelio hubiera querido preguntarle más acerca del destinatario que tuvo a bien traicionar, pero se daba cuenta de lo inútil que era seguir intentándolo ahí. Prefirió usar un método poco ortodoxo pero infalible: aprovechar los vicios de los otros.

Cada ciudad tiene su vicio. Algunas más a la vista que otras, pero todas, irremediablemente, cuentan con un sitio al que sus habitantes acuden a mimar placeres y a orear frustraciones. Hay ciudades que son famosas por sus prostíbulos, las hay adictas a los postres, devotas a los salones de té, aficionadas al masaje, partidarias del juego y un largo etcétera. Gotemburgo, descubrió Aurelio, era una ciudad de *pubs*. Estaba plagada de esos bares, recintos de influencia sajona con mezcla vikinga, donde la gente iba a hacer partícipe a los demás de su suerte o de su desgracia; a veces degustando una buena cerveza o embruteciéndose con una mala. Y la variedad de esa espumosa bebida era amplia, porque si en los gustos se rompen géneros, las modalidades de un mismo vicio son tantas como los seres que lo padecen.

Cada vez que Aurelio estaba en tierra firme, pasaba mucho tiempo en los sitios que los ingleses llaman *pubs* y que suelen acoger piadosamente a sus adeptos. En su experiencia, eran la mejor fuente de información del barrio donde se encontraba. Así que, con la curiosidad alborotada, decidió recabar noticias sobre Hofman a su manera. Al recorrer los alrededores del edificio donde este debió haber vivido, localizó dos de estos bares. Se instaló en el que más concurrencia tenía y fue invitando tragos a diestra y siniestra. Bebió a la par que sus interlocutores, con tal de conseguir cualquier información que lo llevara a encontrar a quien ahora, por obra de un caprichoso destino, él buscaba. La obtuvo gracias a un empleado postal que solía repartir la correspondencia en esa zona.

Cuando Aurelio llegó al *pub* donde lo esperaba Joseph, estaba, además de borracho, consternado. Había descubierto que Hofman era un alemán algo mayor que él, que se había refugiado brevemente en Gotemburgo, esperando poder salvar desde ahí a su familia presa en Alemania y no había vuelto a Suecia desde entonces. La noticia le provocó un sentimiento raro en él: algo parecido a la culpa, y por partida doble. Primero, por haber de algún modo traicionado a quien imaginó como un caprichoso y vano coleccionista y no como otra víctima de la guerra. Luego, por haber tenido un padre que peleara al lado de los alemanes. Acababa de leer *Si esto es un hombre*, de su compatriota Primo Levi, y las descripciones de los campos de exterminio nazi lo habían impresionado. En Italia no se tenía conocimiento de semejantes barbaries.

Necesitaba seguir bebiendo hasta olvidar esa historia que lo tenía sorprendido y avergonzado, pensó al entrar al local donde lo había citado Joseph.

Al *Irish* le dio gusto verlo llegar y a las dos rubias de sonrisas solares que lo acompañaban también. Se había convertido en un hombre atractivo, con tantas aventuras a cuestas que las mujeres —admiradoras del arrojo masculino— lo consideraban altamente deseable.

—No olvides que pasado mañana, a las seis cero cero, salimos a Nueva York —le recordó el irlandés, al verlo tomar una cerveza más, a pesar de su estado, vivamente alcoholizado.

—¿En el *Galaxy*? —preguntó Aurelio, bien encaminado a perder toda noción.

—Afirmativo —contestó con el ademán de soldado que el italiano detestaba, porque le traía reminiscencias paternas.

—Hasta entonces soy todo tuyo —se volvió el recién llegado hacia la sueca que no estaba abrazando su amigo. Ella le sonrió y de allí en adelante se enfrascó con la joven en una conversación banal y ruidosa.

Joseph apuró el trago y continuó intercambiando mimos con su acompañante, pero sin perder de vista al italiano, a quien ya en otras ocasiones había tenido que arrear para que no perdiera un barco o un embarque. Cuando el irlandés regresó de desaguar los litros de cerveza que había ingerido, se encontró con que Aurelio se había ido sin decirle palabra sobre el sitio en el que se alojaría y por ello se enfureció, harto de lidiar con la irresponsabilidad de su socio.

Esa noche, que se convirtió en dos, fue para Aurelio una tiniebla de vicios y vacíos, como muchas de las que vivía en tierra: alcohol hasta perder las ideas, sexo hasta la impotencia y más resaca que la de una playa agitada.

En la madrugada del 3 de mayo de 1952, fecha en la que el *Galaxy* iba a zarpar de Gotemburgo, Joseph llevaba rato dando vueltas en la cubierta, cual animal rabioso dentro de una jaula. A las 5:50, apenas a tiempo para alcanzar la salida, Aurelio subió su fatigado cuerpo y la maleta que nunca desempacaba al barco cuyo destino era Nueva York. Apenas Joseph lo alcanzó a divisar entre la neblina, bastante común a esa hora de la mañana y en esa época del año, vació sobre él todos sus reclamos.

—No sólo me ocultas tus movimientos como si me escondieras algo, sino que desapareces cuando te necesito —lo reprendió.

—No me jodás, que me siento mal —soltó el otro, refiriéndose a su incipiente cruda.

—¡Tuve que subir el cargamento solo!

—¿No escuchás lo que te digo? ¡No me jodás! —reviró Aurelio, mientras se encaminaba hacia la popa.

—¿A dónde vas ahora? —increpó Joseph cada vez más enojado con la displicencia de su compañero.

—A dejar mis cosas.

—¡Ven a ayudarme! ¡¿O prefieres que me quede yo con tu sueldo y tu parte?!

Aurelio aventó la maleta al piso y, en un berrinche silencioso, comenzó a soltar los amarres.

Pero Joseph no se había cobrado lo suficiente el enojo que cargaba desde hacía cuarenta y ocho horas. Mientras ambos ejecutaban sus labores, dificultadas por una niebla densa, la conversación siguió subiendo de tono. A pesar de la poca visibilidad, todos los actores necesarios para emprender el viaje hacían lo suyo desde el anonimato: un remolcador los empujaba con sus bordes forrados de llantas y una lancha pequeña, con una luz intermitente desde la cabina, supervisaba las maniobras de salida. Para cuando se escuchó la sirena que anunciaba el paso de la nave, Joseph y Aurelio habían terminado sus tareas y, escondidos tras una chimenea y al resguardo de las miradas del resto de la tripulación, resolvían sus diferencias a golpes.

No era raro que se propinaran una paliza. Ambos eran experimentados boxeadores —y apostadores— y solían limar asperezas haciendo gala de lo aprendido en las peleas a las que asistían. Esa madrugada, la neblina mojaba sus prendas y el resentimiento se colaba, como la humedad, en todos sus poros. Aurelio y Joseph se azotaban mutuamente como si hubieran tenido delante de sí a sus respectivos padres. Los dos despreciaban por igual a sus progenitores: el primero porque sentía que el suyo lo había decepcionado, el segundo porque lo había abandonado.

El último aullido de la sirena había sonado más de media hora antes y ellos seguían alimentando su pleito con golpes y rencores. Entre los derechazos —favoritos de Aurelio— y los ganchos —de Joseph— se alternaban momentos de sosiego en los que continuaban discutiendo, hasta volver a hincharse de coraje y recomenzar. El barco llevaba un rato navegando y ellos estaban una vez más en el suelo, enrolados en un cuerpo a cuerpo, cuando se escuchó el estruendo. Un ruido ensordecedor, proveniente del costado derecho de la nave, los sacudió y los separó bruscamente. Aurelio salió volando por la fuerza de ese impacto, se golpeó la cabeza y quedó inconsciente, mientras la niebla persistía en hundir la escena en la ceguera.

Cuando Aurelio tuvo la fuerza para levantarse, había comenzado a clarear y la bruma se había disipado; se escuchaban rechinidos, ruidos siniestros y voces desde el mar. La cubierta estaba inclinada y no había nadie al alcance de su vista. Se sentía adolorido, pero alcanzó como pudo el barandal para asomarse. Ahí estaba el desastre. La proa de un barco de menor envergadura había descuartizado el costado a estribor del *Galaxy*, que chorreaba petróleo a poca distancia de una llamarada. En el mar reposaba un cuerpo inerte.

Entonces se escuchó una explosión a babor de la nave incrustada, casi en la intersección con el *Galaxy*. Una columna de humo se levantó rápidamente, mientras el viento soplaba y la movía, incitando a las llamas a propagarse. No había tiempo que perder. El riesgo de otra explosión, de mayores dimensiones y consecuencias, era inminente.

—¡Joseph! —gritó desesperado varias veces Aurelio.

—Aquí... —respondió el otro desde una lámina que flotaba en el agua que, por fortuna, se encontraba a estribor del barco impactado, por lo pronto a salvo del humo que salía profuso del otro costado.

—¡¿Estás bien?!

—Arde... —chilló sin aliento.

Algunas voces se escuchaban del otro lado de la cortina de humo y fuego que dividía al *Galaxy* en dos. Seguramente la tripulación de ambas naves estaba tratando de ponerse a salvo, pero Aurelio no podía verlos, así como nadie podía ver lo que el italiano tenía frente a sí: la amenaza de una llama que, en cuanto alcanzara al petróleo chorreante, acabaría con los dos barcos. Aurelio hubiera podido atravesar el humo y correr hacia la parte más lejana a las cisternas, donde probablemente existía la posibilidad de tomar el bote salvavidas antes de que lo peor sucediera, pero de ese modo dejaría a Joseph a su merced y no iba a darle la espalda a quien lo había salvado de la furia de un elefante, aunque eso implicara arriesgar su propia vida.

—¡Aguanta! —le gritó a su compañero mientras buscaba a su alrededor un salvavidas que lanzarle o al menos algo que flotara. Sólo encontró su maleta, que se había deslizado hacia él por la pendiente de la nave ladeada; «mientras no le entrara agua, flotaría», pensó.

En la fracción de segundo en el que la mecha encendió la cascada de combustible y el costado entero del barco se tiñó de una escurridiza y transparente luz roja, Aurelio se movió hacia su izquierda, lo suficiente para esquivar la lámina en la que Joseph se encontraba, y se tiró por la borda con todo y maleta. En el descenso, una llamarada alcanzó su pie izquierdo. Un dolor intenso se propagó a lo largo de su pierna y cuando entró en el mar, si bien experimentó un cierto alivio, casi no podía moverla. Usando la maleta de flotador, buscó orientarse hacia donde estaba Joseph e ignorar el sufrimiento. Avanzó, gracias al vigor de sus brazos, hasta alcanzar a su amigo. Tal como había supuesto, el pedazo de hierro sobre el cual había aterrizado *The Irish*, cuya camisa y pantalón estaban resquemados, ardía. A pesar de los lamentos de Joseph, consiguió moverlo, recargando su torso y su cabeza sobre la maleta. En cuanto lo terminó de acomodar, otro estallido llenó el cielo de grises y detritos: ochenta toneladas de petróleo y dos montañas de acero se derretían sin remedio. Aurelio, algo chamuscado también, comenzó a nadar lentamente, jalando las cintas del veliz entre los restos de la nave que caían a su alrededor, las llamas que lo acechaban y el humo que lo asfixiaba. Continuó, con las pocas fuerzas que le quedaban, hasta que un «No puedo» le invadió la mente, mientras el humo penetraba sus pulmones y el petróleo llenaba su boca. Alcanzó a montarse en un pedazo de madera flotante, después de lo cual perdió el conocimiento.

IX. Los vicios de los otros

Cuando Aurelio regresó a Fisher Island, acompañado por su hijo; eran casi las ocho de una noche con mucho aire. Mapi se había quedado a cuidar a Sofía en el hospital, ya que Antonio, después de asegurarse de que su hija fuera atendida en lo urgente, le había encargado a los doctores todo tipo de estudios: desde una prueba de embarazo, antidoping, VIH y resonancia magnética, hasta las más sofisticadas pruebas para determinar cualquier desbalance químico. Todas las veces que su niña había ingresado en un sanatorio, víctima de algún tipo de autolesión, había realizado los mismos procedimientos: por más que la justificara, le quedaba aún la esperanza de encontrar un motivo —que no fuera la necesidad de llamar la atención— para ese incomprensible comportamiento. Cuando terminó de girar instrucciones y despachar el papeleo correspondiente, se despidió de su esposa para emprender junto a su padre el camino de vuelta a casa.

Durante el trayecto, los dos hombres mantuvieron un silencio riguroso. Para Antonio, el tema de Sofía era extremadamente difícil de abordar. No tenía ganas de dar explicaciones ni mucho menos de admitir el fracaso en la propia labor como padre. Aurelio lo imaginaba, por lo que procuró respetar los sentimientos de su hijo, hasta que se enfrentó a una extraña declaración:

—Tengo que regresar a la ciudad por algunos pendientes —le dijo Antonio cuando se estacionó frente al edificio donde vivían—. Llegaré tarde…, posiblemente hasta mañana —agregó, bajándose del auto mientras, sin esperar respuesta, le daba la vuelta al vehículo para asegurarse de que su padre pudiera descender sin problemas.

—¿Vas con la otra? —preguntó Aurelio cuando lo tuvo de su lado, y lo hizo sin juicio, más bien por la curiosidad que le provocaba conocer más íntimamente a su hijo, a quien, en cambio, esa pregunta le sonó a recriminación.

Antonio, que efectivamente se dirigía al costoso condominio que le había regalado a la mujer con quien pasaba la mayor parte de su tiempo, a pesar de la culpa que eso le producía, contestó sin pensar en las consecuencias:

—Es el amor de mi vida.

Aurelio se bajó del auto ayudándose con las dos manos, evitando la que le tendía su hijo y sin abandonar el tema:

—Decía Platón, si mal no recuerdo, que el amor es una enfermedad mental grave.

—Llevo catorce años con ella.

—Tú eres el doctor, pero ¿una enfermedad que dura tanto tiempo, no es considerada crónica?

—¿Cuándo dejarás de burlarte de los demás?

—¿Cuándo vos dejarás de ser cobarde? Si tanto la querés, divorciáte. Uno de cada dos matrimonios acaba así, no es una mala opción…

Para entonces estaban uno frente al otro. Aurelio era más pequeño en estatura —había encogido por la edad—; sin embargo, Antonio lo enfrentó como si fuera un enemigo poderoso, estirando el cuerpo con toda la fuerza de su reclamo:

—No voy a dejar a mis hijos.

—Ellos te están dejando a ti. No he podido hablar con Julio ni una sola vez. Ni llama ni aparece. Y Sofía…

—Julio ya emprendió su camino, aunque yo no lo apruebe —admitió Antonio—, pero Sofía me necesita…

—Mapi lo sabe.

Antonio se quedó callado, como si estuviera descifrando si su padre quería decir que Mapi sabía de su doble vida o que más bien aprovechaba la debilidad de su marido hacia esa hija indómita y pretendía conservar su matrimonio valiéndose de ella. Se decidió por lo primero:

—Pero no lo dice. Eso es suficiente para que todo siga en paz —concluyó.

Aurelio comenzó a caminar hacia la empleada doméstica que, alertada por el llamado previo de su patrón, había salido a recibirlos; luego se detuvo un momento y volteó a buscar la mirada de su hijo.

—¿Paz? Nunca me ha gustado esa palabra. Demasiado sosa y aburrida... pero, suponiendo que tú la consideres preciada, ¿a esto le llamas paz?

En vez de responderle, Antonio evitó sus ojos y se dirigió a la mujer:

—Te lo encargo —dijo, como si se tratara de la compra del supermercado. Después subió al auto sin despedirse. Arrancó a toda velocidad, a pesar de la restricción que multaba a quienes circularan en la isla a más de veinte kilómetros por hora.

Mientras observaba a su hijo alejarse, Aurelio se quedó pensativo: ¿por qué la gente valorará tanto la honestidad si nadie la soporta?, se preguntó. Luego entró a la casa detrás de Oliva, la muchacha de origen mexicano que trabajaba allí. Se sentía agotado: eran demasiados sucesos para un día y cargaba demasiados años en su cuerpo para que ambas condiciones le pasaran inadvertidas. A pesar de estar cerrada, la úlcera de su tobillo izquierdo le punzaba y necesitaba poner las piernas en alto para deshincharlas, por lo que la promesa hecha a su nieta tendría que esperar hasta la mañana siguiente.

Oliva le ofreció algo de cenar. Aurelio aceptó. Tenía hambre, pero, sobre todo, sed. Mientras ella se dispuso a prepararle el insulso emparedado de jamón y queso que solía merendar, fue a escondidas a la cava de su hijo, de donde sustrajo una botella de vino. Ya había recurrido a ese bien surtido depósito, cuyo saqueo no había sido descubierto aún. Comió su sándwich desabrido y fue a su cuarto a beberse media botella de un trago. Después se metió a la cama con una almohada debajo de las piernas. Hubiera querido dormir, aunque le fuera difícil conciliar el sueño más de tres horas seguidas, pero tenía demasiado en la mente para permitirse siquiera ese fragmentado reposo.

Trataba de ordenar en su cabeza los componentes de ese frenético día, mas no lograba calmarse frente al revoltijo de vicisitudes sin aparente sentido. Gloria, casada con Hofman; Hofman, en estado vegetal, y el misterio del mapa… ¿Por qué David había donado ese mapa? ¿Por qué incluir uno falso en su colección? Y luego estaba el cuerpo, el cuerpo martirizado de su nieta, junto con el extraño encargo que le había hecho. El sobre que debía entregar estaba en la bolsa de su chamarra, junto a la pistola. A pesar de las ganas de abrirlo, optó por no hacerlo —no quería perder la confianza de su nieta—, pero no podía dejar de preguntarse cuál era la prisa y cuál el motivo de la petición de Sofía. Sobre todo, no entendía por qué esa niña estaba tan enojada con sus padres, con la vida, con ella misma. Por fin se quedó dormido, después de dar vueltas por los rincones de una cama que le pareció demasiado grande. No encontró respuestas, ni en el sueño liviano y perturbado que a ratos lo acompañó.

Oliva, quien se había vuelto una especie de enfermera y asistía a Aurelio en aquellas tareas en que la torpeza del viejo se hacía patente, tocó a su puerta a las ocho de la mañana. Como siempre, estaba despierto y comenzaron la rutina habitual. Ella lo ayudó a vestirse, no sin antes preguntarle si quería usar los aparatos auditivos, que él rechazó. Habían dejado de servirle desde el comienzo de su estancia en Miami, cuando empezó a escuchar mejor. La sordera puede ser un fenómeno emocional, le explicó el geriatra que lo visitó a su llegada. El doctor estaba convencido de que la soledad a la que se había enfrentado su paciente en Italia lo había llevado a aislarse del mundo de los ruidos, así como del más cruel: el de las palabras. Según el médico, cerrar toda comunicación con el exterior había sido su defensa.

Cuando Aurelio estuvo listo, bebió café con grappa, lo único que solía desayunar, y hojeó rápidamente la sección de deportes de los periódicos que Oliva le llevó al cuarto. Luego se empinó lo poco que había sobrado de la botella de vino y se dirigió a la puerta, no sin antes pasar por la cocina e informarle a la empleada que daría un paseo «para fumarse un cigarrillo a gusto».

Al salir del edificio, una ráfaga de viento lo embistió. Recordó la nota del periódico, que leyó sin su lupa —ahora extraviada— y que anunciaba el arribo de uno de los últimos huracanes de la temporada. Su impacto en tierra firme ocurriría en los próximos días, pero la velocidad con que cumpliría su trayectoria y la exactitud de la misma eran aún inciertas.

A ritmo pausado y luchando contra la fuerza caprichosa del aire, Aurelio llegó hasta el condominio Palazzo del Mare, que se ubicaba a dos edificios de distancia del suyo. Aprovechó la distracción del portero, que habría debido anunciar al visitante si no se hubiera entretenido despidiendo a un residente locuaz, para subirse al elevador sin dar explicaciones. Si bien la seguridad para acceder a la isla era muy estricta, una vez en ella, los sistemas de protección eran casi nulos, como si el solo hecho de estar dentro de ese exclusivo gueto garantizara el comportamiento de sus huéspedes.

Aurelio subió en el elevador los ocho pisos que separaban el *penthouse* número 3 del suelo. Al salir, se encontró en un vestíbulo con tantos espejos que parecía la atracción de un circo. Después de un par de llamados a la puerta, también recubierta de cristal espejo, esta se abrió y un hombre en sus treinta apareció en el quicio. Tenía la barba a medio crecer, el torso desnudo y unos *jeans* blancos desabotonados que enseñaban el cándido elástico de sus calzones. En la parte superior del pecho, justo donde las clavículas mostraban su forma, un tatuaje de considerables dimensiones abarcaba toda la extensión de sus pectorales y continuaba en los hombros.

—Buenos días, busco a Marjory —anunció Aurelio en español, frente al aspecto latino de su interlocutor.

—¿Quién sois? —preguntó el desconocido con acento ibérico, mientras mostraba un estómago de puro músculo.

—Aurelio Autieri, ¿y vos?

—Su novio.

—El mío no, eh. —Era una broma insulsa que, frente a la mirada fulminante del hombre que le había abierto la puerta, Aurelio tuvo que replegar en un más cordial:

—¿Está ella?

Como si la hubieran invocado, se escucharon unos tacones picotear los peldaños de la escalera de caracol que se entreveía en medio de un amplio salón con vista al mar.

—*Who is it, honey?* —irrumpió una voz ronca y femenina a la vez.

El hombre volteó, enseñándole al italiano un tatuaje que no dejaba un centímetro de la parte superior de su espalda libre de tinta. Tenía la forma de la carcasa de un escarabajo, cuyas antenas continuaban en el pecho del sujeto. Aurelio hizo una mueca de disgusto: esas marcas físicas le parecían grotescas y ni en su pasado marinero se le había ocurrido hacerse una.

Los pasos se oyeron cada vez más cercanos, pero no se veía aún quién los daba, hasta que Aurelio fue tomado por sorpresa: la puerta se abrió de par en par y apareció una chica imponente que le sacaba más de una cabeza de altura. Su cara angelical denotaba una edad corta, que posiblemente no alcanzaba la mayoría legal estadounidense, pero cuyos ademanes eran los de una mujer consumada. Su pelo largo ondeaba con movimientos coquetos, estaba teñido más oscuro en la mitad superior y se degradaba hasta llegar a rubio. Unas curvas generosas, apenas cubiertas por un vestido de algodón ligeramente translúcido, inundaron la atmósfera con una embriagante sensualidad, remitiendo a Aurelio a algunas de las voluptuosas chicas cuyos cuerpos había gozado a lo largo de su vida.

—*Who are you?* —dijo la recién llegada, mientras le mostraba al exmarinero su luminosa dentadura, en una sonrisa que hasta un eunuco hubiera considerado seductora.

La testosterona del italiano acabó de alborotarse y lo obligó a rendirse al impulso que lo llevaba, cautivo, al recuerdo de sus amantes. Después de permanecer callado por un instante, que disfrutó como ninguno, se resignó a aclarar su connotación actual:

—*I'm Sophie's grandfather.*

—*Of course* —dijo la joven, continuando en un español titubeante—; ya me había avisado que su abuelo vendría —concluyó, haciéndole un guiño a su compañero.

—Mi nieta, *Sophie*, está mortificada por no haber podido regresarte lo que le prestaste, pero tuvo un pequeño accidente y está en el hospital —mintió parcialmente Aurelio al deslizarle el sobre. Esperaba que la joven, víctima de sus encantos o de sus engaños, revelara algo sobre el contenido del envío, por lo que evitó cualquier contacto visual con el tatuado.

—*Oh… Yeah. Thank you.* No había prisa. ¿Cómo está ella? Espero no sea nada grave.

También Marjory ignoró a su pareja, así como las trampas del hombre que podría haber sido su abuelo. Recibió el sobre, que apoyó en una cómoda cercana, evitando cualquier otro comentario sobre el asunto.

—Afortunadamente no lo es. Esta misma noche volverá a casa —puntualizó el italiano.

La conversación se agotaba, y si bien Aurelio entendía que ese par, que parecía recién salido de la campaña publicitaria de una marca de moda, ocultaba algo, también tuvo claro que no era el momento de averiguarlo.

—Me voy —anunció—. Fue un gusto conocerla —dijo tendiéndole la mano que ella recibió lánguidamente, en un roce de pieles distintas, una suave y tersa, la otra áspera y arrugada, pero igual de tibias. El tatuaje humano, cuyo nombre aún no había trascendido, emitió un ruido indescriptible que parecía más un lamento que una palabra.

—El placer es mío —concluyó ella, dando por terminado el encuentro y dirigiéndose hacia el elevador. Aurelio la siguió y el novio lo hizo a su vez con la mirada. Como en un ritual animalesco, ambos machos asistían al contoneo de la hembra y emanaban la energía competitiva de las fieras en la jungla.

A las nueve de la mañana, el cuerpo desnudo de Antonio abrió por primera vez el ojo a ese día ventoso, la víspera de la llegada del huracán Peter. Apenas lo hizo, lo volvió a cerrar. Quería disfrutar sin miramientos la caricia húmeda y pegajosa recibida por su pene, que había amanecido cansado, pero se recuperaba velozmente de la actividad de la noche anterior. Una lengua lamía, meticulosa y con la evidente consigna de lubricarlo, el nacimiento de su miembro hasta llegar a la punta del mismo. Después de repetir la operación varias veces, la boca rodeó con ambos labios el pujante pedazo de carne, adhiriéndose como ventosa a la piel ajena, mientras lo engullía, empujándolo hasta la garganta. Otra lengua, igual de irredenta y dadivosa, recorría sus testículos, provocándole una oleada de placer.

Dos cabelleras, una larga y otra muy corta, rozaban a ratos los muslos y el vientre de Antonio, quien deseaba permanecer así, inmortalizado en ese goce. Pero, cuando sintió las dos bocas intercambiar salivas en un beso que incluía su sexo, no resistió la tentación, abrió los ojos y tuvo frente a sí la escena que, desde el inicio de esa tórrida mañana, dibujaba en su imaginación. Dos mujeres se contorsionaban alrededor de sus caderas, sus manos se buscaban, tocándose, humedeciéndose, pero sin dejar de atender una virilidad erguida en toda su fuerza. Como siempre que se involucraba en este tipo de juegos eróticos, no deseaba alcanzar un orgasmo sin la contundencia de la penetración. Cada vez que un cuadro similar acontecía, intentaba decidir a cuál de las dos participantes poseer. Optó entonces por su amor, su gran amor, el que, en efecto, le provocaba una locura hasta el momento incurable. Eligió a la mujer con quien llevaba catorce años compartiendo cuerpo, vida y todas aquellas féminas que escogían juntos para completar su placer.

Con ella hablaba el idioma de la afinidad: ambos eran médicos, socios, cómplices, confidentes y hasta amigos. Más allá de la desmedida ambición material de ella, que superaba incluso la de Antonio, era el único ser que en verdad lo comprendía. Por eso la miró con un sentimiento de identificación amorosa. Preso de una calentura incontrolable, observó con regocijo sus pómulos marcados, su cabello diminuto, su nariz apenas respingada, sus senos planos y el cuerpo ágil que tanto disfrutaba. A Raquel le gustaban el dinero y las mujeres, y las mujeres gustaban de ella. Casi siempre que le proponían un trío a alguna, ya fuera una de las enfermeras de sus centros de desintoxicación, una amiga recién divorciada, la esposa de uno de sus inversionistas o, como ahora, la asesora financiera que llevaba sus cuentas bancarias, ellas aceptaban. Y siempre, sin que así lo hubiera planeado, Antonio acababa escogiendo a Raquel para regalarle su semen. Esta vez, ella tenía otras intenciones. Lo ayudó a incorporarse y acercó su miembro hinchado a la vulva desconocida, cuya dueña se recostó para recibirlo. Antonio obedeció la orden tácita y penetró a la tercera presente, a cuya boca novedosa y hambrienta Raquel ofreció su coño rasurado. Así fue como los dos enamorados quedaron frente a frente, ambos con las rodillas dobladas en la cama, el resto de sus piernas firmes, y conectados por un cuerpo en el que uno se introducía y cuya lengua la otra recibía en sus entrañas. Los amantes de siempre se abrazaron e iniciaron un beso lento, compuesto de alientos y deseos.

A los pocos minutos de haber comenzado aquel acto, sonó el celular que Antonio había puesto a cargar la noche anterior sin apagarlo. Instintivamente separó su rostro del de Raquel para mirar el inoportuno aparato. Al ver el nombre de Sofía en la pantalla, supo que debía contestar.

Mapi se encontraba en un estado alterado no acorde con la cantidad de ansiolíticos que solía ingerir, pero es que su hija, que bien podía haber sido engendrada por algún demonio y no por su propio aparato reproductor, desde muy pequeña había hecho voto para sacarla de quicio. Y sí que sabía cómo lograrlo. A la primera objeción al cumplimiento de cualquiera de sus deseos, se convertía en una fiera indomable, cuya víctima era invariablemente su madre. La única que intentaba ponerle límites y la única a quien la adolescente no había podido neutralizar, como hacía con quienes no se doblegaban a su voluntad o no le servían a sus propósitos, por imprudentes que estos fueran. Mapi se sentía, si no la guardiana de la salud mental de su hija, la responsable de la misma, pues por más que intentaba sensibilizar a su marido, él era reacio a reconocer el problema. Lo consideraba una cuestión de incumbencia exclusiva de su esposa, que, a su criterio, había fallado en la labor de madre, y no reparaba en hacérselo notar. Para no sentirse todo lo ineficiente que Antonio la acusaba de ser, Mapi había tratado de corregir los desmanes de su niña desde corta edad, previniendo —o provocando— lo que vendría después. A los cinco años, el pediatra le había recetado el medicamento que prometía el control del déficit de atención y la hiperactividad. Confiada en el proceder del doctor, al principio a Mapi le pareció que el comportamiento de su hija mejoraba, pero, conforme pasó el tiempo, la situación se fue deteriorando.

Desde que Sofía había sido expulsada del elegante colegio suizo al que la habían enviado para que aprendiera francés y buenos modales —y en el que, en cambio, convirtió en su actividad principal el cortarse a sí misma—, la situación se había vuelto insostenible. Las discusiones entre las dos mujeres llegaban a menudo a los límites, no de la decencia —esos siempre eran propasados por una hija que no tenía empacho en gritarle a su madre cuánto la detestaba—, sino de la integridad física. Sofía solía encerrarse en el baño para castigar los regaños de su progenitora con el *cutter*. Alguna vez incluso amenazó a Mapi con el artefacto que la libraba de sus ansias, mismas que acababan clamando por un juez entre las partes o, más bien, un fiel aliado: su padre. Un árbitro magnánimo que, cegado por un cariño incondicional, invariablemente se pronunciaba por la causa de Sofía. Y esta ocasión no iba a ser diferente. En cuanto Mapi, recién amanecida en el cuarto de hospital de su hija, se negó a llevarla a montar a caballo cuando salieran de ahí, Sofía —histérica— tomó el teléfono y se comunicó con su papá.

Antonio, sustraído del beso acuoso de Raquel por la llamada, extrajo a su vez su miembro de la asesora financiera en donde lo tenía metido. Su amante oficial estaba acostumbrada a ese tipo de interrupciones y, por más que le había rogado a Antonio que durante sus encuentros apagara el celular, se había resignado a aceptarlas o, en su defecto, a ignorarlas. Con la lengua extraña aún chupándole el clítoris y ansiosa por devolverle el favor a quien la estaba llevando al placer máximo, se volcó hacia el coño de la mujer, que seguía lamiendo el suyo a pesar de haber quedado sin la atención del macho. Mientras lo hacía, escuchaba a lo lejos la plática de quien, todavía con el miembro erguido y la respiración alterada, ensayaba su voz más dulce:

—¿Cómo amaneció mi princesa? —preguntó Antonio.

Una avalancha de inconexos improperios, trasmitidos desde el otro lado de la bocina, le llegó como un chubasco primaveral. Apenas la voz de su hija necesitó un respiro, intentó tranquilizarla, como le había enseñado la terapeuta conductual que pretendía que la niña se desahogara sin recurrir al daño físico. Alterado él mismo por ese irresoluble pleito, al poco rato se vio en la necesidad de pronunciar la clásica orden:

—¡Pásame a tu mamá!

Apenas oyó la voz de Mapi, su pene acabó de empequeñecerse:

—¡¿Qué más te da llevarla al hípico?!

—Aún no salimos del hospital y tengo que pasar a la oficina. Además, parece que un huracán está llegando —intentó razonar ella.

—Eres una egoísta, por eso tu hija está como está.

La conversación de la ajada pareja se tornó en un enésimo conflicto, con el final acostumbrado: Antonio le colgó el teléfono a su esposa.

Raquel, satisfecha física y emocionalmente, se había acostado boca arriba en la cama, con los pies hacia la cara de quien le acababa de otorgar un rápido orgasmo. Al percibir el silencio de su amado, se levantó, encaminándose hacia el baño. Antonio se había encerrado en esa habitación para hablar libremente y, ella lo sabía, necesitaba de su ayuda. Raquel fue entonces a preparar la pipa que su hombre fumaba a cualquier hora del día —en su consultorio, en la junta de consejo, en el club, en la madrugada y hasta durante las visitas de sus suegros—, gracias al filtro que evitaba propagar el olor a mariguana. Él, sentado en la taza y preso de un retortijón que necesitaba alivio, al ver esa ofrenda la recibió agradecido. Inhaló y se sintió inmediatamente relajado, tanto que expulsó de su intestino una buena cantidad de excremento.

En el cuarto de hospital, Sofía también se sentía satisfecha: había cumplido una vez más su objetivo inconsciente: castigar a sus padres por haberla traído al mundo cuando ya no la deseaban ni se deseaban. Su madre lloraba afuera de la habitación, mientras intentaba comunicarse con un antiguo novio, reencontrado en Facebook; aunque no lo había visto hacía más de veinte años, él era quien consolaba sus pesares por la vía cibernética.

Fue fácil para Aurelio averiguar el nombre del tatuado. Al bajar al vestíbulo del palacio marino le ofreció un cigarrillo al portero, fiel a su teoría de que todos fuman, aunque lo nieguen. El encargado de la puerta, un latino dicharachero, no aceptó, pero Aurelio tenía sus modos. Encontró velozmente un tópico de interés común: el fútbol. Después de debatir sobre los resultados de la Eurocopa y de los juegos amistosos previos al mundial, fue al punto:

—Es una condena envejecer. No oigo bien, no veo bien, no duermo bien, ni siquiera recuerdo bien. Tengo Alzheimer, ¿sabés?

—Lo siento —dijo el hombre de modos afables, sin entender el motivo para expresarle esas quejas.

—No me acuerdo siquiera del nombre del novio de mi hija, ¡y los acabo de visitar! ¿Podés creer? —explicó Aurelio.

—Malo que no recordara el de su hija…

—Ese sí que lo recuerdo, aunque a veces me den ganas de olvidarlo: se llama Marjory Nelson —contestó con una sonrisa condescendiente, dándose cuenta de que había exagerado: su edad podía corresponder a la del abuelo, incluso el bisabuelo, de esa niña. Pero el tipo no reparó en su mentira. Al oír ese apelativo cambió de semblante. De extrovertido, se volvió cauto, como si lo hubieran empujado a un territorio que prefería no pisar.

—El señor López Báez, quiere usted decir —reviró compungido.

—Eso es… Rogelio López Báez. Mi memoria ya no sirve para nada —se quejó.

—Armando —lo corrigió el joven de rebote.

—¡Armando López Báez! —repitió Aurelio, como si se hablara a sí mismo—. Soy un desastre. Mejor me voy a casa, me siento débil. También tengo el azúcar bajo, ¿en qué momento se convierte uno en un costal de problemas?

El muchacho, que de cordial se había vuelto obsequioso, lo acompañó hasta la puerta.

—Espere dentro, por favor, le pido su auto; hay mucho aire y no tiene caso que se exponga —dijo antes de salir a la intemperie.

La vejez tiene, después de todo, sus ventajas, convino Aurelio. La gente cree que un anciano es inofensivo y que ya no tiene por qué mentir. Allá ellos. Por su parte, hubiera querido dejar en claro que un poco de viento le hacía los mandados. Vientos, los de Patagonia. Pero prefirió seguir en el papel de víctima:

—No tengo auto. Vivo cerca, pero tal vez podés pedirme un carrito, ¿de esos blancos que circulan por ahí?

El cielo había oscurecido y el humor del portero, por más que trataba de hacer gala de la jovialidad de hace unos momentos, también. Tal parecía que deseaba deshacerse de Aurelio lo antes posible, tanto que, extremando premuras, lo interrumpió:

—Por supuesto, ahora mismo le pido uno: ¿a dónde se dirige? ¿Al edificio Margaritas, cierto?

—No, voy allá —dijo señalando la construcción donde se alojaba.

—Disculpe, pensé que estaría hospedado en alguna de las propiedades que el señor López Báez tiene en la isla.

Aurelio, frente al nerviosismo de su interlocutor, y si bien le hubiera encantado seguir indagando al tal Armando, prefirió no extralimitarse. Había recolectado suficientes datos para seguir investigando por su cuenta y sabía cuán traicionera es la ambición.

El carrito de golf, de los que transportaban a pasajeros en la isla, llegó casi de inmediato. Aurelio se subió auxiliado por el portero, que seguía tratándolo con extrema deferencia. Una vez que el vehículo se puso en movimiento, le pidió al chofer cambiar de ruta, ordenándole llevarlo a la cafetería.

Soplaban ráfagas de viento repentinas y al pequeño coche le habían puesto una lona para proteger a los pasajeros. A pesar de ello, Aurelio no quiso cerrarla. Al llegar frente a la puerta del establecimiento, bajó sin esperar ayuda. Una vez dentro interceptó a su confidente cubano y, después de tomarse un café en la barra en la que su amigo el mesero estaba de turno, le preguntó por el tatuado.

—No lo conozco. Por lo menos no de nombre, pero he visto varias veces en la marina a alguien con un tatuaje como el que me describe subirse a un yate de nombre *Oshún*.

—¿Recordás algún otro detalle?

—Su colección de autos. Cambia constantemente de modelos: tiene un Rolls-Royce, un Ferrari Enzo, un Aston Martin, dos Lamborghini, uno rojo y otro blanco, hasta distintos Mercedes-

Benz —suspiró el camarero, un apasionado de coches de lujo— Incluso lo he visto en mi auto favorito: un Bugatti Veyron.

—En Miami les encanta desfilar sus motores. ¿Algún detalle más personal? ¿Mujeres?

—¡Ah, claro! Siempre va acompañado de una espléndida rubia que no se baja de los tacones ni para subirse al yate.

—¡Son ellos! —exclamó Aurelio, preguntándose quién era en realidad esa pareja de hedonistas despilfarradores y cuál era su relación con Sofía. Alarmado por los lujos de ese par, desproporcionados incluso para Miami, se arrepintió de no haber abierto el sobre, pero para eso era demasiado tarde.

El cubano prometió recolectar más información con sus colegas y el italiano optó por volver al que, si bien no consideraba su hogar, era lo más parecido a eso que había tenido en décadas. Decidió caminar hacia allá. El viento se había apaciguado y tenía ganas de conversar con el mar. Desde tiempos lejanos lo consideraba un amigo en quien podía confiar. A veces sostenían acaloradas discusiones, otras no le contestaba, pero siempre acababa por ponerse en sintonía con sus humores o viceversa. Ahora, por ejemplo, lucía revuelto y enojado, como él. «Demasiadas preguntas sin respuesta», pensó Aurelio con preocupación.

Cuando llegó a la puerta de templo hindú, que Mapi había comprado a un anticuario especialista en arte asiático, tocó el timbre.

Aprovechando que la casa estaba desierta, Oliva arrastraba la aspiradora de un lado a otro de la sala y tardó en escuchar el anuncio de visitas. Por fin fue a atender el llamado y se encontró con un Aurelio que había pasado de ansioso a neurótico. Ella lo recibió más sonriente que de costumbre.

—Adivine lo que encontré —dijo sin ocultar su alegría.

—Un novio —contestó Aurelio, pensando que eso era justo lo que le hacía falta a esa mujer, algo escandalosa para sus gustos.

—Su lupa —declaró ella, orgullosa de su eficiencia.

—¿Y dónde estaba? —preguntó él sin molestarse siquiera en fingir un interés que no tenía.

—Pues ¿dónde iba a estar? En el lugar más a la vista. Pero uno nunca ve lo que tiene frente a los ojos —concluyó Oliva con inocente sabiduría.

—¿En mi escritorio? —continuó Aurelio, sólo para mostrarle su solidaridad.

—Debajo del periódico. El único sitio donde no buscamos.

Allí mismo, por asociación cognitiva, Aurelio tuvo una iluminación. ¿Y si el mapa de la Fuente de la Eterna Juventud fuera el verdadero? ¿Y si, colgada frente a miles de visitantes, se hallaba la resolución del enigma que aún no entendía, a pesar de lo mucho que había alterado el curso de su vida?

Tenía que volver al museo para cerciorarse.

X. Filibusteros fueron (1949-1952)

Los ojos de Aurelio enfocan mientras su respiración continúa sin permiso. Una aguja penetra la vena más caudalosa de su brazo izquierdo, permitiendo la entrada de una sustancia transparente. Una manguera extrae líquidos de su miembro flácido, al tiempo que siente el dolor irse con la orina, no sin antes quemarle el conducto. Vestidos blancos revolotean a su alrededor, arropándole la mirada. Una voz femenina pronuncia con dulzura palabras que no consigue distinguir. Lo borroso alcanza la nitidez y de pronto identifica sonidos familiares. La vida es necia y la muerte, torpe, comprueba una vez más.

—¿Me escucha? —pregunta una vez más la madre superiora en un inglés anguloso. La monja que atendía la sección de terapia intermedia del hospital en el que Aurelio convalecía, en Gotemburgo, había traído a su jefa por ser la única que podía comunicarse en ese idioma.

Él asiente. Si bien le han quitado el tubo que lo mantenía callado, no logra aún disponer de su voz. Ante su expresión de desconcierto, la superiora, una mujer de edad avanzada que acudió apenas le informaron que el paciente extranjero había despertado, le explica:

—Estuvo usted inconsciente varios días. El humo altamente tóxico que respiró afectó sus pulmones.

Autieri escucha extrañado; le resulta raro recibir de una desconocida información acerca de sí mismo. Mira a su alrededor como para acostumbrar las pupilas de nuevo a la luz o para obligar a la mente a volver a la vida. El cuarto, de un tapiz verde óptico, es alumbrado por neón, gracias al cual divisa una maleta apoyada en la única silla de la habitación. Es su maleta, la que nunca desempaca. Del lado izquierdo hay una cama vacía. Aurelio carraspea hasta hacer sonar sus cuerdas vocales al compás de su única preocupación:

—Joseph…

—Joseph… Joseph no fue tan afortunado como usted —le informa la religiosa que, tras años de acompañar la muerte ajena, aprendió cómo la desgracia de otro ayuda a evitar la propia.

—¿Dónde está? —continúa el postrado en un silbido.

—Dios lo acogió en su Santa Gloria esta mañana… Era un buen hombre —juzgó la madre, a sabiendas de que apenas unas horas antes Joseph había pedido confesarse—. Es una pena que se haya ido de este mundo sin verlo despertar, pero hay que confiar en la voluntad del Señor, por más incomprensible que parezca.

Aurelio la mira consternado. ¿Por qué lo que se conoce como «la voluntad de Dios» es a menudo maléfica?, se pregunta. Por respeto o prudencia, ella evita decirle que Joseph no perdió el conocimiento jamás, a pesar de los dolores que padeció y de los medicamentos que le suministraron. Nunca se refugió, como lo hizo él, en ese limbo desconocido donde las almas, en especial modo las religiosas, suelen negociar con Dios el regreso al mundo corporal. La monja, que permanecía callada a un lado de la superiora, al ver el semblante descompuesto del enfermo, intervino:

—Por favor, madre, dígale que es un milagro que esté entero. Su tobillo tiene una herida, es cierto, pero nada que el tiempo y los debidos cuidados no curen.

La intérprete tradujo el mensaje, pero Aurelio no parecía estar interesado en su salud. Señaló con el dedo índice, en cambio, la maleta, cuya piel de cochino estaba manchada de sangre. La monja, viendo la impresión que le estaba causando ese objeto, agregó una frase más para que fuera repetida en inglés, sin revelarle que cuando Joseph llegó estaba en carne viva, prácticamente, adherido a ese veliz:

—Fue su amigo quien nos pidió que se la guardáramos. Estaba convencido de que usted se salvaría.

Al día siguiente, Aurelio, que recuperaba poco a poco sus fuerzas, logró ponerse de pie. En su primera caminata, limitada al perímetro del cuarto, se acercó a la maleta. Olía a sal y a sufrimiento. Las hebillas estaban oxidadas; las iniciales, grabadas en seco, sucias; la piel todavía húmeda, fundida con otra piel. La abrió con trabajo. Adentro encontró ropas podridas, dinero desteñido y el percudido paquete que contenía el mapa. De ahí sacó el pergamino, cuya envoltura se había mojado tanto que, al tocarla, se desintegró. Cuando le quitó esa protección fallida y separó las dos maderas podridas, hizo un descubrimiento inesperado: los alegres colores de la pintura habían desaparecido. Del dibujo original quedaban tan solo un par de pinceladas degradadas en los tonos rojos y azules que recordaba bien. La localización de la fuente de la juventud se había diluido con el agua hasta esfumarse. Todo para dar paso a un descubrimiento aún más fortuito: un mapa en tinta negra que, después de haber permanecido oculto debajo de la pintura por quién sabe cuántos años, había resistido al agua. Indicaba la ciudad de Campeche y, sobre el litoral del Golfo de México aledaño a esa población, estaban escritas las coordenadas de una isla con las indicaciones de un punto específico.

A pesar de haberse recuperado físicamente, en el ámbito del espíritu, Aurelio seguía sintiéndose fatal. En esos cinco años de convivencia, alejado por decisión propia de ulteriores involucramientos sentimentales, había convertido a Joseph en su principal compañía. Un compañero cuya pérdida ahora sufría, alguien con quien se había identificado, muy a pesar de sus diferencias. Ambos estaban solos en el mundo, o por lo menos así se consideraban; pero con el otro, la propia se volvía una soledad compartida. Con la falta repentina del amigo, así como la del impulso para reanudar las actividades que solían realizar juntos, le cayó nuevamente encima esa palabra deshabitada y triste: *soledad*, con todo el peso que traía consigo: los compromisos fallidos, las culpas adquiridas y sus inevitables consecuencias.

No le quedaban ganas de seguir traficando, tampoco de navegar. Había perdido todo en el naufragio; pero con la indemnización que le dieron por el accidente y su consecuente y relativa incapacidad física —limitada a una quemadura en el tobillo—, decidió ir a Nueva York, esta vez por avión. Víctima de una especie de huelga emocional, prefería mantenerse lejos del mar, el amigo que sentía lo había traicionado. Mejor verlo desde el aire, a una prudente distancia.

Con aquel viaje pretendía comenzar una nueva búsqueda —de vida y de respuestas— que incluyera a Hofman y la verdad acerca de un mapa que había vuelto a despertar su curiosidad. Sin embargo, al salir del hospital y enfrentarse con su libertad, la percibió demasiado amplia, incluso para un alma tan nómada como la suya. Sintió que necesitaba un amarre o, más concretamente, hacer lo debido. Optó por posponer el viaje a América y visitar primero a su madre, lavar la culpa del abandono a la que la había condenado y comprobar que la orfandad que lo afligía era elegida.

Siete años después de su partida y poco antes de cumplir un cuarto de siglo, Aurelio Autieri regresó al sitio que aparecía en su acta de nacimiento y del que más alejado se sentía. La Spezia es una ciudad diseminada en las colinas circundantes al Golfo de los Poetas, llamado así porque ahí veranearon Dante

Alighieri, Lord Byron, Mary Shelley, George Sand y Marguerite Duras. Escritores, turistas y residentes trepan desde tiempos remotos hasta los dos promontorios que protegen la bahía, cuyos respectivos castillos amurallados e iglesia fortificada —los de Lerici y Portovenere— desaparecen bajo las marejadas invernales. Los visitantes admiran desde esa altura las sugestivas vistas. Más allá de esas construcciones, sólo está el acantilado, esculpido por el agua, erosionado por el viento.

Para Aurelio, su origen era un conjunto abstracto de recuerdos que se le amontonaban en la memoria sin provocarle una emoción clara. Solía ahogarlos en el turbio y pegajoso líquido de la nostalgia, donde flotaban como residuos discordantes sin dirección ni destino. El único recuerdo que percibía, íntegro y con toda la fuerza de los remordimientos que cargaba, era el de su madre. Guardaba la imagen de esa mujer devastada por la muerte de su marido, el padre de Aurelio, ocurrida unos días antes de que se quitara la vida su suegro, el abuelo de Aurelio.

Proveniente de Génova y después de atravesar la compacta cordillera que desciende al mar —los Apeninos ligures—, al bajarse del tren, Aurelio percibió el olor a *focaccia* con cebolla, un encuentro sensorial suficiente para borrar cualquier distancia emocional. El aroma de ese pan cocido al horno de leña, plagado de hoyos blancos por donde se cuela la grasa del lardo, se le metió en los cinco sentidos. Al igual que el idioma de la lengua familiar, el del olfato le despertó la añoranza y el cariño que sentía por su tierra. Sin embargo, conforme fue cruzando la ciudad, tuvo que constatar que de sus lugares amados quedaba muy poco. La mitad del puerto, convertido al término de la guerra en una base de la OTAN, estaba oculto tras un muro macizo que impedía a los transeúntes ver el arsenal militar en el que se producían y almacenaban los pertrechos bélicos más diversos. La otra mitad escondía, atrás de un muro menos alto, pero igual de excluyente, el puerto mercantil, que prosperaba gracias a la recuperación económica en curso en la época.

Al llegar al domicilio del que alguna vez había huido, un edificio en estilo *liberty* que se había salvado de los bombardeos, Aurelio se reencontró con todos los sentimientos que había enterrado al irse, incluyendo el miedo de enfrentarse con el dolor de su madre, pero, sobre todo, con el suyo.

Apenas lo vio, la mujer que le había dado la vida y de quien había heredado los ojos grises se emocionó hasta las lágrimas. Aurelio, por su parte, no tardó en darse cuenta de que, como la ciudad que lo había recibido, su madre, más allá de conservar los ojos, tan gélidos como los suyos, había cambiado bastante.

Después de un prolongado abrazo y de escuchar el breve relato con que Aurelio le resumió sus andanzas, ella procedió a contarle el lapso de historia que los separaba. Tratando de desdramatizar el encuentro y de no dejar trascender el sufrimiento que le causó la simultanea pérdida de su marido, de su suegro y la partida de su único hijo, le habló en cambio del fin de la guerra y de cómo ella había probado ser ingeniosa en lo económico.

—Mis primos y yo, (¿te acuerdas de los Lucchetti?), compramos algunos baldíos dejados por los bombardeos a precios irrisorios y construimos varios edificios a muy bajo costo que ya nos están produciendo rentas.

—Así que te volviste una mujer de negocios.

—Qué otra me queda: soy una viuda que, a pesar de tener un héroe de guerra por marido, el Gobierno italiano decidió desconocer —dijo, reviviendo un tema que ardía en sus adentros.

—Seguramente vistes de negro porque es un tono que te favorece —trató de aligerar Aurelio, a quien no le gustaba recordar el motivo por el cual había empezado a odiar todo gobierno, institución que consideraba irremediablemente traidora de sus ciudadanos—. Te ves tan guapa que hasta novio has de tener.

—¿Novio? Eso nunca, aún honro la memoria de tu padre, el mejor hombre que...

—¿Pretendientes, entonces? —preguntó Aurelio sin darle ocasión para alabar a su difunto esposo.

—De esos, algunos, debo admitir.

—¿Y sigues haciéndolos suspirar como lo hacías, hasta conmigo?

—Ciertamente: a los hombres no hay que decirles ni que sí ni que no... ni mucho menos cuándo... eso, según tu abuela —convino, repitiendo la cantilena que las mujeres de su casa habían heredado de generación en generación y aplicaban rigurosamente a su vida.

—Me da gusto ya no tener que negociar contigo —dijo Aurelio cariñosamente, pero, como para comprobarle que de eso no se iba a salvar nunca, su madre no tardó en aleccionarlo:

—El que necesita de una novia eres tú, *per farti mettere la testa a posto* —declaró, pronunciado la mitad de la oración en dialecto spezzino, con la esperanza de encontrarle a su hijo, de ser posible en Italia, una compañera de vida acorde a sus raíces.

—Necesito dos, aunque tres estaría todavía mejor —rebatió Aurelio.

Ella se rio, pero no estaba divertida: en el fondo le apenaba ver a su hijo tan poco resuelto a *mettere la testa a posto,* lo que en términos coloquiales, y literales, significa «sentar cabeza».

Desde el primer día de su visita, a Aurelio lo tranquilizó ver que su madre había superado el momento de fragilidad y era de nuevo la mujer determinada que siempre había sido. Sin embargo, le quedó claro, en detalles imperceptibles pero evidentes para él, que su presencia ahí la remitía al pasado que ella había intentado tan encarecidamente poner atrás. No podía culparla: lo mismo le ocurría a él.

Unos cuantos días de convivencia familiar le bastaron al repatriado para saberlo: a pesar de tener un hogar cómodo y amoroso, ya no había mucho que lo ligara a lo que en otros tiempos fue suyo. Más allá de los sabores conocidos y del cariño agrietado, su terruño le parecía ajeno y su madre tan lejana de su realidad como estaba él de la de ella.

No sabía con exactitud lo que buscaba ni dónde buscarlo, pero sentía la misma pulsión de siete años antes. Si entonces fue la venganza la que lo envió lejos, ahora era el anhelo de aventura lo que lo impulsaba. El mapa fungía de catalizador, y hasta de excusa, para que Aurelio le diera una respuesta a la incógnita que representaba, aunque en realidad en esos momentos sólo le interesaba escapar de los oprimentes recuerdos de una vida que se había ido para siempre.

Fue así como, en una de esas tardes en las que deambulaba por el centro de su ciudad natal, se le ocurrió visitar la tienda de antigüedades a la que acompañaba a su madre durante la guerra, cuando permutaban reliquias familiares para poder comprar huevos e higos secos.

Tuvo que identificarse con el anticuario, quien vivía sepultado entre objetos, cuadros y libros en un local bajo el pórtico del almirantazgo. El hombre, una vez que lo reconoció, lo aturdió con los temas que lo obsesionaban: Napoleón y los etruscos. Le mostró incluso la cama donde durmiera Bonaparte cuando este, durante las campañas militares de 1808 en Italia, se había alojado en la residencia de un pariente del anciano, quien comenzó su actividad vendiendo los objetos usados por el emperador galo.

Aurelio mostró suficiente interés para que el viejo, frente a la copia de una sofisticada silla plegadiza que en la antigua Etruria simbolizaba el poder judicial, se arrancara con un discurso sobre los maravillosos hallazgos de dicha civilización. Antes de volver a escuchar más explicaciones, el marinero lo interrumpió:

—Vine a consultarlo —dijo, mientras extendía el mapa enrollado que extrajo de su saco.

Al poner el pedazo de piel curtida bajo la potente lámpara del escritorio en el que el viejo estudiaba sus piezas, este guardó silencio por largo rato.

—¿Cómo lo consiguió? —preguntó, después de haber escrutado minuciosamente el pergamino.

—Era de un amigo que murió en un accidente —mintió Aurelio. El viejo frunció la nariz y, sin levantarla del mapa, continuó:

—¿Sabe de dónde proviene?

—Sólo sé que tenía otra pintura encima. Al contacto con el agua, se diluyó.

—¿Cómo era? —preguntó el interpelado, cada vez más curioso.

Aurelio le describió lo mejor que pudo el dibujo desaparecido, sin recibir una sola de las miradas inquisidoras del viejo, que seguían dedicadas a revisar el mapa. Cuando terminó su relato, el anticuario procedió a dar su veredicto.

—No soy un experto en el nuevo mundo —se disculpó, algo desdeñoso del continente que nunca había pisado, ni le interesaba hacerlo—, pero, para cuando esto fue dibujado, el mito de la fuente de la juventud era obsoleto. Por el tipo de tinta, indeleble, el mapa data, cuando mucho, del siglo XVII. Antes de entonces esa técnica se desconocía.

—El mapa deslavado tenía fecha de 1545.

—Tengo razón entonces: lo anterior no puede estar encima de lo que vino después. No me extrañaría que la pintura que lo recubría haya servido para despistar —dijo, haciendo las deducciones propias de un investigador.

—¿Despistar a quién y por qué motivo?

—Si había un interés por encubrir este mapa, es porque contiene información valiosa, por lo menos para alguien. Además, ¿a quién podría interesarle la eterna juventud, si sabemos de sobra que envejecemos sin remedio? ¿O no me diga que cree en algún tipo de inmortalidad? Ese es un disparate, o más bien una de las vanas promesas de una «santa Iglesia», que es más puta que santa —respondió el anticuario, un jacobino que encontraba siempre el modo de enfrascarse en otro tema de su devoción: la hipocresía religiosa.

Aurelio lo miró sin contestar. ¿La juventud? Era un atributo que, por lo pronto, le sobraba.

—No veo la relación de estos números con lo que aparece enfrente —expresó entonces el anticuario, indicando la parte de atrás del mapa y la extraña cifra que aparecía allí—. Están escritos con pluma, por lo tanto se trata de trazos mucho más recientes, pero es todo lo que puedo deducir.

—¿Cree que alguien quiera comprarlo? —preguntó Aurelio, que estaba considerando deshacerse del pergamino.

—Mapas como este hay muchos. Si indicara la ubicación de algo valioso, sería diferente. Por la época y la zona, el Golfo de México, cabe la posibilidad de que se trate del encargo de un pirata. Y en ese caso, claro está, faltaría comprobarlo.

—¿Un pirata? Ha leído demasiado a Salgari... —se burló Aurelio.

—¿Quién no ha soñado con *Los Tigres de Mompracem*? A mi nieto le encanta disfrazarse de Sandokan —dijo en tono de añoranza el amante del pasado, para luego continuar—: Le sugiero buscar a un experto llamado Samuel Bakerbowne.

—¿Y dónde está?

—Lo único que sé de él, por lo que he leído en sus libros y en publicaciones del medio, es que vive en Nueva York y es una eminencia en materia de piratas.

Con la misma determinación de siete años atrás, Aurelio compró un billete en un barco de pasajeros que salía del puerto de Génova hacia la ciudad que comparte nombre con el duque de York.

Se despidió de su madre con un pacto tácito de que ambos seguirían la ruta tomada en sus mutuas ausencias. Ella, su independencia obligada; él, la elegida: la vida venturosa e incierta del navegante, la que no requiere más apegos que los relativos a la supervivencia.

Esa enésima travesía fue también su reconciliación con el mar. En las semanas que pasó en cubierta contando las estrellas, con la misma curiosidad y sensualidad que si hubieran sido las pecas del escote de una mujer hermosa, sintió la enormidad del abismo bajo sus pies, tan grande como el que pesaba sobre su cabeza. Cielo y mar, una fusión que lo abrumaba pero, al mismo tiempo, lo acompañaba. Una presencia constante, fuente infinita del movimiento vital del cual no podía sustraerse, un paradójico desierto capaz de convertirse en el más florido campo de cultivo para la imaginación.

Tal y como le sucedió años atrás, cuando la lectura de *Moby Dick* consiguió mandarlo a la Patagonia, el mapa movía ahora los engranajes de su voluntad. El terreno seductor de la fantasía lo llevaba a imaginar ya no ballenas asesinas, sino hombres de acción, acostumbrados a tomar lo deseado y a vivir lo inesperado en un eterno romance con el mar, su amor más querido. Le hubiera encantado ser uno de ellos; en su niñez, a causa de la guerra, no había tenido la oportunidad de disfrazarse como uno. Quizá por eso pasó gran parte de la travesía soñando con las hazañas que le hubiera gustado protagonizar.

Durante el viaje, se mantuvo alejado de la gente, a pesar de lo difícil que resultaba en un espacio tan atiborrado como un barco de pasajeros. Aún así evitaba cualquier contacto humano, escabulléndose de quienes trataban de entablar conversación con él. Era como si se hubiera vuelto a enamorar de la amante renegada, el mar, a quien perdonó a pesar de haberlo hecho sufrir, y a la que amaba ahora con una pasión todavía más intensa. En este viaje solitario no tenía otro acompañante que el agua y toda la literatura que encontró sobre piratas: desde la concerniente a los turcos, barberiscos y cilicios, capaces de secuestrar al mismísimo Julio César y amenazar al entonces invencible Imperio romano, hasta los corsarios ingleses y franceses, que infestaban el mar Caribe con sus correrías. Estos últimos estaban organizados en una cofradía con constitución propia, cuyos estatutos prometían libertad, y le parecieron a Aurelio más coherentes que las leyes en vigor de muchos países.

Para cuando llegó a Manhattan, había permanecido tan aislado a bordo del barco que hizo algo que no hacía desde su segundo desembarque en ese sitio: fue a Times Square, aquella concurrida intersección entre Broadway y la Séptima Avenida a la que recordaba por su publicidad luminosa, y se colocó de pie en medio de la gente. Permaneció largo rato sin moverse, tan sólo sintiendo la energía de otros cuerpos rozar el suyo y el aire frío del otoño inmiscuirse en sus intimidades. La humanidad a su alrededor lo sobrecogió y, de ese modo, Aurelio declaró una tregua también con su prójimo.

Corría el año 1952 y ahí estaba, de vuelta en la civilización —la más mundana de todas las civilizaciones—, listo para darle un nuevo giro a su vida. Dos nombres estaban entre sus posibilidades: David Hofman y Samuel Bakerbowne. Aún no decidía por cuál inclinarse. Y, como siempre que se encontraba en una encrucijada, se dejó guiar por las coincidencias. El azar quiso que su hotel estuviera ubicado cerca de una panadería llamada Bakery Delicieux, motivo suficiente para que Aurelio buscara en el directorio telefónico el apellido Bakerbowne. Entre ellos, encontró un solo Samuel, al lado de una dirección en el Bronx y cuya leyenda, Arts & Antiques, no dejaba duda: era su hombre. Era temprano, así que tomó un taxi que lo llevó a un destartalado *brownstone* con paredes de ladrillo aparente.

En el medio sótano del edificio lo recibió Samuel en persona, un hombre pecoso, pelirrojo y algo amanerado. Todo en él contrastaba con la sencillez y el descuido en el arreglo personal del único anticuario que Aurelio había conocido hasta entonces. El aspecto extravagante de Bakerbowne —una flor de seda morada adornaba la solapa de su saco de terciopelo verde botella— y su corta edad —algo más de veinte años— no eran los atributos que Aurelio había imaginado para un anticuario famoso entre sus correligionarios.

Samuel Bakerbowne era, efectivamente, un caso insólito: se había iniciado en el comercio de las antigüedades desde muy joven. Cuando niño, su madre, una pintora y coleccionista de arte moderno, le daba una asignación monetaria cada domingo, que él gastaba, íntegra y rigurosamente, en los mercados de objetos usados. En esos sitios, y gracias a su innata habilidad para distinguir lo que era valioso, había adquirido pequeños tesoros que sólo podía introducir en su casa si los desinfectaba, condición puesta por su madre para aceptarlos en la vanguardista mansión de la familia *upstate*.

A partir de su encuentro con un cofre que había acompañado en sus hazañas a sir Francis Drake, el pirata inglés aclamado por la Corona de su país, Samuel comenzó a documentarse, con todo el ímpetu que caracteriza a los de su gremio, sobre la vida de los piratas, sus héroes juveniles.

Aurelio, un poco escéptico, le mostró al anticuario el mapa mientras le daba las explicaciones pertinentes; cuando lo vio emocionarse como un niño frente a un juguete ansiado, sin siquiera molestarse en disimular su interés para conseguir una mejor negociación, comenzó a prestarle verdadera atención a sus palabras. Hacía años que Bakerbowne esperaba encontrar lo que, a su criterio, comprobaba la teoría que venía elaborando desde tiempo atrás. Según él, existía un lugar en los alrededores de la ciudad de Campeche que había servido de escondite —todavía sin descubrir— a uno de los más peculiares piratas de su época: Laurens de Graaf. Después de mencionarle las referencias históricas que confirmaban sus palabras, Samuel le explicó que los colores que aún podían verse sobre el mapa que le había traído eran pigmentos autóctonos, típicos de esa zona de México, lo que podía indicar que el dibujo yuxtapuesto lo habían realizado los indígenas locales o bien alguien que conocía las técnicas antiguas, pero también las más avanzadas de su época.

La emoción que le producía ese descubrimiento eliminó cualquier resquicio de desconfianza de Samuel, que, después de encargarle la tienda a su ayudante, invitó a Aurelio a lo que consideraba su segundo hogar: las profundidades de su bodega.

Juntos descendieron, por medio de una escalera crujiente —similar a la de un barco—, a un piso más abajo que el nivel de medio sótano, donde estaba la galería. Una vez allí, a Aurelio le pareció haber llegado a la cueva de un filibustero o, más bien, a su camarote. Samuel le ofreció un whisky añejado, servido en copas que —dijo— habían pertenecido a otro corsario: Henry Morgan.

Aurelio pensó que el Chivas Regal de dieciocho años de antigüedad que le había servido su anfitrión sabía exactamente igual al que se bebía en tarros de *pub* en Gotemburgo, pero no quiso desairarlo y brindó con él, complacido por sus atenciones.

Con licor en el estómago y un vaso semivacío en la mano, Samuel le iba mostrando los más diversos objetos de quienes, en otros tiempos, saquearon los mares, y también las tierras.

—Este es un lingote de plata robado a la intendencia española por Edward Teach, más conocido como *Barbanegra*.

—¿Y qué es esto? —preguntó Aurelio, tomando el artefacto para observarlo, lo que provocó la inmediata preocupación de Bakerbowne, para quien sus reliquias eran sagradas.

—Es el catalejo que usó Samuel Bellamy para avistar al galeón *Whydah*, hoy en el fondo del mar —contestó sustrayendo el objeto de las manos de Aurelio con el pretexto de explicarle su funcionamiento.

El marinero italiano, quien tenía frescas en la memoria las muchas lecturas que en su solitaria travesía había disfrutado, le pedía con la mirada a Samuel las explicaciones correspondientes a cada objeto al que se acercaban.

—Este traje, de excelente paño y, como puedes ver, nunca antes utilizado, lo mandó a confeccionar Stede Bonnet, *el Pirata Caballero* —continuó Bakerbowne.

Aurelio hizo el ademán de apoyar el gancho, en el que colgaba el atuendo, sobre su cuerpo para comprobar si le quedaba, sólo para ver de reojo la cara compungida de Samuel. Luego se dirigió hasta la siguiente pieza que despertó su interés: una caja de madera que intentó abrir sin éxito.

—Contiene los dos pares de pistolas con las iniciales de William Kidd —dijo el anticuario tan orgulloso como si hubieran pertenecido a su propia familia.

Y así continuaron, ambos divertidos a su propia manera, hasta que llegaron a un retrato, un óleo de marcados claroscuros, típicos de la escuela holandesa —el país de origen del exartillero de la armada española apellidado De Graaf—, que Bakerbowne le presentó como si se tratara de su hermano:

—He aquí a Lorencillo —dijo Samuel ceremoniosamente, en contraste con la familiaridad del apodo y continuó—: Aunque no hay que confundirlo con el malandrín mexicano llamado Lorenzo Jácome, también apodado así; este último realizaba sus rapiñas desde la costa del Sotavento hasta Campeche y tenía como guarida la gruta de la Roca Partida. No, este que ves es el verdadero, único e inigualable Laurens de Graaf.

Aurelio miró con detenimiento primero a su interlocutor y luego el cuadro. El protagonista del mismo era también pelirrojo, con facciones delicadas, cuello de encaje almidonado y sombrero de pluma blanca. El parecido entre Samuel y «el verdadero, único e inigualable» Laurens de Graaf era tan cercano que el italiano, influenciado por la ambientación y el incipiente efecto del whisky, comenzó a llamar Lorenzo al anticuario.

—Laurens de Graaf no fue un pirata cualquiera. Nació en 1653, en Holanda, cuando esta aún era parte del Imperio español. Como artillero de la armada española, llegó a ser comandante de un navío. Fue apresado por los bucaneros, quienes, a cambio de perdonarle la vida, le pidieron sirviera al rey de Francia y se uniera a ellos.

—Lorenzo —exclamó Aurelio—, que yo sepa, muchos piratas servían a sus respectivos reyes y no dudaban en pasarse al otro bando, si la ocasión —o el botín— lo ameritaba.

—Efectivamente, pero ese no es el motivo de la peculiaridad de Laurens de Graaf, debida más bien a su benevolencia. Imagínate que cuando se asoció con Michel de Granmond y Nicholas Van Horn y atacaron juntos la ciudad de Veracruz, se lio a espadazos con Von Horn porque no le parecía el trato que este le daba a los prisioneros. Los había encerrado en la iglesia principal y...

—Para no lastimarlos, supongo —se rio Aurelio.

—La peculiaridad más considerable de Laurens de Graaf es el cuantioso tesoro que aún no ha sido descubierto —lo interrumpió Samuel, levantando la voz y yendo finalmente al grano— y estoy seguro de que es justo allí donde guardó su botín.

Se abstuvo de darle más información, en espera de poder confiar plenamente en su interlocutor la razón de su afán: un hallazgo importante que había hecho un par de años atrás y que prefería no mencionar aún.

Aurelio, entusiasmado por la posibilidad de esa nueva aventura y acostumbrado a venderse como experto en cualquier oficio que hiciera falta con tal de subirse a un barco, mintió una vez más:

—Tenés frente a vos un capitán, casi un pirata —dijo jocosamente, sin pensar que en su vida marítima apenas llegaba a simple marinero. Parecía haber olvidado ya cuán difícil se había revelado mentir respecto a su oficio en una travesía que hizo en calidad de doctor, cuando un miembro de la tripulación por poco muere debido a su engaño.

Samuel no tenía tiempo ni ganas de cuestionar las capacidades de su visitante. También estaba emocionado —sabía lo que ese mapa significaba, aunque no estuviera dispuesto a contárselo tan rápidamente a un desconocido— y, al calor de los alcoholes y de las confesiones, le planteó sin rodeos su proposición:

—¿Por qué no vamos de socios? Tú aportas el mapa y tu experiencia y yo los recursos necesarios para llevar a cabo la expedición.

Aurelio, perplejo con la descabellada propuesta, pero contagiado por la pasión del extraño personaje que tenía enfrente —o tal vez también a causa del alcohol que corría por sus venas—, aceptó.

Apenas obtuvo el «Sí», Bakerbowne se apuró a darle a su nuevo asociado un ultimátum:

—Sólo tengo una condición...

Aurelio, a pesar de lo mucho que detestaba ser coaccionado, no tuvo otra alternativa que preguntar:

—¿Cuál?

—Ser parte de la tripulación— reveló Samuel con una sonrisa que abarcaba todos los músculos de su pecosa cara.

Sólo de imaginarse a ese engalanado catrín subido en un barco, en su barco, Aurelio pensó en dimitir.

Pero no lo hizo.

XI. Vientos huracanados

El huracán Peter había incrementado su fuerza hasta llegar a la categoría tres, pero había disminuido su velocidad de desplazamiento. Ahora avanzaba despacio, como si estuviera incierto sobre qué rumbo tomar, mientras seguía empoderándose para asestar el golpe.

Siempre que uno de estos fenómenos se acercaba a la Florida, sus habitantes recordaban con miedo los tantos ciclones que habían pasado por su tierra. Y, como sucedía desde 1898, los expertos del Centro Nacional de Huracanes pronosticaban los detalles del próximo impacto, que en este caso no sería ni rápido ni certero. Peter era una intimidación latente, similar a la de una invisible pero sólida dictadura, lista para manifestar su omnipotencia llegado el momento.

Sin embargo, cuando Aurelio se subió al taxi, el cielo estaba límpido, sin el implacable viento de unas horas antes y sin premonición alguna de la amenaza que acechaba a Miami y que ya hacía estragos en la psique de la población. Largas colas de autos esperaban su turno para cargar gasolina; otros tantos se encaminaban hacia el interior del estado, lejos del mar, y los supermercados recibían a clientes ansiosos por abastecerse de alimentos y agua potable.

Al acercarse al Museo de Arte, Aurelio se preguntó si era el mejor día para llevar a cabo esa visita. Mapi le había avisado telefónicamente, poco antes de que saliera de casa, que ella y su hija regresarían hasta la tarde, así que aún le quedaba tiempo, pensó.

Se presentó en la taquilla, pagó los dieciséis dólares del boleto y entró. A diferencia del gentío de su primera visita, el sitio ahora estaba vacío y Aurelio caminó, lo más expedito que pudo, hacia el mapa.

A estas alturas de su vida le quedaba claro que, para alcanzar cualquier propósito, hasta el más simple, es necesario aplicar la misma regla que para conquistar a una mujer. Un cierto grado de insolencia es indispensable, así como la total seguridad de que, aunque el objetivo sea insensato, no sólo es alcanzable sino merecido. Lo principal es tomar la oportunidad cuando se presente y actuar como si nada importara: ni ser descubierto, humillado o rechazado, ni temer a la posibilidad de perder o acabar perdido.

Con esa actitud y después de atravesar varias salas del museo, llegó frente al dibujo de su incumbencia. Allí estaban, una vez más uno frente al otro, como en un eterno e incomprensible desafío. Cuando logró enfocar sus rejuvenecidos ojos, un escalofrío lo recorrió. ¡Ese no era su mapa! Al mirarlo con detenimiento le pareció que se burlaba de él, y del mundo entero, ostentando su falsedad con todo descaro. Acercó la nariz al pergamino, como si quisiera olerlo o, más bien, determinar el alcance de la mentira que ocultaba. El dibujo se parecía bastante al que cubría el mapa de Campeche antes del naufragio de Gotemburgo: la isla de Bimini, la leyenda en un rimbombante español antiguo, la desproporcionada roseta representando el norte, los mismos colores encendidos. Todo era similar, pero no igual. Tal parecía que alguien, sin que Aurelio pudiera identificar la razón, hubiera vuelto a pintar esa misma representación. ¿Lo habría hecho incluso encima del mismo pergamino?, se preguntó. La única manera de averiguarlo era comprobar si, en el reverso, se encontraba el número que aparecía en su mapa. Estaba maquinando cómo descubrirlo cuando retumbó en la sala una voz proveniente del altoparlante.

—*Important announcement in course...* —Aurelio pensó que se trataba de una alarma activada por haberse acercado demasiado al cuadro y reaccionó dando un paso atrás, pero el anuncio continuó:

—*This is a mandatory order: you must leave the building now.* —La misma voz repitió el mensaje en español—. Esta es una orden de cumplimiento obligatorio: tienen que evacuar el edificio ahora.

Aurelio aprovechó entonces para apartar levemente el cuadro de la pared, mientras que con la otra mano tentó la parte trasera: estaba dispuesto a voltearlo, de ser posible discretamente, pero no contaba con que su reverso estuviera forrado de papel. Aún no decidía qué hacer frente a esa contrariedad, cuando el aviso en curso lo inspiró.

—Estamos próximos al cierre del museo. Favor de dirigirse a las salidas de emergencia —anunció la voz en ambos idiomas.

Aurelio miró entonces a su alrededor y escuchó, del otro lado de la mampara que separaba el espacio en dos, al único guardia de la sala coordinar por radio la labor asignada, olvidando temporalmente la custodia del acervo.

Supo entonces que había llegado su oportunidad. Con un movimiento rápido y preciso sacó de su calcetín derecho la navaja suiza que siempre cargaba consigo y, desprendiendo el mapa con cuatro cortes certeros en el margen del marco, lo dobló en dos y lo guardó en la bolsa de su chamarra. Probablemente alguna cámara podría identificarlo, pero para cuando eso sucediera se encontraría lejos de allí y, si la fortuna lo auspiciaba, habría resuelto por lo menos un enigma. Satisfecho, se dirigió apaciblemente hacia la salida de emergencia, no sin antes despedirse con un guiño del policía, que seguía arrinconado, comunicándose por radio. Cruzó las terrazas con jardineras colgantes, pasó frente a las sillas mecedoras con vista al mar, bajó los escalones que

—como un mayúsculo alarde al dinero— llevaban esculpidos los montos de las aportaciones recibidas para construir el museo, así como el nombre de los correspondientes benefactores, en cada peldaño. Una vez afuera, alcanzó el taxi que lo estaba esperando. Su corazón latía acelerado, muy cerca del mapa.

Apenas el nicaragüense, que se había convertido en su transportista oficial, arrancó, Aurelio miró la parte posterior de su botín. Allí estaba el número. ¡Era su mapa! Ahora sólo tenía que averiguar quién le había pintado nuevamente la ubicación de la Fuente de la Eterna Juventud encima y, sobre todo, con qué propósito.

—¿Está seguro de que quiere que lo lleve de vuelta a Fisher? —Fue la pregunta del conductor, que interrumpió las reflexiones de Aurelio—. El radio acaba de informar que Peter bajó de categoría, pero de todos modos es posible que evacúen la playa y quisiera regresar a mi casa —continuó—. ¿No prefiere que lo deje *inland*?

Aurelio miró el reloj y pensó por un instante en la posibilidad de volver con el mapa a Palm Beach y torturar a Hofman hasta obtener la verdad, lo que hubiera hecho con placer, si lo hubiera considerado útil.

—Quedé de ver a mi nuera a las dos. Me aventás en el muelle y ya está… ¿podés?

El chofer prefirió no contradecirlo y se enfiló hacia el Mac-Arthur Causeway, la autopista urbana que desemboca en South Beach. El tránsito pesado iba en sentido contrario y, a pesar de la ligera lluvia que había comenzado a caer de un cielo repentinamente cubierto, llegaron en poco tiempo a la explanada donde atracaban los transbordadores.

El ferri acababa de zarpar, por lo que tendría que esperar diez minutos para el siguiente. «Mierda», pensó Aurelio, quien, después de liquidar el importe solicitado por el taxista, se bajó del auto. Al hacerlo, vio a Sofía, a pie y sin su madre, entrando en la sala de espera del muelle. Le pareció extraño verla allí y fue tras ella. Cuando la niña vio a su abuelo, comenzó a morderse las uñas nerviosamente.

—¿Qué hacés acá? —la acorraló Aurelio, sorprendido con esa aparición.

—*I'm going home* —le contestó ella, escupiendo un pedazo de uña al suelo, sin disimular la molestia que le daba haberse cruzado con él.

—¿Y Mapi?

Sofía hizo un ademán como si buscara a su madre entre la ropa y rebatió alterada:

—*Who knows, and who cares.* —Luego, arrepentida de su arranque, suavizó un poco lo grosera que estaba siendo, no le convenía tener a Aurelio de enemigo, y añadió—: En un rato viene.

—Entregué tu paquete. De nada —le reportó su abuelo, interesado en prolongar la conversación y ver si lograba entender qué le sucedía a esa niña misteriosa e incomprensible.

—*Right, thanks...*

Frente a ese hermetismo, Aurelio recordó las múltiples y autoinfligidas heridas del cuerpo de Sofía e hizo un ulterior esfuerzo por mostrar su consideración:

—¿Cómo estás? —soltó amablemente, pero ella le reviró una vez más, sintiéndose, de nuevo y de algún modo, atacada:

—*What do you want now?*

Aurelio, cansado de tratar de ser cortés frente a la necedad de su nieta, renunció a las explicaciones:

—Sólo quiero que le pidas a Oliva que venga por mí a la entrada. El taxi no quiso llevarme hasta la casa —dijo, resignado a no poder establecer más líneas de comunicación con ella.

—*Sure...* —abrevió, tan condescendiente que parecía que le estaba hablando a un idiota.

Aurelio, después de asegurarse de que Sofía había llamado a la empleada doméstica, se resignó a callar. Se sentía incómodo en presencia de esa niña que mostraba un constante estado de inconformidad con él y con la vida. Después de todo, ¿qué le importaba? Si ella quería flagelarse, era asunto suyo, ¿no? A pesar de ese razonamiento, o tal vez precisamente a causa de este, volvió a su mente la imagen del cuerpo desnudo y fustigado que lo había sobrecogido. Cerró los ojos. Por un momento, que hubiera querido volver eterno, pretendió quedarse así, sin juicio alguno. Pero a su alrededor la vida continuaba y no tuvo más remedio que aceptar que su nieta era una incógnita que no podía resolver.

Cuando llegó el barco, el guardia los acompañó hasta la sala de espera del ferri, un camarote compartido al lado del estacionamiento de autos. Eran los únicos dos pasajeros a pie en ese traslado, así que los miró a los ojos uno a uno, como queriendo asegurarse de que acataran la advertencia que estaba por formular:

—Aún no recibimos la orden de evacuación, pero les rogamos estar listos para salir de Fisher en caso de que se haga efectivo el *Warning* de la guardia costera.

Dicho esto, cerró la puerta atorando la manija hacia arriba, como si aquella hubiera sido una jaula y las fieras en su interior tuvieran que quedar bien resguardadas.

Sofía pasó el cuarto de hora del viaje intercambiando mensajes telefónicos mientras iba trozándose las uñas con los dientes y Aurelio la observaba. El italiano trataba de pensar en el mapa que tenía en la chamarra, pero ni la euforia que ese pensamiento le provocaba logró ahorrarle el ansia ocasionada por la joven sentada frente a él. La impotencia de no saber cómo tratarla se mezclaba con el extraño sentimiento de verse reflejado en ella, con todo y los odios que a él también lo afligían.

Al desembarcar del otro lado del canal, Aurelio rastreó con la mirada el carrito de golf familiar: inconfundible en su color verde militar, con sus líneas modernas y completamente cerrado, a excepción de unas ventanas pequeñas que lo hacían parecer una especie de bunker. Oliva iba al volante y lo saludó con la mano desde el interior. Aurelio también le hizo un gesto de reconocimiento y por un momento perdió de vista a su nieta. Cuando volteó a buscarla, había desaparecido.

Aurelio y Oliva recorrieron el camino a casa desafiando un aire intenso. El fenómeno meteorológico había desviado su ruta otra vez, ahora hacia el sur de la Florida; sin embargo, las bandas nubosas en forma de espiral alrededor de su centro podían ser igualmente peligrosas, le contó Oliva, quien no había dejado de ver noticias en todo el día. Poderosas ráfagas levantaban a ratos algunas hojas de palmera, papeles y objetos ligeros y los hacían danzar en el aire, mientras la lluvia que comenzaba a caer se movía al compás del viento.

Oliva estaba tan asustada que, a pesar de que aparentemente ya no eran amenazados por un riesgo mayor, no paraba de hablar del tema ni de escuchar el radio del vehículo. Peter se había convertido en una especie de mesías cuya vida, movimientos y obra, había que seguir con esmero, pues solamente así se conseguiría la salvación. Aurelio, en cambio, estaba tan absorto en sus conjeturas en relación al mapa y a su nieta que ni siquiera le comentó a su acompañante de su encuentro con Sofía, a quien esperaba hallar —y seguir cuestionando— en casa.

Cuando llegaron al departamento, no tuvo tiempo de buscarla. Oliva lo reclutó enseguida para guardar los muebles y adornos de la terraza que podían volar con la fuerza del aire embravecido, ya había dos macetas en el suelo. Estaban en ello cuando sonó el teléfono. Olivia contestó y volvió a los pocos minutos, acongojada:

—Dice la señora que se le escapó la niña.

—¿De dónde? ¿Cómo?

—Del coche…, que estaban en un alto, pelearon y Sofía se salió corriendo… Que la está buscando, dice.

—Pero si Sofía venía en el ferri conmigo.

—¿Dónde andará, entonces?

—No sé. Tal vez está por llegar. Habrá ido a algún otro lado antes de venir acá, pero estoy seguro de que se encuentra en la isla.

—Pus voy a avisarle a la señora. Vive con el Jesús en la boca por culpa de esa loquita. Como si necesitáramos más preocupaciones ahora que viene Pedro.

Cuando Oliva regresó a la terraza, el aguacero se había intensificado.

—Dice la señora que ya viene, que, por favor, no se mueva de aquí.

Aurelio tuvo la repentina sospecha de que su nieta podía haber ido a casa de Marjory, lo que no auguraba nada bueno. ¿Cómo no se le había ocurrido antes? Fue por un paraguas y, por si las dudas, se llevó también la pistola. Para cuando estuvo listo, sonó nuevamente el teléfono. Lo ignoró y salió por la puerta trasera sin enterarse de las últimas novedades: el huracán indeciso había cambiado también su rumbo y se movía, una vez más, ahora directa y violentamente, hacia Miami. Había subido de nuevo de categoría y la guardia costera acababa de dar la orden de evacuación inmediata. El transporte de ida a Fisher estaba suspendido y sólo mantendrían el servicio para la vuelta a tierra firme en la siguiente hora. Mapi estaba estacionada en la fila para acceder a la isla, pero no le quedaba otra opción que esperarlos en el muelle, ya no la dejaban entrar. Así se lo había referido a Oliva.

Aurelio caminó bajo la intensa lluvia hasta el edificio Palazzo del Mare. Llegó con el paraguas doblado por las ráfagas de viento y el brazo adolorido de tanto aferrarse a él. Lo interceptó el conserje, aquel hombre entrometido al que Aurelio, en su visita precedente, había logrado engañar haciéndose pasar por el padre de Marjory.

—¿Qué hace usted aquí? —le preguntó el cuidador, que, advertido por Marjory de la mentira acerca de su paternidad, no estaba para amabilidades.

—Vengo a ver a la señorita Nelson.

—El edificio está vacío. Los señores López Báez salieron desde esta mañana. Usted también debe hacerlo. La evacuación ya es obligatoria.

Aurelio lo observó con sus pupilas claras, fija y tranquilamente, como solía hacerlo cuando quería amenazar a alguien con la mirada. El hombre prefirió cortar por lo sano:

—Si gusta le doy un *ride* al muelle... Ya me iba —dijo, evitando más confrontaciones.

—¿No ha visto a una joven vestida de negro, como una urraca?

—Aquí no ha venido nadie.

—¿Está seguro?

—Como que tenemos que salir de esta isla ya —respondió aprensivo.

—Me acabo de acordar, sufro de Alzheimer, ¿recuerda? A mí también me esperan en casa... para irnos, digo —concluyó Aurelio a manera de burla, mientras se despedía con un parco «Gracias y buenas tardes», y salía del edificio.

El conserje observó la pantomima imprecando en sus adentros un sonoro «¡*Bullshit*!», pero en esos momentos de emergencia no tenía tiempo de lidiar con viejos embusteros.

Recogió sus pertenencias, cerró la puerta de acceso y se fue en un carrito utilitario. Aurelio, en cambio, se escondió detrás de una mata bajo la lluvia hasta verlo alejarse. Una vez seguro de que la vía estaba libre, se introdujo al edificio por la puerta trasera y subió al montacargas que conducía al área de servicio del *penthouse* número 3. Al llegar allí, pegó la oreja a la puerta y lamentó no traer puestos los aparatos auditivos que hubieran magnificado cualquier ruido. Nada. No oyó otro sonido que el aullar del viento. ¿Sería posible que, en verdad, no hubiera nadie? En cuyo caso, ¿adónde habría ido su nieta? Con la premura que había mostrado el día anterior por la entrega del sobre, Aurelio habría jurado que Sofía quería ver a Marjory. Se quedó un rato analizando qué hacer, mientras seguía intentando escuchar algo que delatara a quienes podían estarse escondiendo. No le importaba quedar atrapado en la isla: a su edad ya era hora de que algún accidente acabara con él, pero su nieta era demasiado joven para una desgracia.

Fue entonces que lo constató, Sofía se había salido con la suya: estaba preocupado por ella. Él, que nunca se preocupaba por nadie. Ah, la vejez. ¡Qué debilidad tan obscena!

Decidió regresar a casa. Había dejado de llover y el viento se volvía a momentos impetuoso. No se veía a nadie en la calle y hacía frío. Estaba mojado y, con el aire, sintió como si la vestimenta húmeda se le hubiera adherido a los huesos. «Malditas reumas», pensó.

Nadie contestó el timbre. Tuvo que abrir la puerta con su llave. En el suelo encontró una nota: «tube k irme. yamar ala seño mapi porfabor». Obediente a la orden de su patrona, Oliva había buscado a Aurelio, guardando la esperanza de que el viejo, o incluso la niña, apareciera, pero con el apremio se dio por vencida. Ahora estaba en el auto, a un lado de Mapi, quien lloraba incontenblemente mientras conducía en dirección de Coral Gables. Iban lejos del mar, a la casa de unos amigos del matrimonio Autieri que les habían dado asilo. Allí se reunirían con Antonio, quien estaba enfurecido con su mujer: la acusaba de haber perdido, justo antes del paso de un huracán y de un solo tiro, a su hija y a su padre.

Aurelio, por su parte, se supo solo en medio de un silencio aterrador, invadido de vez en cuando por el ladrido de un perro y el ulular del viento, una música siniestra. Estaba por marcar el número de su nuera, impreso y magnificado para su comodidad a un lado del teléfono de la cocina, cuando escuchó un ruido proveniente de las recámaras. Si Oliva se había ido, ¿quién andaba allí?, se preguntó. ¿Sería posible que tan rápido alguien aprovechara para entrar en las casas vacías? Sacó la pistola de la bolsa de su chamarra mojada y se dirigió hacia la recámara de su hijo. Entró con paso felino y con el arma en la mano, todo para encontrar a su nieta registrando el clóset de sus padres.

Sofía comenzó a caminar de modo torpe por el cuarto hasta que tropezó con el sillón en el que Antonio solía leer. Aurelio divisó una botella de vodka sin tapa sobre el buró. Vinieron a su mente las borracheras que se ponía de joven. No recordaba cuándo había sido que el alcohol dejó de hacerle efecto: para bien o para mal, ya no sufría sus estragos ni tampoco sus beneficios. Beber se había vuelto una costumbre necesaria sin que supiera bien por qué. En eso sonó el teléfono. Aurelio contestó el inalámbrico de la recámara. Entre sollozos, Mapi le recriminó:

—¿Dónde estabas? ¿Por qué te fuiste? ¿Viste a Sofía?

—Está conmigo.

—¡¡Pásamela!!

Sofía le hizo una atrabancada seña a su abuelo de que no iba a ponerse en la línea y, luego de eructar sonoramente, atinó a salir de la habitación.

—No quiere hablar ahora.

—Escúchame bien: necesito que la cuides, que se atrincheren en... en un cuarto... uno sin ventanas... el de la de tele —decía atropellada y repetidamente, como si estuviera buscando el modo de reparar su falta: no estar allí o que ellos no estuvieran allá—. El huracán va a llegar, pero no se sabe cuándo. Ha cambiado otra vez de rumbo. Sigan las noticias en la televisión... Esperemos que no se vaya la luz... No salgan por ningún motivo, ¿me entendiste? Te lo ruego —suplicó al fin.

Se despidió diciendo que regresaría apenas la dejaran entrar a la isla.

—Meatball se quedó en la terraza de al lado —farfulló Sofía desde el umbral de la puerta en la cual estaba apoyada, apenas su abuelo colgó.

—¿Meatball?

—El perro de los vecinos. ¿No lo oyes? Los desgraciados también lo olvidaron —dijo como si estuviera anunciado que sus padres la habían olvidado a ella.

—Lo oigo.

—Voy por él —le informó ella, encaminándose hacia afuera. Pero al dirigirse distraídamente hacia el ventanal que daba al exterior, se estrelló contra el vidrio.

Aurelio iba a decir que en China se comen a los perros, pero, frente a la actitud de una niña que debía estar intoxicada, reconsideró y se ofreció para recuperar él mismo a la mascota.

—Secáte, antes de que acabés con un resfrío —le ordenó a Sofía.

Dudoso de ser obedecido, tomó del baño de la *suite* principal dos de las inmensas toallas con las que Mapi amaba arroparse después de sus larguísimos baños de tina. Arrojó una a su nieta y salió con la otra a la terraza diciendo:

—Voy por la albóndiga aquella.

Para entonces caían unas cuantas gotas de lluvia ocasionales, pero el viento no cesaba de soplar. El perro seguía ladrando, por lo que fue fácil de localizar. Era un moteado amistoso, con pelo ralo y orejas grandes, que en cuanto vio a Aurelio dejó de quejarse y mostró su agradecimiento saltando. El italiano traspasó, con sólo mover el pasador, la barandilla que los separaba y le tiró al pequeño animal la toalla encima, luego lo envolvió para cargarlo. El perro estaba tan contento con su rescate que no opuso resistencia, y Aurelio volvió a la casa con la bestia en brazos. Al entrar a la recámara de su nieta, la encontró tirada en la cama. Inconsciente, la niña no alcanzaba a darse cuenta de los esfuerzos que hacía el animal recién rescatado para llamar su atención, propinándole jugosos lengüetazos a su nariz. Sofía se movía agitadamente desde el sueño, torciéndose a ratos. Parecía ansiosa y de vez en cuando babeaba la almohada.

Aurelio le descubrió un poco el pulso aún vendado y, después de asegurarse de que sus signos vitales estaban en orden, se resignó a salir del cuarto, reprimiendo el asomo de ternura que la fragilidad de aquella escena le inspiraba. Era inútil permanecer allí, no había nada más que hacer por ella ni por contener ese sentimiento. Fue entonces que, por primera vez, prestó atención al cartel que colgaba de la puerta de la recámara de su nieta: «*Sorry, exorcism in process, please stand by*».

La sabia voz de la inocencia, pensó el viejo mientras se dirigía, agotado en lo físico y vencido en lo emocional, a su recámara.

Después del esfuerzo y la tensión de esa extenuante mañana y tan sudado y mojado como estaba, Aurelio consideró abandonarse a los efectos reparadores de un baño caliente, uno que lo llevara a acostarse relajado. Pero conforme fue despojándose de la ropa, tuvo claro que esa no era una opción viable. Recordó que hacía tiempo que no estaba en buenos términos con el agua y, si bien había intentado mejorar sus relaciones, cada vez se sentía más lejos de una reconciliación. Su rechazo comenzó cuando aún vivía en La Spezia, algunos años antes de la caída que lo había enviado al hospital, orillándolo a recurrir a su hijo. Durante cuatro meses al año tenía la costumbre de nadar todas las mañanas, hasta que en una de esas sesiones por poco se ahoga. No fue un calambre ni un dolor específico, ni siquiera un desfallecimiento temporal a causa de la clásica resaca alcohólica, como algunas veces le había pasado. No se trataba de algo tangible o explicable en términos médicos; simplemente se sintió sin la fuerza necesaria para regresar a los escollos desde donde se había lanzado, la barrera pétrea que en su ciudad natal marcaba el lindero entre el mar y la tierra. Entonces, por primera vez tuvo claro lo obvio, tan irremediable como el tiempo perdido: la única manera de salvarse de la vejez es muriéndose. A partir de ese momento, cual amante despechado que evita el amor, no porque ya no lo desee sino porque no logró conseguirlo, le dio por despreciar las inmersiones marinas y se persuadió de que ya no tenía ganas de llevarlas a cabo. Más tarde, y en contraste con su impulso natural hacia el mar, acabó por tenerle fobia a cualquier cosa que estuviera mojada. Soportaba cada vez menos el elemento que tanto había amado, de ahí que evitara beberlo e incluso que omitiera usarlo para los menesteres básicos de la higiene personal.

Con calzones y calcetines aún puestos cerró la llave de la regadera y se observó en el espejo. La imagen frente a él estaba lejos de ser halagadora: huesos recubiertos de piel arrugada y carcomidos por una descalcificación adivinable a través de una epidermis deteriorada. Sus ojos recorrieron con tristeza su figura desde lo alto, resignados a cuantificar hasta el último estrago. Para completar su miseria, procedió a quitarse la trusa blanca: descubrió su miembro flácido, empobrecido entre unas piernas venosas y secas que ya no querían ir a ningún lado.

Alejó la mirada de esa deprimente imagen, pero, como las moscas golosas de mierda, no pudo abstenerse de regresar a ella y enfrentarse a su vejez. Salió de su ojo derecho lo que le parecía la más detestable expresión de pesar: una lágrima. Agua al fin.

La única manera de escaparse de ese patético cuadro era confiar en lo que aún estaba íntegro: la mente. Pensó en el mapa. Lo sacó de la bolsa de la chamarra donde lo había guardado y fue a su cama a desdoblarlo. Allí estaban los dos. Dos pedazos de piel desgastada, vieja, inútil y que, sin embargo, alguien se empeñaba en considerar necesaria, valiosa. ¿A quién podía servirle ese dibujo obsoleto? ¿A quién, su cuerpo marchito? Escudriñó el número escrito en la parte posterior a la pintura. Si bien muchas veces se había preguntado qué significaba, no le había puesto demasiada atención, pues acabó por considerarlo irrelevante, la acción de algún vándalo sin empacho en dañar una reliquia. Ahora se percataba de cuánta soberbia había en su apreciación: como si solamente lo viejo, o dicho más consideradamente, «lo antiguo», fuera digno de interés. El esfuerzo mental por entender qué significaba ese mapa y quién y por qué razón le había pintado nuevamente encima el mismo dibujo desvanecido más de medio siglo antes, se unió al agotamiento físico. Víctima de un cansancio mayor, Aurelio se acurrucó a un lado del pergamino, para finalmente dejarse llevar por un sueño profundo.

Despertó más tarde, sobresaltado por un ruido siniestro. Algo había golpeado la ventana. Se incorporó. Había oscurecido y entonces fue que lo recordó hasta gritarlo a plena voz.

—¡El huracán! —Inmediatamente después vociferó la exclamación que se abalanzó en su recién conectado cerebro—: ¡Sofía!

En la penumbra y sin pensar en otra cosa que en ella, se precipitó al cuarto de su nieta. La encontró tal y como la había dejado: tirada sobre la cama. Trató de despertarla, mas sólo obtuvo balbuceos incoherentes. Intentó tomarla en brazos, pero pesaba demasiado para que su estructura, más bien frágil, la cargara, así que la deslizó como pudo en el piso y procedió a arrastrarla de los pies, con la intención de refugiarse con ella en el cuarto en el que nadie nunca miraba la televisión. Fue entonces que la niña reaccionó con la primera frase comprensible:

—*I wanna be a serial killer* —dijo sin abrir los ojos.

Frente a esa desoladora declaración, Aurelio optó por tomarla de las extremidades y darle un jalón fuerte, uno que los hizo patinar a ambos sobre el mármol hasta la puerta de la recámara.

—*Let me go!* —ordenó ella al sentirse atrapada, mientras fruncía los párpados y meneaba las piernas casi inconscientemente.

—¡Callate! —rebatió su abuelo desde la sombra, en medio de un sonido indescriptible que enrarecía la atmósfera y parecía cercar el edificio dejándolo sin escape.

Sofía se debatió hasta liberar el pie aprisionado, aprovechando que, para abrir la puerta, Aurelio le había soltado una mano. Cuando esto sucedió, y gracias a la agilidad propia de la juventud, alcanzó a liberar el otro pie, se levantó del suelo, y quedó cara a cara con su abuelo.

—*Leave me alone!* —le dijo, en tono retador.

Aurelio hubiera podido explicarle que era imperativo moverse a un cuarto más seguro. Aunque ignoraban la magnitud de la amenaza, el estruendo presagiaba la posibilidad de daños mayores, pero en su larga y accidentada vida había aprendido que es inútil razonar con quien no está en condiciones de hacerlo. La fuerza de la convicción es a menudo menos efectiva que la de la obligación. Entonces, con el aliento de su nieta aún rozándole la piel, le asestó una bofetada, de tal suerte que la cara de la joven dio un giro de casi noventa grados y su cuerpo se desbalanceó hasta perder el equilibrio.

Cuando Aurelio, sorprendido por su vigor, se dio cuenta de que su nieta estaba tirada en el suelo una vez más, aprovechó la situación sin perder tiempo, se arrodilló y buscó los pies de quien, por su parte, aún no podía creer que había recibido un golpe. Habituada a lastimarse por voluntad propia, desconocía lo que significaba que alguien más lo hiciera, pues sus padres nunca usaban con ella la fuerza bruta, una posibilidad que consideraban anacrónica. Aurelio procedió a abrir de nuevo la puerta, que se había cerrado con el resorte automático, y a seguir arrastrando a su nieta. Del otro lado del umbral apareció el perro que, con la sabiduría animal ante el poder de la naturaleza, había optado por esconderse en el cuarto de tele, el sitio más protegido de la casa. Al ver a Sofía en el piso buscó su cara para lamerle las lágrimas que, en el secreto de la oscuridad, fluían una tras otra.

Por fin, aquel trío disparejo logró encerrarse en el cuarto, a salvo del sonido terrorífico de la vibración de los vidrios y, con algo de suerte, incluso del alcance del fenómeno atmosférico.

—Me dolió —musitó Sofía, todavía recostada en el suelo y refiriéndose más a su orgullo que a su cachete.

—A mí también —admitió Aurelio, hundiéndose en uno de los sillones y en la tácita frustración que esa niña le ocasionaba.

—¿Por qué lo hiciste? —preguntó ella, levantándose a tientas en la oscuridad.

—A vos te gusta sufrir, ¿no?

—*Nop.*

—Entonces, ¿por qué te hacés daño?

—Cuando la gente fuma, se hace daño. Cuando se emborracha, se hace daño. Yo me corto, *so what?*

—Por lo menos los demás lo disfrutamos; digo, mientras dura el efecto. A lo tuyo no le encuentro el sentido. ¿Por qué lo hacés?

La densa quietud de la ausencia de luz le provocó a Sofía un impulso de sinceridad:

—Para vengarme.

—¿Querés vengarte de mí?

—También —contestó poco convencida. Ese hombre no le había hecho nada, era cierto. Pero haber concebido a Antonio era suficiente motivo para detestarlo.

—Vení —la invitó Aurelio a compartir su asiento. Sofía sacó su celular de la sudadera. Aún tenía pila y la pantalla estaba plagada de llamadas perdidas, matemáticamente alternadas y correspondientes al teléfono de cada uno de sus padres. Las ignoró, buscó entre las opciones la función de lámpara y, con un flashazo, ubicó a su abuelo.

—*You're naked, for God's sake* —gritó, apagando la luz consternada. La desnudez del abuelo ameritaba algún tipo de venganza. ¿Qué se creía el viejo para exponerla a semejante vergüenza?

—Estoy desnudo, pero tengo mi navaja —continuó Aurelio, sacando el arma del calcetín derecho, el lugar donde solía guardarla—. Es como para vos el teléfono: procuro no dejarla nunca —le explicó con cierta sorna.

—Te crees muy simpático, ¿verdad? —se burló a su vez la niña—. ¿Y yo para qué la quiero?

—Andá, cortame como hacés vos.

—Para eso mejor me corto yo —dijo ella, volviendo a alumbrarlo. Prefería su tradicional modo de lidiar con un problema: el alivio con el acto, destructivo pero liberador a la vez, de lastimarse.

—Sólo vas a poder si te la presto, y ahora es mi turno. Quiero sentir lo que vos sentís —bromeó Aurelio, aprovechando la luz para mostrarle a su nieta cómo se rajaba el antebrazo con la navaja.

—*You're insane…* ¡Loco, loco! —rebatió Sofía, apagando la luz sin haber tenido el tiempo de ver al perro, que movía la cabeza alternadamente en dirección de las voces, como si siguiera la pelota de un partido de tenis.

—Hasta que te das cuenta. Eso mismo pienso yo: no parecés muy cuerda que digamos —replicó Aurelio, aguantando el dolor proveniente de su recién conferida lesión, al igual del que escondía en su recurrente cinismo.

—¡Me voy! —amenazó la joven, levantando el tono.

—Corrijo: nada cuerda. ¿Salir ahora? Pésima opción.

—¡No me vas a decir lo que tengo que hacer!

—De ninguna manera. Sólo esperaría que tengás mejor tino en decidirlo vos.

—Pues no, ¿y? ¡Me voy! —gritó dirigiéndose hacia la puerta.

—Te propongo un pacto —ofreció Aurelio, tratando de evitar a toda costa que su nieta saliera de allí. No podía permitir que ocurriera otra desgracia—. Un pacto de sangre.

Gracias a su privilegiado olfato, el perro encontró en el suelo las pocas gotas provenientes de la cortada de Aurelio, que, si bien superficial, sangraba.

Las estaba lamiendo cuando el abuelo continuó exponiendo su propuesta:

—Uno de esos pactos que firmaban los piratas con sangre pero, sobre todo, con honor. Son muy útiles en caso de emergencia —propuso Aurelio, quien tuvo un momento de claridad y sintió que la decisión de llamarle a su hijo había venido de la necesidad de experimentar ese sentimiento de apego que toda su vida se había negado.

—Para emergencias, mejor una *happy face pill* —dijo ella serenándose un poco, mientras buscaba entre sus ropas su pastillero que, al igual que el teléfono, siempre procuraba traer encima. Reconoció la única píldora, con una cara feliz en ambos lados, con sólo tocarla. Estaba por engullirla, con la experiencia de quien lleva años tomando medicinas sin agua, haciendo un buche de saliva para empujar el comprimido al fondo de la garganta, cuando escuchó a Aurelio rebatir:

—También ayuda tener quien te cuide —y añadió, en tono más bajo, la frase con la que se refirió a su particular circunstancia—: o cuidar de alguien.

—¡No le di de comer a Meatball! —exclamó entonces Sofía al sentir las patas del perro trepándole la pierna, lo que hizo que el animal escupiera involuntariamente la píldora, que fue a aterrizar en el tapete un poco más lejos. Allí fue hallada por el voraz hocico del perro, que la agarró como si hubiera sido uno de los premios que le gustaba esconder entre los pliegues de los sillones. Cuando le supo amarga, fue a escupirla en la esquina más recóndita de la habitación.

—*Shit!* Ven acá. ¡Mi píldora! No vayas a tragarte eso.

—¿Qué es eso? —preguntó Aurelio.

—Éxtasis.

Se escuchó otro estruendo. Sin prender la linterna del celular, Sofía brincó hasta aterrizar al lado de su abuelo, quien al sentir la cercanía de la niña y en un acto de pudor inusual en él, se apuró a cubrirse las intimidades con un cojín. El perro también se incorporó, acurrucándose entre los dos, mientras Sofía le buscaba en el paladar la pastilla que había quedado en cambio abandonada en el arrastre de las cortinas. Pasaron varios minutos antes de que aquel improvisado clan se repusiera del susto y se habituara al nuevo acomodo:

—¿Has probado el éxtasis? —le preguntó entonces la nieta al abuelo.

Para Aurelio, el éxtasis era ese estado del alma que había conseguido en el orgasmo, o gracias a una apuesta ganada y, en algunos casos, bajo el influjo etílico, circunstancias estas que no solía recordar con precisión. En ocasiones más elevadas, es decir, cuando el espíritu se le imponía al cuerpo, lo había experimentado también al contemplar las nubes del cielo o al lado del mar. Nunca había probado el éxtasis del que su nieta le hablaba.

—Pues ya se fue el mío —continuó Sofía, sin esperar respuesta—. Necesito chocolate o por lo menos azúcar. Pero *in this fucking house* ni siquiera azúcar hay.

—¿Y por qué no? —inquirió Aurelio regresando su pensamiento a la escena presente. Hace años que no usaba endulzantes y no se había percatado aún de que en la casa de su hijo faltaba cualquier sustancia relacionada con el azúcar.

—Mi papá dice que hace daño y le prohíbe a mi mamá comprarla.

—Tenés un padre exagerado. Y confundido —dijo Aurelio, cada vez más seguro de que había una relación directa entre el comportamiento de esa niña ideática y las costumbres de sus padres.

—Es lo que dije. Todo es su culpa. ¡Aaah! —gritó como liberándose de un ansia—. Al menos necesito sexo. Pero tampoco hay luz ni computadora.

—Éxtasis en pastillas y sexo en pantalla. ¿Y si mejor considerás mi pacto? Por lo que veo, no tenés muchas opciones de diversión.

—Dale con eso; ¿de qué va tu «pacto»? —concedió, entregándose al fin a la sensación de empatía que deseaba experimentar, química o naturalmente.

—Es un pacto en el que se mezclan sangres y se cumple lo que se promete —concluyó Aurelio.

—Okey. Pero no hace falta que me corte; somos familia: ya compartimos sangre.

—¡Sencillita la muchacha! Basta pedirte algo para que hagas lo contrario. No sé por qué a tus padres no se les ocurre: vos necesitás psicología inversa.

—No es tan «sensisho» —dijo, remedando el acento argentino de Aurelio—; haría cualquier cosa con tal de molestar a mis padres. *I hate them both…*

—¿Y por qué tanto coraje?

—Parece que se preocupan por mí, *but they're only using me.* En realidad, sólo están interesados en ellos.

—Pues eso es lo que corresponde. Lo único que importa es ocuparse de uno mismo… Ya deberías haberlo entendido —contestó, dándose cuenta de que él estaba fallando, en ese mismo instante, al principio básico que había regido su vida hasta entonces. Le preocupaba esa criatura y deseaba que ella lo supiera—: Vos prometeme que vas a dejarme morir en paz... y yo te prometo lo que vos querás. —Y, como si temiera que su nieta no fuera a aceptar, pero sobre todo que saliera de ahí, se apuró a continuar—: Después podés volverte una *serial killer*, si querés.

—Pensaré qué quiero yo —consintió, para luego retirarse de la conversación—. Ahora voy a bailar, porque ya me aburriste. —Y enchufó los audífonos que traía en su cuello al celular para ponérselos en las orejas, levantándose del sofá para zangolotearse en una danza alocada, que cansó a Aurelio de sólo imaginarla. Él, por su parte, estaba contento de haber conseguido que se quedara, pero agotado de cuidar a alguien tan necio y rebelde como él.

Antonio y Mapi, cansados de marcar en vano el teléfono de su hija, disimulaban sus diferencias una vez más, ahora frente a los amigos que los hospedaban en una histórica residencia de Coral Gables. Instalados en el *landmark* construido a base de ladrillos en los años treinta, lejos del agua y rodeados de enormes higueras de bengala de raíces serpenteantes, mencionaron apenas «la travesura» de Sofía. Durante la cena, compuesta por sándwiches fríos y cerveza caliente, encubrieron su preocupación y concordaron en que, por fortuna, ella había quedado resguardada con su abuelo. A pesar de ser expertos en disculpar al unísono el comportamiento de su hija, la tensión entre ambos era tan evidente que, después de escuchar aliviados en la radio que el huracán tocaría tierra como tormenta tropical en Cayo Largo, los anfitriones se alegraron de ver a sus huéspedes desaparecer en la habitación asignada.

Los Autieri eran cada vez más antagónicos; sin embargo, coincidían en algunas actitudes: Antonio estaba convencido de que soslayando los secretos de Sofía, estos desaparecerían. Mientras él no la diagnosticara con trastorno *borderline*, y por más que otros médicos lo hicieran, esa enfermedad no la afectaría. Como doctor, creía que la mente es un territorio incierto, cuyos límites son siempre relativos. La valoración de la psique está irremediablemente teñida por una opinión personal o, por lo menos, basada en apreciaciones no comprobables de forma empírica. Por su parte, Mapi estaba convencida de que las profecías de la física cuántica se materializaban con sólo decretarlas. ¿Acaso no ignoraba a diario la existencia de la amante oficial de su marido e incluso de las eventuales? ¿Acaso no imaginaba todas las noches, con tal fe que llegaba a creérselo, que Antonio la quería? Ahora mismo, ¿no habían evacuado juntos, como correspondía a una verdadera pareja que en momentos de crisis hace frente común contra la adversidad?

La mentira se filtraba en cada fisura de sus limitados contactos: inundaba sus palabras, transpiraba por sus glándulas e incluso pulsaba en sus sexos. Los reclamos de él, ideales para torturar a quien estaba próximo a detestar, y las manipulaciones de ella, orquestadas para evitar las embestidas de su contraparte, continuaron aun después de acostarse. Antonio optó entonces por el único modo de calmar los chantajes con que su esposa le fustigaba las culpas: a golpes de verga y una que otra mordida. En el sexo, la mayor satisfacción de ella era comprobar que aún lograba excitar el miembro de su marido; la de él consistía en eyacular una mínima porción de sus frustraciones.

Apenas Antonio alcanzó un liberador orgasmo, le marcó una vez más a Sofía, como si quisiera aclararle a Mapi qué era lo que los mantenía juntos. El ulular del viento, que los acechaba a través de las huracaneras de las ventanas, fue el único sonido que escuchó, además del lacónico pitar anunciando la falta de respuesta.

XII. Oro no es tesoro (1956)

Fue Aurelio quien convenció a Samuel Bakerbowne para que viajaran del puerto de Nueva York al de Veracruz a bordo de un barco de pasajeros. Allá conseguirían el buque más adecuado para llegar hasta la locación marcada en el mapa. Una vez en la ciudad mexicana le sería fácil, gracias al idioma que dominaba y que Samuel no comprendía, tomar el control de la situación. Sin embargo, desde los primeros días de travesía supo que su nuevo socio no estaba mínimamente interesado en los detalles materiales del viaje. Se limitaba a pagar de forma generosa los gastos, a ignorar cualquier atisbo de practicidad y a hablar de modo extensivo sobre el tema de su fascinación: las antigüedades. Más precisamente, sobre aquellas que concernían a su querido Laurens de Graaf que, según él, revelaban, como toda pertenencia, la personalidad de su dueño.

Samuel había emprendido el viaje con dos enormes baúles y su ayudante, que lo seguía a todas partes como perro faldero o como joven enamorado, Aurelio aún no lograba discernirlo. Ocupaba una *suite* redecorada con varios lujos —como cojines, edredones y tapetes, provenientes de su equipaje—, donde pasaba los días leyendo. En las noches cenaba, siempre en la intimidad de sus aposentos, con Aurelio y con el muchacho silencioso y servicial de nombre Raúl. Cuando no estaba mareado a causa del oleaje, Samuel hacía gala de su buen gusto y de sus manías. Una mesa con vasos de cristal, candelabros de plata y mantel bordado recibían a diario a sus dos invitados, a quienes ilustraba en cada encuentro sobre la procedencia de las piezas que les iba mostrando.

—Este dibujo reproduce al *Neptuno*, el barco de Laurens. Había juntado una verdadera flotilla, hasta diez galeones llegó a tener, pero nunca desembarcaba de su favorito —explicó, con la tácita esperanza de contagiar a los presentes su pasión por los objetos, a través de los cuales parecía definir no sólo la vida de los demás, sino la propia.

—Este violín tocó —precisó al final de una de las veladas— en la orquesta de cuerdas que Laurens llevaba en su barco para entretenerse en las noches solitarias o —bromeó— incluso en las acompañadas.

—¿No se supone que los piratas nunca subían mujeres a bordo? —preguntó entonces Aurelio, quien normalmente escuchaba sin rebatir y sin comprender la necesidad de andar cargando esos valiosos objetos.

Como profesor aprestándose a dar una lección, Samuel, para quien la palabra *lógica* no sólo carecía de valor, sino que era una especie de insulto, explicó:

—Laurens era un hombre refinado que tuvo muchas mujeres. Admitió a una, no sólo en su tropa, sino en su corazón —y continuó contando una de las historias que más le gustaba—: Anne Dieu Le Veut era de origen francés, idioma que De Graaf hablaba a la perfección. El pirata le había matado al marido, porque, supuestamente, lo engañó en el juego. No contaba con que ella, en venganza, se atreviera a retarlo a duelo. Para evitar batirse con la dama, cuya belleza y valentía lo tenían subyugado, le ofreció matrimonio a cambio de su pérdida. Desde ese momento, ella lo siguió en todas sus correrías, hasta que la tripulación se convenció de que la francesa les traía suerte —explicó, lamentando no tener la joya con que el holandés sellara su pacto de amor y que esperaba conseguir en ese viaje—. Y suerte le trajo: Laurens de Graaf fue de los pocos corsarios que no murió ejecutado por la justicia o por algún enemigo, sino retirado en la Luisiana francesa —concluyó, sacando de uno de sus baúles una fotografía de la morada de su héroe.

Para deleite de su ciscado interlocutor, quien amaba provocar el debate en torno a sus palabras, Aurelio intentó justificar la huelga emocional en la que se había atrincherado después del descalabro con Irina:

—¿Suerte? Suerte habría sido morir en acción y no apegado a un pedazo de tierra, como las hormigas, o a uno de carne, como las fieras…

—La suerte se reduce a un punto de vista, igual que el amor —respondió Samuel.

—El amor requiere de dos puntos de vista —reviró el italiano.

—Tal vez, pero cuando estos coinciden, no es amor sino la gloria —rebatió Bakerbowne viendo a Raúl, quien lo miraba a su vez embelesado, evidenciando la naturaleza amorosa de su relación, lo que a Aurelio, que solía tener una extraña debilidad frente al amor (tal vez porque uno siempre anhela lo que no ha podido conseguir) acabó por causarle una cierta ternura.

El extraño trío llegó al puerto de Veracruz una mañana nublada de 1953. Se instalaron en el hotel más caro de la ciudad y, a pesar de que la tarde era lluviosa y los siguientes días fueron tan oscuros y fríos que se sentían en Nueva York, cada quien se dio a sus actividades favoritas. Samuel procedió a husmear entre los anticuarios de la ciudad, Raúl a abastecer la mesa de su amado jefe en los mercados de la zona, mientras que Aurelio tardó unos cuantos días en conseguir una embarcación, con capitán incluido, que los llevara hasta la isla del tesoro. Esa misma noche, durante la convivencia vespertina, se lo comunicó a Samuel, que se emocionó hasta la exclamación:

—¡Qué alegría! Justo contraté esta mañana un cuarteto de músicos para que nos acompañe. ¿Cuándo nos vamos?

Al escuchar la noticia, Aurelio lo miró molesto; no había cuestionado ninguno de los caprichos de Samuel, pero no iba a dejar que su falta de practicidad comprometiera la expedición.

—¿Una carga de cuatro personas adicionales? No tenemos dónde ponerlas: el barco no es tan grande. Nos complicarían la logística y solamente por una necedad —alegó, sin calibrar el insulto que acababa de surtirle a quien financiaba la expedición: tan convencido estaba de la necesidad de ponerle límite a las extravagancias de Samuel antes de que causaran más problemas.

Al sentirse llamado «necio», Bakerbowne tragó saliva. Era un tipo ecuánime, pero no iba a permitir que Aurelio lo agrediera de ese modo. A pesar de su molestia, trató de conciliar:

—Consigue un barco más grande y ya está…

—No hay otro.

—Compra uno, el dinero no es un problema, ya lo sabes.

—No vamos a dilatar la salida. El clima empeorará —mintió con tal de salirse con la suya.

No es que Aurelio se tomara la cacería del tesoro demasiado en serio, pero no por el hecho de pagar las cuentas ese excéntrico individuo iba a decirle cómo conducirse por mar. Tampoco Samuel tenía intención de ceder.

—He esperado tanto para esto que un par de días más no significan nada.

—Fuera de discusión. Si no te parece, no vamos y ya. —contestó Aurelio desafiante, lo que orilló a Samuel, cuya última intención era la de desistir, a revelar algo que había mantenido secreto hasta entonces.

Mientras la cena, a base de acamayas, se enfriaba y Raúl se inquietaba, Samuel volvió a abrir el cofre en el que guardaba sus reliquias. De allí extrajo un libro oscuro de pasta dura que le mostró a Aurelio sin decir palabra.

En el extremo izquierdo de cada página había una fecha con alguna indicación, como «a la altura de la isla tal o cual», o simplemente la latitud y longitud de un punto. En algunos casos, llevaba junto a la fecha el nombre de algún lugar, lo que Samuel comenzó a leer en voz alta:

—31 de marzo de 1672, San Juan Bautista; 17 de mayo de 1683, Villa Rica de la Vera Cruz; 13 de julio de 1685, San Francisco de Campeche...

—¿Y eso?

—Es la contabilidad de los atracos de Laurens —dijo mostrando con el dedo la larga lista de objetos y haberes descritos minuciosamente en cada página, con todo y un valor en oro al lado.

—¿Querés decir que todo esto es parte del tesoro? —preguntó Aurelio, hojeando el manuscrito, mientras Samuel asentía.

—A veces asaltaba barcos en altamar, a veces poblaciones pequeñas, incluso tierra adentro, pero siempre reportaba su botín aquí y, sí, es muy posible que todo esto se encuentre en la isla de Jaina.

—¿Sin que nadie lo haya encontrado? —preguntó Aurelio escépticamente.

—A pesar de que muchos lo intentaron, estoy convencido que el tesoro nunca fue recuperado ni por los descendientes de Laurens, a quienes heredó los derechos del mismo en el testamento que dejó a su muerte. ¿Y sabes por qué? —Hizo una pausa condescendiente, como si entendiera las razones de De Graaf, y continuó—: Porque si bien en la última página de este diario está la descripción de cómo dar con el escondite una vez en la isla, nadie sabía de qué isla se trataba. Era muy difícil deducir que, de todas las posibles, la de Jaina fuera la elegida. Al parecer, en todos los mapas que hizo, Laurens siempre tuvo la misma precaución: quiso esperar hasta su lecho de muerte para revelar la identidad del lugar. —Sin dejar hablar a Aurelio, que estaba cada vez más intrigado, Samuel continuó su monólogo—: Cosa que, al parecer, no alcanzó a especificar: porque no sintió la muerte venir hasta que fue demasiado tarde para cualquier aclaración. Conociendo su personalidad precavida, estoy convencido de que consideraba ese tesoro una especie de seguro de vida, además de su legado… Pero lo más importante es que viene a comprobar lo que te digo —informó, poniendo el mapa a un lado de la última página de los apuntes, en la que se apreciaba que ambos croquis tenían el mismo trazo.

Aurelio observó a Samuel algo desconfiado, como si una pregunta girara en el aire y, a pesar de tener curiosidad por la respuesta, no quisiera formularla. Antes de que el italiano pudiera decir algo, el anticuario, un hombre extremamente sensible, se adelantó:

—Sé lo que estás pensando: «¿Para qué te necesito ahora que, gracias a tu mapa, sé de qué isla se trata?». Es cierto que no te necesito ya, pero soy un hombre leal y justo: nunca lo hubiera adivinado de no ser por ti. Tampoco hubiera llevado a cabo este viaje sin tu ayuda y no voy a olvidarlo ahora. Eso, sin contar que requiero tu ayuda para dar con el tesoro; estamos muy cerca de conseguirlo —concluyó, acariciando con la mano el cuaderno de piel oscura que con tanto recelo le había mostrado.

Tal vez las de Samuel eran especulaciones de un obsesionado, caviló Aurelio, pero también cabía la posibilidad de que ese viaje resultara equivalente a ir al casino y ganar ininterrumpidamente durante muchos años. No podía echarlo a perder ahora. Sin embargo, en algo fue inflexible: la orquesta se quedaría en tierra.

Si bien los músicos no subieron al barco, dos baúles nuevos, repletos de cachivaches y antigüedades recién adquiridas, fueron embarcados, así como tal cantidad de alimentos que hubiera podido satisfacer al más exigente gastrónomo. El Norte, como se conocía en esas latitudes al mal tiempo de los primeros días, se había disipado y por fin navegaban hacia el litoral campechano en aguas plácidas, bajo un cielo tan despejado que se sentían, ahora sí, en el mar Caribe. El barco era el producto tangible de dos voluntades distintas: la de Samuel, soñadora y exquisita, aunada a la de Aurelio, práctica y aventurera. Ambos procuraban no invadir sus territorios, como buen matrimonio que reconoce a la otra parte y que, a cambio de conservar los beneficios que esta le proporciona, está dispuesto a ceder lo suficiente para conseguir el balance.

La bandera pirata que había pertenecido a Laurens ondeaba a un lado de la mexicana. Esa había sido una de las condiciones en las que Samuel no cedió. Con lo supersticioso que era, estaba convencido de que el éxito de la empresa dependía de la presencia de ese amuleto. Fue el capitán, un hombre de mediana edad y experto en esos mares, quien fungió de salomónico juez:

—Con que la bandera mexicana ondee, pueden poner a su lado la del mismísimo diablo.

Así que, acomodados en sus respectivas demarcaciones, iniciaron la última etapa del viaje: cortaron camino por el Golfo de México hasta la isla de Jaina.

Después de navegar varias horas, los aventureros avistaron tierra: una porción de horizonte plano que, conforme se acercaron, les descubrió una vegetación compuesta de manglares y pantanos. La alegría de llegar a un destino es a menudo opacada por la decepción que nos provoca haberlo imaginado diferente. Samuel había soñado con una isla de precipicios y palmeras, al estilo de la de Tortuga, el bastión de los piratas caribeños que había visitado en varias ocasiones. En cambio, tenía frente a sí un paisaje de matas tupidas que parecían salir de un mar verdoso, enredándose desde el fondo hasta desbordarse en la superficie, como si la tierra y el agua no lograran definir sus límites y se hubieran resignado a convivir sin ellos. Eso, sin contar que la isla estaba cerca de tierra firme, una extensión de tierra salvaje de características similares.

Cuando el capitán inició la aproximación a una dársena rudimentaria de evidente manufactura humana, el trío, que había preferido mantener a la tripulación ignorante del verdadero motivo de su viaje, confabulaba sobre qué hacer.

Lejos de lo que habían esperado, la isla no estaba deshabitada. Ante la insistencia de los recién llegados por hablar con la autoridad del sitio, el encargado del muelle los llevó ante un inglés flaco y alto, quien les compartió amablemente algunos datos sobre la historia del lugar. Desde el tercer siglo antes de Cristo, aquel pedazo de tierra había visto generaciones de indígenas nacer, vivir, morir y ser enterrados allí. Tantos muertos que al principio los arqueólogos encargados del hallazgo habían pensado que podría tratarse de una necrópolis. El inglés los había recibido precisamente en el campamento ubicado en los parajes del centro ceremonial que había descubierto. Al entrar en lo que parecía un campo de minas recién explotadas, los forasteros quedaron desconcertados de ver la cantidad de excavaciones en curso. A pesar de la impresión, intentaron guardar la calma y seguir con la estrategia ideada por Samuel ante el imprevisto de encontrar compañía: fingirse turistas interesados en la civilización maya. De ese modo lograron cautivar al británico, que aceptó, junto con los dos hombres que conformaban su equipo, la invitación a cenar en el barco.

Esa noche de luna nueva, Aurelio y Samuel se reunieron con sus visitantes en la cubierta y entre copas y zalamerías lograron emborrachar a los incautos, no sin antes escuchar de su boca las largas y orgullosas exposiciones acerca del trabajo que llevaban años realizando en la isla.

—Encontramos inscripciones jeroglíficas de gran importancia, incluyendo un rarísimo glifo emblema… —les contó el más anciano de los tres.

—También descubrimos un vasto repertorio cerámico, así como unas sorprendentes figurillas de terracota. Todo esto a una profundidad de más de cinco metros bajo tierra —puntualizó el más joven, quien se identificó como el técnico del equipo.

—Tan profundo, porque los primeros habitantes de Jaina acarrearon toneladas de *sascab*, una piedra caliza con la que rellenaron el subsuelo para establecerse aquí —explicó el tercero, que parecía ser, en cambio, un docto profesor en el tema—: Los mayas tenían por costumbre enterrar a los muertos debajo de sus viviendas.

—Maestros —dijo Samuel, que así los llamaba indistintamente para demostrarles su respeto, antes de formularle la expresa pregunta que ansiaba le contestaran—: ¿Hicieron algún otro hallazgo en el subsuelo de la isla? Quiero decir, ¿encontraron algo que no fuera relativo a estos asentamientos?

—Por muchos años se pensó que esta isla era un cementerio, por lo que nadie se acercaba al sitio. Los habitantes de la zona le tenían tanto miedo que ni basura había cuando llegamos —fue la respuesta que recibió y que lo alivió considerablemente.

«¡Vaya lugar para esconder un tesoro!», musitó Samuel en sus adentros, mientras intercambiaba miradas cómplices con Aurelio, y ambos procuraban que sus visitantes, evidentemente propensos a beber, se rindieran cuanto antes a los efectos del alcohol, sirviéndoles grandes dotaciones del mejor whisky que habían conseguido en Veracruz.

Apenas amaneció, los recién llegados, cargando palas, picos y brújula, dejaron a sus invitados dormidos y, con el bote que les había preparado el capitán la noche anterior, rodearon la isla hasta el lugar señalado en el cuaderno de Laurens. Siguiendo las instrucciones del pirata, se adentraron a los petenes, los ríos pantanosos que recorren ese pedazo de tierra.

Raúl, sentado en la proa y con machete en mano, abría brecha, mientras que Samuel, de pie, con botas todoterreno y sombrero de paja, interpretaba las órdenes del cuaderno en voz alta, sorprendiendo con su adaptabilidad a Aurelio, al timón de la diminuta lancha.

El italiano había creído que las mañas del anticuario eventualmente se traducirían en un engorro; en cambio, después de su primer y único desacuerdo —ocurrido con motivo del cuarteto—, a la hora de la acción, y a pesar de sufrir el mal de mar, Samuel se estaba mostrando eficaz y atento al liderazgo de Aurelio.

—¿No querés sentarte? —le sugirió Aurelio desde el timón, viendo su falta de equilibrio. Samuel obedeció y tomó asiento a su lado. En el corto tiempo que tenían de conocerse habían aprendido a respetar sus modos y Aurelio hasta se divertía con las ocurrencias de su nuevo amigo, siempre teñidas de una pomposidad natural pero también de una nota lúdica.

—Cuando estaba en segundo de primaria, un maestro me ordenó sentarme. Intenté negociar con él, pero no tuve otra opción que acatar la orden. Después de unos minutos de haberme sentado, pedí la palabra con la mano, desde mi pupitre le anuncié a la clase y al maestro que, si bien había obedecido, por dentro seguía de pie —le contó Samuel, quien al recordar la anécdota, se puso de buen humor.

—Podés seguir de pie por dentro, si querés, pero te sugiero que sólo por dentro, si no te querés caer —resolvió divertido Aurelio, que comprendía bien esas actitudes: él mismo era afecto a ellas.

Samuel, como queriendo demostrarse algo a sí mismo, volvió a pararse en medio de la lancha y así permaneció por el resto del trayecto, indiferente a los ruidos de los animales ocultos, a los golpes de las ramas que Raúl no lograba doblegar y a los rayos de sol que se filtraban y fustigaban su piel rojiza. Hacía bromas sobre la terquedad y contaba cómo la suya los había llevado hasta allí. Estaba excitado y había contagiado a sus acompañantes.

Al acercarse a una explanada de terreno firme, Samuel divisó el montículo descrito en los apuntes. Después de amarrar el barco a un árbol con frutos de cáscara verde y pulpa oscura cuyo nombre —zapote— ignoraban, el trío se dispuso a trepar hasta la cima del promontorio, el único con cierta altura en la isla. Una vez alcanzada la pequeña cumbre y, como por una casualidad dispuesta en su favor, Samuel vislumbró las dos piedras mencionadas en su texto, que indicaban el sitio preciso donde estaba el botín. Ansioso y emocionado, fue el primero en llegar a la cima, pero cuando se acercó a las rocas, se quedó tieso; luego emitió un grito desgarrador. Los otros, que se encontraban algo rezagados, se precipitaron alarmados en su ayuda. Una vez a su lado, y después de sostenerlo para que no desfalleciera de la impresión, entendieron su desmoronamiento. Un boquete de grandes proporciones se presentó ante los improvisados exploradores, con toda la desolación que eso implicaba: no eran los primeros en llegar. El sol, en su ascenso a lo alto del cielo, alumbraba el interior del hueco que alguien más había vaciado.

—¡No puede ser! —imprecó Samuel, después de varios minutos de observar sin palabras ese sorpresivo cuadro. Su rostro se había pintado de rojo escarlata, más por el coraje que a causa del sol. De la raíz de su cabello descendían gruesas gotas de sudor.

Raúl, que había resultado ser un joven en cuyos silencios se ocultaban insospechadas cualidades, brincó al hoyo y tentó el suelo con las manos.

—Esta tierra fue removida recientemente —declaró, sin reparar en la desesperación de su pareja.

—¿Y eso qué? —se quejó Samuel, con el dolor de una madre a la que le acaban de arrancar a un hijo—. ¿A quién le dijiste adónde nos dirigíamos? ¿Quién más vio el mapa? —le recriminó a Aurelio.

—A nadie. Nadie. Se lo mostré solamente al anticuario que me recomendó con vos: un viejo de más de ochenta años que nunca ha salido de Italia. Nadie podía venir hasta aquí sin una indicación precisa, tú mismo lo dijiste. ¿Tal vez algún descendiente?

—Laurens murió en 1704. Su descendencia claudicó en la búsqueda del tesoro mucho tiempo atrás. Además, su línea sanguínea se agotó en una tataranieta que murió hace décadas.

—Debe existir otro mapa que Laurens dejó por ahí —razonó el italiano.

—Mapas hubo varios, pero ninguno con la información completa. Acuérdate que tuvimos que cotejar el mapa con los apuntes para poder llegar. Sólo alguien que tuviera ambos datos habría dado con la localización precisa.

Cuando dejaron de divagar, se hizo el silencio y sobrevino la tristeza. En el trauma posterior a la derrota, cada quien absorto en sus cavilaciones, ajenos al calor y a los mosquitos que comenzaban a atacarlos, emprendieron el regreso al barco, sin una pizca del entusiasmo con el que llegaron. Desde antes de partir habían instruido al capitán para que, cuando los arqueólogos despertaran, les dijera que habían salido a pescar. A su llegada no hizo falta la mentira: el inglés y sus dos ayudantes aún no se recuperaban de la juerga de la noche anterior.

El jefe del campamento seguía acurrucado bajo una sombrilla en una de las alfombras que había dispuesto Samuel en la cubierta; los otros dos roncaban, cada uno en su tumbona.

—Extraordinario whisky —dijo Aurelio con voz sonora, destinada a despertar a los borrachos, mientras iba a sentarse a su lado—. Pero fue suficiente, ¿alguien podría traernos agua? —continuó como si acabara de despertar también.

—¿Dónde estoy? —Abrió los ojos el investigador en jefe.

—Entre amigos... que les deben una disculpa —se apuró a conceder Aurelio—: entre amigos no debería haber secretos.

Samuel y Raúl observaban, entre extenuados e intrigados, el proceder del italiano, quien, tras recibir de un miembro de la tripulación agua y las sobras de la noche anterior, continuó su discurso:

—No fuimos sinceros con ustedes —confesó, decidido a aprovechar la oportunidad de averiguar, aunque fuera una pista sobre el inesperado hoyo—. Vinimos hasta aquí persiguiendo a alguien. Se trata de un ladrón que nos robó. —Después de todo, pensó, ingeniándoselas para inventar una nueva historia, en cualquier mentira hay bastantes verdades.

—¿No ha aparecido por aquí algún sospechoso? —le preguntó a los ingleses, que seguían despabilándose.

Los estudiosos se miraron, mientras reponían fuerzas con el refrigerio ofrecido.

—Los últimos que llegaron a Jaina, hace apenas unos días, fueron unos pescadores. Balleneros, para ser exactos —dijo el más joven, como para sacar de apuro al más viejo, que era su jefe y aún no lograba carburar ideas.

—Eran sudamericanos —continuó el tercero.

—¿Nombres?, ¿procedencia?

—No lo sé, pero iban a reabastecerse a Campeche.

El barco pesquero con aspiraciones piratas de Aurelio se puso en ruta de inmediato y al cabo de un buen rato arribó al puerto de Campeche, un pacífico muelle conectado a un sencillo malecón. No había en ese sitio ninguna nave de envergadura suficiente para haber venido de lejos: su máxima actividad era la llegada de pangas con varas de bambú colocadas a proa y a popa para la pesca del pulpo al garete.

Cuando el trío de compañeros de hazaña desembarcó, era la hora en la que los lugareños regresaban de su faena. Sin perder tiempo, Aurelio despachó a Samuel, que estaba tan deprimido que no tenía ganas de salir a explorar la ciudad ni para buscar antigüedades. Después de comprar pulpo para la cena, Bakerbowne se encaminó, junto a Raúl, hacia la Puerta de Mar, el acceso a la ciudad amurallada desde la bahía. Aurelio se quedó para enterarse de quiénes eran los que habían ido a Jaina y se habían detenido posiblemente en Campeche, poco antes que ellos. Pudo averiguar que, en efecto, en algún momento —vago y discordante en la memoria de los pescadores, todos de origen maya— había atracado una nave de probable procedencia argentina. Nadie parecía saber con exactitud por qué razón había venido, ni quiénes eran sus pasajeros. Aurelio pudo percatarse de que el trato cordial de los campechanos, cuya llaneza y afabilidad habían convertido a su gentilicio en un sinónimo de esas cualidades, no incluía la precisión. La mayoría de los interpelados no parecía darle importancia a los detalles.

Que unos argentinos hubieran aparecido en esos parajes no hacía mucho tiempo era suficiente información para que Aurelio divagara en conjeturas. ¿Y si se trataba de Janssen o de algún otro relacionado con la entrega del mapa? ¿Significaba entonces que ellos —y en «ellos» ¿estaría incluido Hofman?— conocían *a priori* el verdadero mensaje del pergamino que seguía trayendo consigo? Si lo sabían, ¿por qué no habían llegado ahí antes? Y, sobre todo, ¿qué hacer ahora? Localizar al capitán de la nave resultaba imposible: nadie sabía su paradero. Y además, ¿con qué objetivo? ¿Robarle a su vez lo que le habían «robado»?

Para dejar de retorcerse en especulaciones Aurelio necesitaba saber más. Con ese propósito cruzó la puerta de hierro forjado, abierta de par en par, que perforaba la muralla protegida a su vez por varios cañones. Se encontró con un conjunto de calles dispuestas en traza ortogonal, bañadas por una luz alegre que iluminaba los colores vivaces de sus edificios. Gracias al dato conseguido en el puerto, Aurelio se dirigió hacia la Puerta de Tierra, a un costado de la cual se encontraba el lugar más emblemático y el mejor informado, según su experiencia y según le confirmaron: la cantina. Para llegar hasta ahí, recorrió toda la calle, adoquinada y desierta, que partía la ciudad en dos —de mar a monte— y cuyo remate era ese acceso. Bakerbowne le había contado que Laurens atacó la ciudad de Campeche alrededor de 1685, precisamente por la puerta que daba hacia la Tierra. Para no encallar en los arrecifes y bajos tan comunes en ese litoral, el pirata dejó su barco en altamar y rodeó la villa con embarcaciones ligeras, atacando desde el monte, el sitio donde la población menos lo esperaba. Una población asustada por el pirata que apenas un par de años antes había sembrado el terror en la vecina Veracruz. Localizada perpendicularmente en el otro borde de la muralla e idéntica a la de su lado opuesto, Aurelio encontró la Puerta de Tierra asomada a una plazoleta en la que se levantaba un establecimiento parecido a la versión tropical de un *saloon* del lejano oeste, con todo y puertas a media asta y abatibles por partida doble. Acalorado, entró al edificio a través del porche. Lo recibió una amplia y fresca sala de techos altos, atestada de hombres. Tal parecía que todos los que no estaban en la calle se encontraban ahí reunidos. A Aurelio le hacía falta un trago, o varios: si no podía esclarecer la situación, por lo menos la olvidaría, pensó al acercarse a la barra.

—Un whisky —ordenó al cantinero que pretendía sondear.

—Sólo hay cerveza y aguardiente —le contestó el moreno que atendía y que estaba demasiado ocupado en mantener llenas las copas de la concurrencia.

Aurelio observó a una pareja que estaba sentada en dos de los bancos de madera diseminados alrededor de la barra, en la que se apilaban charolas con dibujos de chicas sonrientes, de piel canela y trenzas y que anunciaban Coca-Cola. El hombre y la mujer, de cara redonda y tan poca estatura que sus pies no alcanzaban el descanso de sus respectivos asientos, discutían. Parecían de casa; tanto que ella, a pesar de ser la única mujer en la sala —en cuya entrada colgaba un letrero que anunciaba la prohibición del género femenino en el sitio—, no sólo era admitida allí, sino que el personal la trataba con deferencia. La pareja sostenía una acalorada conversación que intentaba mantener en privado. Aurelio se sentó en uno de los bancos contiguos, tratando de discernir los susurros intercambiados, que de pronto subieron de tono:

—Nos quitaron la tierra y ahora nos quieren quitar el mar —alegaba ella, alargando el énfasis en las primeras vocales.

—Ko'oj, ¿quieres acabar como el abuelo? —la alertaba él, con el mismo cadencioso acento.

—No podemos permitirlo, Mulix.

—Ko'oj, si el góber quiere dinero, lo va a conseguir.

—No debemos permitirlo, Mulix —rebatía cada vez más alterada ella, la única que parecía estar en antagonismo con la modorra del lugar.

Aurelio pensó que eran buenos candidatos para un discreto interrogatorio e hizo contacto visual con la chica. Apenas la joven sintió la mirada ajena en la suya, se alertó, pero él fue rápido en actuar:

—¿No gustás un trago? —Al ver el miedo en los ojos de su acompañante, Mulix volteó a ver quién se lo había provocado, y Aurelio se apuró a incluirlo—: Disculpen la intromisión, pero ¿no gustan un trago? No hay nada más aburrido que beber solo.

La pareja había estado tan inmersa en su plática y apenas se había percatado de la presencia del extranjero, que ahora llamaba irremediablemente su atención. No estaban para convivios, pero el argumento de su vecino —bien lo sabían— era válido, así que aceptaron una ronda de cervezas. El hecho de que fuera forastero los tranquilizó.

Así fue como Aurelio les contó que acababa de atracar en el puerto y se enteró a su vez de que una nave, definitivamente argentina, había pasado por allí hacía unos días: el tiempo trascurría tan lento en ese rincón del mundo que era difícil definirlo en términos tradicionales. No pudo obtener más información de quienes resultaron ser hermanos, Ko'oj y Mulix Pat, descendientes de una antigua familia indígena. En cambio, poco a poco se enteró de que estaban tan frustrados como enojados con la última imposición del gobernador del estado: un sindicato creado para quedarse con buena parte de las ganancias de la pesca del pulpo, una de las más importantes actividades de sustento para los de su raza, la maya. Aurelio hubiera querido decirles que los gobernantes servían sólo muertos, como abono para el campo; por eso, desde que su padre había fallecido, se profesaba anarquista. Hubiera querido decirles lo que sabía de sobra: que ningún político tiene otro interés más que el propio y que la única manera de que eso pueda cambiar es eliminar al género por completo. Pero era una noche tan difícil para todos que acordaron calladamente que la mejor opción sería ahogarla en alcohol. Y eso hicieron, ventilar sus rabias y cobijar sus deseos directamente en los vasos, hasta que el encargado de cerrar la cantina les pidió que desalojaran. Entonces se despidieron efusivamente, llevándose sus problemas de regreso a sus respectivas vidas.

A pesar de que la hora de dormir había pasado hacía tiempo, cuando Aurelio volvió al barco, Samuel lo esperaba despierto y eufórico. El pelirrojo había dado con el único anticuario de la ciudad. Hacía apenas dos días este había recibido a un argentino llamado Janssen quien, deseoso de financiar su viaje a Norteamérica, le ofreció una pieza extremamente valiosa, aunque ni vendedor ni comprador lo supieran. Se trataba del famoso collar que le había regalado Laurens a Anne Dieu Le Veut cuando se casaron. Era la porción del tesoro perdido que Samuel más ansiaba recuperar, la única capaz de ilustrar esa historia de amor en toda su extensión. La joya tenía un inmenso valor, debido a la insólita perfección de las perlas que la componían. El anticuario le comunicó todo esto mostrándole orgulloso su compra.

Lo que ninguno de los dos sabía era que Janssen había estado cazando por años el tesoro de Laurens, recolectando con esmero, perseverancia y sin escrúpulos toda la información que podía. Tanto tiempo de seguir pistas rindieron frutos: poseedor de un mapa con las indicaciones para llegar al sitio, una vez identificada la isla, Janssen patrullaba el área y tal vez hubiera llegado a Jaina por eliminación de posibilidades, pero en el Puerto de Veracruz se enteró de la presencia de un italiano llamado Autieri que preparaba una expedición a esa isla. El alemán fue rápido en deducir qué iba a hacer Aurelio a ese lugar y se había adelantado.

—El collar fue entregado a Cristóbal Colón por la reina Isabel la Católica, como parte de las joyas a usarse para financiar la búsqueda de una nueva ruta a las Indias —comenzó a explicar Samuel—. Después perteneció a la más caprichosa virreina de la Nueva España. Jeremy de Graaf, tatarabuelo de Laurens y contramaestre de la nave de Francis Drake, lo obtuvo al secuestrar al orfebre que lo estaba reparando. El antepasado de Lorencillo lo perdió a su vez a causa de la persecución que las tropas del virrey lanzaron en su contra y, por querer recuperarlo a toda costa, meses después acabó quemado a manos de la Inquisición, más de cien años antes de que su nieto organizara una nueva toma del Puerto de Veracruz solamente para reivindicar a su familia y recuperar lo que consideraba suyo: ¡el collar que ahora es mío! —concluyó, en uno de esos arranques de intensa emoción que lo caracterizaban.

—¡Felicidades! —dijo Aurelio, abrumado por tanta información.

—Ya puedo regresar a Nueva York en paz. Lo haré mañana mismo, en tren; ya estoy harto de mareos —finalizó Samuel convencido.

—¿Y el resto del botín? —preguntó el italiano, confundido con tan sorpresiva noticia.

—Prefiero conseguirlo como mejor sé: negociando. Estoy seguro de que pronto aparecerá en el mercado. Por cierto, aquí está tu mapa —dijo nostálgico al ver el pergamino—, espero que lo guardes de recuerdo. Los objetos son lo único que nos queda de las experiencias vividas.

—¿Y el barco?

Samuel vaciló un momento, para después concluir, con un entusiasmo que no lograba contener:

—¡Te lo regalo!

Cuando escuchó esta noticia, a Aurelio se le bajó hasta el último reducto de borrachera: a pesar de que Janssen había estropeado el hallazgo y, con este, el sueño de Samuel, el suyo —contar con un medio flotante propio— se cumplía ahora. Lo primero que pensó fue en irse tras Janssen, pero pronto entendió que esa opción era la menos recomendable: ¿para qué arriesgar lo alcanzado? Tenía un barco, lo que siempre soñó, y otra vida estaba a su disposición. Siguiendo el consejo de Samuel, guardó el mapa como recordatorio de esa disparatada aventura.

Habían pasado apenas dos días desde que Samuel Bakerbowne, en compañía de su mancebo, descendiera del barco con muchos más baúles de los que subió. A pesar de las inconveniencias, estaba contento con el resultado del viaje. De camino a Nueva York había decidido explorar ese territorio desconocido, cuyo nombre le resultaba impronunciable: México.

Aurelio seguía anclado en el puerto de Campeche, lidiando con el hecho de que el sueño de poseer un barco venía acompañado con un contratiempo: tener que pagar combustibles y tripulación, cuyos sueldos mensuales representaban más de lo que le quedaba a él en el bolsillo. Así fue como descubrió lo que sucedía con las pertenencias: una vez conseguidas, hay que afanarse para conservarlas... o deshacerse de ellas. Se vuelven una especie de esclavitud autoimpuesta, la atadura que siempre rehuyó y que ahora —justo por el amor a la libertad que paradójicamente le daba el mar— iba a lograr encadenarlo. Él, que jamás había poseído otra cosa que la maleta que nunca desempacaba, tuvo que reconocer que semejante responsabilidad era una verdadera monserga.

Al caer la noche, Aurelio regresaba de la cantina, el sitio al que recurría para revertir el aburrimiento que esa ciudad, colorada pero estática, le provocaba. No había logrado decidir siquiera si visitaría la casa de citas que le habían recomendado, mucho menos a dónde dirigiría su nave o su actual vida. Lo único que le quedaba claro era que al día siguiente zarparía hacia Veracruz; allí vería qué hacer con la parte de tesoro que le había tocado: el barco.

Caminó hacia el muelle y, cuando subía al trampolín que conducía a la embarcación, escuchó una voz susurrarle desde la oscuridad:

—Aurelio...

—¿Quién es? —El italiano se alertó y se detuvo a mirar a su alrededor, pero no veía a nadie.

—Soy Ko'oj. ¿Te acuerdas de mí? En la cantina... —fue la respuesta de una figura que emergió pudorosa de la penumbra.

Apenas algo de luz alcanzó a bañar la silueta redondeante, Aurelio distinguió su aspecto desaliñado y sucio.

—Mataron a Mulix, mi hermano —dijo con desesperación sorda.

Entonces Aurelio dictó la orden que a Ko'oj le supo a salvación:

—Sube.

Una vez a bordo, Ko'oj procuró explicarle lo sucedido:

—Me defendió cuando quisieron llevarme con ellos. ¡Inocente que fui! Pensaba que acusando al góber se aquietaría; en cambio, aquietaron a Mulix —continuó contándole la mujer, mientras detenía las lágrimas y se sentaba en cubierta al lado de Aurelio.

—Pero ¿quién fue?

—Cuatro policías nos siguieron. Ya para llegar a mi *taanah* nos atacaron. Yo me escondí y a él se lo llevaron —acusó, rompiendo en sollozos—. Pensé que era un aviso, que regresaría roto, pero vivo. Hoy apareció ahogado en un cenote cercano. Dijeron que fue un accidente.

—Lo siento —alcanzó a decir Aurelio, sorprendido por semejante descaro. Y, como si hubiera comprendido lo difícil que era entender la situación para alguien extraño a ese mundo, Ko'oj trató de explicarle:

—En este país, los políticos lo pueden todo y me están buscando. Hasta ahora logré escapar, pero saben que sé y que no me voy a dejar. Fui hacia la cantina, esperando que llegara alguno de mis parientes y sólo tú apareciste: Te seguí hasta aquí porque tú, este barco —corrigió—, son mi única esperanza.

—¿Qué puedo hacer por ti?

—Sacarme de *Kaanpeech*. Llévame a Telchac. Ahí está mi familia. Ellos me esconderán. Si voy por tierra, van a dar conmigo, pero por mar nadie sospechará.

Adelantar su salida unas horas y desviarse de su ruta para salvar a esa pobre mujer no iba a cambiar su vida y podía significar mucho para la de ella. O por lo menos eso creyó Aurelio.

XIII. Reporte de tráfico

Cuando un huracán pasa y deja daños mayores, se enfrenta uno a la inmediatez de la destrucción, al dolor de saber que lo que fue, nunca volverá a ser. Si el ciclón no trajo más consecuencias que la evacuación y lo que uno ama se conserva más o menos intacto, entonces el regocijo de haber librado una amenaza envuelve todo lo que toca. Este fue el caso con el huracán Peter. Sin embargo, a pesar de que una felicidad generalizada inflaba el aire, no alcanzaba a los Autieri. Refugiados todavía en Coral Gables al momento de escuchar por radio que el peligro se había ido con saldo blanco, su alivio se opacó por el hecho de que ni en su residencia de Fisher Island ni en el celular de Sofía había respuesta a sus llamadas.

—Seguramente están sin luz o sin señal —justificó Mapi, quien se había vestido con un deportivo atuendo de mallas y playera antitranspirante y estaba lista para salir corriendo al primer arranque de su marido—. Vamos hacia allá.

Antonio detestaba que le dijeran lo que tenía que hacer y más cuando eso era a todas luces lo correcto. Lástima que su esposa aún no lo hubiera entendido. Sin pronunciar palabra, el doctor se levantó y volvió a ponerse los mismos pantalones arrugados de la noche anterior, para luego entrar al baño a lavarse cara y dientes. Como siempre que sus cuerpos se encontraban entre sábanas, Mapi estaba de buenas y eso lo ponía a él de malas. Eso y los intentos fallidos de comunicarse con su hija; el último desde el asiento en el que, por el mandato de su laxante favorito, pasaba una porción considerable de sus amaneceres.

Eran las siete de la mañana cuando la atribulada pareja subió a sus respectivos autos para emprender el regreso a la isla. En el trayecto echaban carreras, indiferentes a las restricciones de velocidad y a la basura que, de cuando en cuando, aparecía regada sobre el asfalto. Antonio era afecto a pisar el acelerador y Mapi, que no se resignaba a quedar excluida de ninguno de los arrebatos de su marido, le seguía el paso a pesar de la incomodidad de Oliva, cuyas manos estaban tan sudadas que se adherían a la tapicería del convertible. Más allá de su abierta competencia, Mapi y Antonio sufrían del mismo afán: querían dominar al otro y adjudicarse el rescate de su hija.

Aurelio, por su parte, se encontraba persiguiendo nuevamente a Sofía.

El viejo se había despertado una vez más durante esa agitada noche —en la que no dejó de consultar la hora en su reloj de pulso— a causa de la luz que, recién conectada, alumbraba su desnudez. A partir de ese momento escuchó el insistente sonido del celular de Sofía zumbar en un ir y venir de mensajes. Ella seguía comunicándose, cibernética y frenéticamente, cuando se puso los tenis y se alistó para salir de la guarida donde se habían refugiado. El perro fue tras ella y Aurelio fingió dormir. «Era imperativo vestirse», pensó mientras se incorporaba para ir a recuperar su ropa en cuanto la niña salió sin avisar. Al dejar la habitación, se cruzó con el sol, que comenzaba a salir, y con Sofía, de evidente mal humor y con bastante prisa:

—¿A dónde vas?

—A sacar a Meatball —contestó la joven.

—Antes de irte, ¿me ayudás a buscar mis aparatos del oído? No los encuentro y no estoy escuchando bien —pidió Aurelio, sin creer en sus propias palabras.

Una lluvia de maldiciones fue la respuesta. Enfurruñada, Sofía entró al baño de la recámara de su abuelo, cuyo único interés era saber qué es lo que tramaba su nieta:

—¿Qué horas son? —le preguntó.

Ella sacó de su sudadera el teléfono y le informó:

—Las siete con doce minutos.

«Precisa y mentirosa, como yo», pensó el viejo, aún desnudo, antes de quejarse:

—No escucho.

Sofía le mostró entonces la brillosa pantalla de su dispositivo. Esforzando los ojos, Aurelio tomó el celular en sus manos y alcanzó a ver, justo debajo de los números cubitales anunciando la hora, que la autora de los recados era Marjory. La treta había funcionado, aunque a causa de su escasa vista no logró distinguir más.

—Acabo de recordar: mis aparatos están en el buró... y tengo que cagar —mintió, mientras se sentaba en la taza, desnudo y aferrado al celular ajeno.

Una disgustada Sofía contestó con más improperios y se alejó sin el teléfono, que Aurelio manoseó en su ausencia hasta lograr encender la pantalla unos breves segundos, suficientes para distinguir dos palabras: *muelle* y *Ambrosium*. Pero ¿qué significaban?

—Aquí están tus aparatos —anunció Sofía irrumpiendo en el baño, mientras lanzaba el estuche de los audífonos sobre el lavabo con la misma mano con la que poco después le arrancó a su abuelo el celular—. ¡Voy a sacar al perro! —reiteró, sin dejar de apretarse la nariz con la otra mano. Luego salió corriendo.

Aurelio se vistió con la ropa de la noche anterior, incluyendo el rompeviento rojo que había dejado sobre la silla, en cuyo bolsillo guardó de nuevo el mapa. No iba a dejarlo allí. Por la ventana observó a Sofía dejar al perro en la misma terraza de donde él lo había sacado y se dispuso a seguirla mientras el animal, ante la perspectiva de la soledad, lanzaba ladridos de protesta.

Una Fisher Island desgreñada se presentó ante los ojos de Aurelio como lo que realmente era: un conjunto residencial que, a pesar de seguir dándose aires de grandeza, ya no estaba en sus mejores momentos. «Las cosas envejecen», pensó Aurelio; «pierden su brillo, se cuartean o se rompen». Se acaban. El tiempo, esa magnitud física que ordena la cronología de los sucesos, pesa como la culpa sobre la conciencia. Nadie ni nada está exento de volverse pasado. Y si los objetos, con su impasible presencia, no logran permanecer, los humanos, criaturas endebles y deficientes, mucho menos.

Pensamientos como estos ocupaban a Aurelio mientras trataba de seguirle el paso a Sofía sin ser descubierto. Las calles, normalmente transitadas por carritos de golf y bicicletas, aún estaban desiertas; pero a juzgar por el cielo, liberado ya de toda amenaza, faltaba poco para que las personas —incluido el personal de mantenimiento que intentaba maquillar a diario las arrugas del sitio— regresaran. Como queriendo adelantarse a ese momento, Sofía caminaba presurosamente. Tanto que Aurelio, al emerger del tronco de la palmera detrás del cual se había escondido, la perdió de vista.

Cansado por el ritmo de esa excursión matutina, que no había podido aderezar con cigarrillos, café o alcohol, estuvo a punto de renunciar a la persecución. Entonces recordó las palabras que habían quedado guardadas en su memoria: *muelle, Ambrosium*. Tenía que seguir andando: el muelle le quedaba cerca ya y valía la pena cerciorarse si Sofía estaba ahí.

Hizo un esfuerzo para seguir caminando hacia la zona sombreada por una vegetación exuberante, donde acostumbraban hacer cola los autos que regresaban a tierra firme. No había un filo de aire y hacía calor a pesar de la hora temprana. Se quitó la chamarra para amarrarla a su cintura y seguir avanzando. Por fin divisó la bandera estadounidense en medio del jardín que daba la bienvenida a la isla. Dos guardias terminaban de izarla apenas, pero ya se escurría, desanimada, a lo largo del asta de la que pendía; parecía exhausta del patriotismo que le adjudicaba un país fanático de su símbolo nacional.

«Había llegado», pensó Aurelio y sintió las gotas de sudor escurrirle por la frente. Atravesó el pequeño islote de hierba rasurada y continuó hasta el muelle, el embarcadero protegido por la garita en la que se resguardaban los vigilantes. Sólo entonces se le ocurrió que ese no era el único muelle de la isla: estaba también el de los yates, a un lado de la cafetería, o el de la playa, donde atracaban las visitas. Pero la estampida de Sofía tenía esta dirección. «¿Dónde se había metido?», se preguntó. Tuvo que concluir lo que ya sabía de sobra: dos palabras eran insuficientes para explicar a una mujer.

—El primer ferri está por llegar —dijo con ánimos el uniformado, asomándose desde la caseta de vigilancia e ignorando el hecho de que la presencia de Aurelio allí no estaba autorizada. Lo peor había pasado ya y no tenía caso hacer un escándalo ahora, pensó el oficial, acostumbrado a que los caprichosos habitantes de la isla cumplieran siempre los propios deseos.

Aurelio renunció a preguntarle si había visto a Sofía: estaba claro que su nieta no andaba por esos rumbos. Prefirió ir al andén sobre el mar, que en aquel punto remataba en una especie de lengüeta rodeada de agua, con un mirador cuyo panorama comprendía los edificios del otro lado del canal y el perímetro de la misma isla. Apoyó el pie en la banca de concreto pulido y buscó en su chamarra el paquete de cigarros sin abrir. Para apaciguar el ansia de su cardiaco recorrido, encendió uno y se sentó. Estaba harto de estar encerrado en esa isla, persiguiendo a Sofía en vez de ocuparse de sus asuntos: Hofman y un mapa que, si bien había tenido el arrojo de robar, no era de mucha ayuda para entender al hombre que ya no podía revelarse. La segunda calada de humo acarició sus pulmones y se alistaba a salir por sus labios cuando escuchó la voz del guardia acercarse:

—Estamos junto a los tanques de gasolina, no se puede fumar aquí —le informó sonriendo, mientras le mostraba unos enormes contenedores de metal, visibles solamente desde ese punto. Aurelio los había notado desde el ferri durante los primeros días de su estancia e incluso había preguntado por qué en esa isla tan elegante existía un área de servicio de ese tipo. En aquel momento le habían contestado que, por su estratégica posición, ese fragmento de tierra era usada por el puerto de Miami para abastecer de combustible a los cargueros que no alcanzaban a atender en sus instalaciones.

Fue entonces que Aurelio se percató del barco arrimado al muelle, contiguo al de los ferris, inaccesible desde donde él estaba. En la proa distinguió algunas letras, pero prefirió que el oficial lo sacara de dudas:

—«*Ambrosium*», eso dice —le confirmó el policía—. Atracó apenas.

—¿Cómo llego allá? —preguntó señalando el portón.

—Es zona restringida. Lo dice el cartel —le contestó, señalando una coloreada prohibición.

Aurelio ya no lo escuchaba, se había agachado a abrocharse las agujetas de los tenis para inmediatamente después apurar el paso y rodear la valla, con la intención de entrar al área vedada sin ser visto por los guardias.

En la cabeza de Aurelio pulsaban unas cuantas palabras que repetía obsesivamente: *Ambrosium, Marjory, Sofía*. En la de Sofía, en cambio, su antológica rebeldía, aunada al encantamiento que sentía por Marjory, se mezclaban en una explosiva combinación, lo que la llevó a aceptar sin cuestionamientos la misión encargada por quien consideraba su única amiga, pese a que la devoción que le tenía a esa joven, poco más grande que ella y cuya aprobación le parecía indispensable, era mal correspondida: para Marjory era una suerte de mascota a su servicio. Lo cierto es que, a cambio de una dotación de pastillas, de las que solía comprarle de vez en cuando, Sofía entregaría unas llaves a un tal Fausto. Según los mensajes enviados por Marjory, el susodicho iba a llegar en un barco de nombre *Ambrosium* al muelle donde de vez en cuando las jóvenes se apartaban de la civilización para fumar hierba y escuchar música a todo volumen.

Lo que Sofía no sabía era que, a causa del huracán, la organización encargada de distribuir varias de las drogas recreativas que circulaban en Miami Beach se había visto en la necesidad de resguardar uno de sus cargamentos, proveniente de Ámsterdam, ciudad de renombre en la producción de anfetaminas. El *Ambrosium* tenía como último destino las Bahamas, donde entregaría la menor parte de su carga; debido a la necesidad de proteger la mercancía, el lugar que escogieron para el desembarque temporal, que habitualmente realizaban mar adentro, era uno de los departamentos por terminar, aledaño a los silos y propiedad del novio de Marjory. El líder de la banda de Los Miamis normalmente se ocupaba tan sólo de convertir en legal el dinero ganado por su organización, pero esta vez tuvo que hacer una excepción en su pulcro proceder. Su novia, por la urgencia de abandonar la isla antes del huracán, había olvidado las llaves del escondite y lo único que se le ocurrió para no suscitar la ira de su pareja ni las sospechas de los guardias fue pedirle a Sofía, la tonta que hacía cualquier cosa para complacerla, el favor de recoger y entregar su copia. «Fausto te esperará en nuestro muelle. Dale las llaves que están en la guantera de mi auto rosa».

Sofía intuía algún tipo de peligro, pero nada que para una adicta al riesgo y a la insubordinación representara un problema. Sin dudarlo, esa mañana se precipitó a acatar la orden de la única persona que, por ser todo lo que ella no era —guapa, flaca y glamurosa—, la dominaba. Reacia a admitir cualquier tipo de autoridad sobre su persona, Sofía estaba convencida de que la única razón de su obediencia a Marjory se debía al gusto por conseguir esas pastillitas milagrosas. Un auxilio táctico, el pedacito de felicidad que las píldoras le producían, necesario para soportar la inminente llegada de sus padres, quienes siempre que se reunían por más de media hora se volvían insoportables.

Sofía acababa de despedirse de Fausto, quien había recogido el cargamento a velocidad extraordinaria y estaba de nuevo frente al timón del barco para marcharse cuanto antes. Ella, con la dotación de pastillas que le había dado Fausto, se aprestaba a bajar del *Ambrosium,* cuando vio a su abuelo a lo lejos, husmeando el predio. Su primera reacción fue esconderse, tirándose pecho tierra en la cubierta; pero Aurelio, que había entrado a la zona restringida como sabueso al acecho, alcanzó a verla y se desplazó hacia el muelle, con lo cual retardó el desembarco de Sofía. Justo cuando estaba subiendo por la escalera de acero que recorría diagonalmente el costado de la nave hasta la cubierta, el apremiado comandante del *Ambrosium* comenzó una veloz maniobra para zarpar. Aurelio hubiera podido dar marcha atrás y apurarse a descender a tierra, pero su nieta estaba trepada en ese barco, lo que lo llevó a apresurarse para subirse a la mole de acero que tanto magnetismo ejercía sobre él y que estaba alejándose en ese instante del muelle.

La franja de agua que unía al puerto con el océano retomaba su tráfico habitual cuando Antonio y Mapi, en sus respectivos autos, subidos en el primer ferri que salió hacia Fisher Island, estuvieron cerca de impactarse contra el temerario *Ambrosium*. En la tropezada y rápida huida de ese barco, el transbordador tuvo que esquivarlo para no acabar embestido, un accidente común en el canal más transitado de Miami. Ninguno de los cónyuges se dio cuenta del percance de tan entretenidos que estaban quejándose de sus descontentos: Antonio se confesaba vía telefónica con Raquel, la amante comprensiva que lo escuchaba, sin interrumpir la larga lista de ofensivos epítetos que él reservaba a la inteligencia de su esposa. Mapi, en cambio, se lamentaba frente a frente con Oliva, acostumbrada a escuchar los reclamos que su patrona no se atrevía a hacerle a su propio marido.

Bastaron pocos minutos después de haber cruzado el umbral del portón que marcaba el acceso a su residencia para que los Autieri se percataran de que, tal y como lo habían temido, la falta de respuesta a sus llamados indicaba que ni su hija ni Aurelio estaban allí. Empezaron entonces el concierto de afrentas que solían interpretarse, torturándose uno al otro hasta el desentono:

—¡Estoy casado con una idiota con retraso mental! —acusaba Antonio.

—No me hables así, por favor. —Mapi intentaba conservar la compostura, manteniendo un tono de voz prudente.

—¿Qué clase de madre pierde a su hija? ¡Ni que fuera un calcetín! —gritó su esposo.

—Sabes bien cómo es Sofía, ¿por qué me tienes que culpar de todo?

Desde que su hijo Julio se había ido a Londres, Mapi había quedado desprotegida frente a los embates de Antonio, cada vez más cruentos y menos refrenables por la apacibilidad de ella.

—Porque tú la criaste. Era lo único que tenías que hacer en la vida, y ni con eso pudiste.

—La criamos los dos. —Herida en su amor propio, Mapi seguía intentando no caer en la provocación y razonar calmadamente.

—Yo estoy ocupado trabajando.

—También yo trabajo —se atrevió a decir ella.

—¿Al juguete que yo mantengo para verte lo menos posible le llamas «trabajo»? ¿De dónde crees que sale el dinero para tus lujos, incluido ese?

Los insultos le calaban hondo a Mapi y tenía ganas de contestarlos, pero sabía que la irritación de Antonio se transformaba a menudo en un enojo capaz de arrasar con cualquier cosa que intentara contenerlo.

—¿Por qué me ofendes?

—Si no te parece cómo te hablo, la opción es el divorcio, ya te lo he dicho. —Habían llegado, una vez más, al tema tabú para ella, que estaba decidida a conservar su matrimonio a pesar de lo miserable que se sentía en ese cuadrilátero, un ring al que no le veía otra salida que el *knockout*. Cada vez que él mencionaba la palabra *divorcio*, Mapi se guarecía: su defensa inconsciente, aprendida durante años de práctica, era la agresión pasiva.

—Tenemos que llamar a la policía. Lleva más de veinticuatro horas desaparecida —concluyó, amenazando a su marido con uno de los temas que más lo acongojaba con respecto a Sofía: la vergüenza pública.

—¡No es asunto de la policía! Ni ella es una criminal. —La defendió, como siempre.

—Para allá va...

—Es sólo una niña traviesa y, si acaso, desorientada.

—Una niña traviesa no hace *shoplifting*.

—¡Cállate! —exclamó alterado, frente a la natural necedad de Mapi de pronunciar siempre la última palabra.

—Ni desfalca la tarjeta de crédito de su madre...

—¡Te digo que te calles!

—Ni la corren sistemáticamente de cada escuela, ni se tira por la ventana cuando no quiere hacer la tarea, ni se corta las venas si no la dejo ir al cine, ni amenaza a su madre con un cuchillo si... —Y sólo con recordar ese traumático incidente se soltó a llorar, quebrada por las circunstancias absurdas que vivía a diario e inconscientemente dispuesta a llegar hasta las últimas consecuencias.

—¡Ya cállate! ¿Tú qué sabes?

—Sé que tu hija está así también gracias a ti, que me has quitado toda autoridad sobre ella, faltándome al respeto de este modo. ¿Crees que no se da cuenta y no se aprovecha de la situación? —continuó ella entre sollozos.

—¡Sofía está enferma! —chilló Antonio desencajado.

—¡Ah! Qué bueno que al fin lo reconoces. No sé por qué te cuesta tanto decirlo: *borderline disorder*, dijo el doctor al que tachaste de...

—De idiota, al igual que tú, que no te das cuenta de que esa «enfermedad» es el equivalente a lo que fue la histeria para

Freud o la neurosis en los años cincuenta: la manera de justificar un comportamiento —rebatió él, genuinamente convencido de que tanto su esposa como el médico aquel carecían de la capacidad para entender las complejidades humanas.

—Llámala como quieras, pero haz algo, antes de que sea demasiado tarde... Tal vez ya lo es... Tú también eres culpable... —lo interrumpió ella, extenuada y saliendo de la recámara donde se habían arrinconado a gritarse.

Pero la desesperación de la impotencia, combinada con un aborrecimiento rancio, de tan viejo, y la última acusación recibida, sacaron a Antonio de sus cabales y lo llevaron a lo que hasta entonces le había sido impensable. Fue tras de Mapi y, cuando la alcanzó, la abofeteó sonoramente. Era la primera vez que algo así sucedía, pero no acabaría ahí. Una vez que cruzó esa línea, le asestó instintivamente otra cachetada, por las tantas veces que había deseado hacerlo y no se había atrevido. Iba a darle el tercer golpe, pero la culpa, bien emplazada en lo más hondo de su ser, lo contuvo.

Al término de una carnicería verbal devenida en violencia, acabaron pronunciando las irremediables palabras que más habían temido:

—Llamaré a la policía —declaró Antonio, vencido por su odio.

—Quiero el divorcio —respondió Mapi, azotada por su amor.

XIV. ¿A son guayabero? (1959)

Una determinación en apariencia intrascendente puede comprometer el desenlace de una vida entera. *De facto*, hasta una mínima decisión, la que ni parece tal, lo hace. Estamos gobernados por nuestra incapacidad de ver en qué devendrán nuestras resoluciones. Esa incompetencia que nos tortura y protege a la vez, aunada al azar —la casualidad que interviene hasta en la evolución de las especies— son nuestras principales tragedias o, en su defecto, las más afortunadas bendiciones.

Pero Aurelio llegó a esta conclusión solamente en la vejez. Cuando resolvió enfilar hacia Telchac no podía imaginar que nunca más volvería a Veracruz, ni vendería el barco de bandera pirata que de ahora en adelante llamaría *Neptuno*, en honor al hombre que se lo había regalado y a Lorencillo, el filibustero gracias al cual lo había conseguido. En compañía de Ko'oj y de un comandante tan discreto como su tripulación, navegaron tranquilamente en las aguas del Golfo de México.

Al bordear la costa, a la distancia necesaria para verla con indiferencia, la tierra luce inocente, despojada de toda miseria y hasta de la maldad que a menudo se cuela entre sus habitantes, pensaba Aurelio mientras avanzaba hacia su destino. Manglares tupidos, playas eternas, flamencos rosados y mariposas ruboro-sas se alternaban en el horizonte, fieles a la ley que los acota: la supervivencia.

Y así, la tierra firme le pareció simplemente lo que era, por lo menos desde ahí: un paisaje cautivador. En cercana lejanía, la naturaleza se convierte en el bálsamo que todo ser humano necesita para reconciliarse con la vida e incluso con la muerte, como estaba poco a poco ocurriéndole a Ko'oj, aún fuertemente atormentada por la pérdida de Mulix y por un remordimiento que intentaba apaciguar en esa bucólica travesía.

A medio camino, en los parajes de Celestum, se dieron cuenta de que habían zarpado con agua y carburante suficientes pero escasos en víveres. A Ko'oj, líder innata, se le ocurrió tirarse al mar y recoger del fondo los caracoles que abundaban en el agua poco profunda pero florida. En un acto de camaradería, o tal vez a causa del calor, acabaron todos sumergidos, pescando las gran-des conchas que los alimentarían el resto del viaje. Ese baño fue un momento de sosiego que estableció una complicidad amis-tosa entre los tres veracruzanos, a los que se había reducido la tripulación, el capitán, Aurelio y la desolada Ko'oj.

A pesar del luto, la mujer esbozó en el agua un intento de sonrisa. Parecía controlar el dolor que la afligía; sin embargo, la muerte de su hermano la tenía hundida en una furia inflamable, destinada a atizarse con su odio genético, producto de los siglos de abusos sufridos por las generaciones precedentes a la suya. El resultado era una rabia que llevaba a Ko'oj a considerar una venganza superlativa, cuyo objetivo sería destruir el sistema del cual se sentía víctima.

En Telchac tenía familia dispuesta a ayudarla, pero a quien más deseaba encontrar era a un primo apodado *Calocho*. Sabía que había echado a andar una ruta de tráfico ilegal que lo ha-bía enriquecido. ¿Y no era acaso precisamente eso, el dinero, lo que gana cualquier batalla?, se preguntaba Ko'oj en silencio, mientras Aurelio intuía el insoluble horror en el que se hundía la mujer que había rescatado.

—Ánimos no le faltan a mi gente para sublevarse, pero necesitamos con qué pagar una revuelta. Y yo voy a conseguir ese dinero. No me importa de dónde venga, mientras vaya al lugar adecuado.

—Si estás dispuesta a convertirte en criminal por «tu causa», significa que tenés convicción.

—¿Criminal yo? Criminal el Estado, que no sólo fue incapaz de proteger la vida de uno de sus más honestos y pacíficos ciudadanos, sino que él mismo lo asesinó.

—Por eso soy anárquico.

—Llámalo como quieras... Yo ya no creo en la ley de un Estado que me ha fallado siempre. Y si no voy a tener derechos, tampoco tendré deberes.

—¿Por qué crees que he vivido la mayor parte de mi vida en el mar? Sin Estados, más que los del tiempo, se vive mucho mejor. En el mar todo es más justo.

—Justicia es de lo que se trata. Además, esto no será únicamente mi venganza por lo que le hicieron a Mulix; pienso en los que seguimos aquí y en la razón por la que todo esto comenzó: nuestras condiciones de vida, las de mis compañeros pescadores, las de mi pueblo.

—Será difícil mejorarlas... —continuó Aurelio, escéptico.

—Vamos a ver si, frente a un grupo armado, el gobernador sigue despojándonos hasta de nuestra vida —le declaró a Aurelio su guerra a punto de las lágrimas, pues al pronunciar nuevamente la palabra *vida* recordó una vez más la que su hermano había perdido.

Aurelio sabía que la única manera de aplacar la venganza es concretándola y no intentó disuadirla. Comenzó a probar una creciente admiración por esa mujer determinada; se sentía de algún modo identificado con ella.

Calocho había sido jornalero en una hacienda henequenera cerca de Valladolid. Cuando entendió que la segregación de su raza no iba a resolverse labrando tierra, abandonó el campo y se volvió pescador. Fue así, mientras pescaba con su panga en mar abierto, como se encontró con una sofisticada y *sui generis* embarcación que se había quedado sin combustible. Prudente, evitó hacer preguntas y fue a conseguirles gasolina a los tripulantes del barco, cuyo cargamento, proveniente del Golfo de Urabá, en Colombia, tenía que llegar a La Habana esa noche. Los miembros de la banda, que se encargaba de proveer diversión empaquetada en hojas de plátanos a los cubanos y a sus visitantes, se convencieron así de que tener un punto de apoyo en ese lugar intermedio entre los dos destinos era una excelente idea. De ese modo se selló la que habría de convertirse en una sólida alianza, incentivada por el hecho de que Calocho, un tipo ocurrente, les conseguía pequeñas dotaciones de una planta producida en los Altos de Chiapas de la que extraían la goma de opio, un narcótico que se había puesto de moda en los círculos más lujosos del mundo occidental, cada vez más necesitado de adormecer sus penas.

Al llegar a Telchac fue fácil para Ko'oj encontrar a su pariente, el mandamás de un puerto de dimensiones mínimas. Aurelio había quedado anclado, esperándola en las aguas que bañaban el pueblo, constituido por unas cuantas chozas y distribuido a lo largo de un maltrecho malecón de madera. Quería asegurarse de que ella hablara con Calocho antes de regresar a Veracruz. Se había ido a sentar en la popa a disfrutar de un momento de tranquilidad, pero sus pensamientos fueron a dar, una vez más, a Janssen. No digería la idea de que se les hubiera adelantado en el descubrimiento del tesoro de Graaf. «¿Habrá actuado a sabiendas de Hofman o a sus espaldas?», se preguntaba. Concluyó que la respuesta no tenía importancia. Desde la despedida con Samuel había decidido dejar atrás la cuestión del mapa, a pesar de que la curiosidad lo seguía acechando. «¿Cómo es que Janssen pudo averiguar la localización del tesoro?», volvió a cuestionarse, sin sospechar que los había seguido. «¡Bah! Lo único que importa es que el botín ya no estaba allí». Como cada vez que volvía al tema, determinó que ya era tiempo de olvidar el asunto y buscar para sí la vida que más le agradara. A la semana siguiente, 1952 se convertiría en 1953, año en el que cumpliría veintiséis años, y aún no encontraba otro placer más grande que la navegación. Para Aurelio, domiciliarse en el mar, el lugar de donde venían todas las cosas y en donde se diluían también, era su mayor gozo. Ahora tenía un barco, el mejor modo de establecerse permanentemente en ese vasto abismo que se tragaba hasta la basura y cuya única ley era la de la naturaleza; sólo le hacía falta encontrar el modo de mantenerlo y mantenerse ahí.

Agazapado en su posición preferida, la de holgazán profesional —pies en alto, piernas cruzadas y manos detrás de la nuca—, pensaba en sus posibilidades, cuando vio a Ko'oj llegar al muelle y subirse al bote que la conduciría de vuelta al barco. Era pequeña, curvilínea y traía puesto el mismo huipil blanco con el que se había tirado al agua impulsivamente el día anterior, para luego secarse al sol sin quitárselo, como si fuera una segunda piel. Al verla remar de forma determinada, pensó que debía ser un alivio conocer el propio objetivo de vida y contar con la absoluta seguridad de cuál camino seguir.

—Calocho quiere proponerte un trato —declaró impaciente ella, sin siquiera bajarse de la lancha neumática, al tiempo que le lanzaba a Aurelio la cuerda de la misma.

—¿De qué tipo? —preguntó él mientras amarraba la pequeña embarcación y la ayudaba a subirse a la otra.

—Quiere usar tu barco de transporte.

—¿Transportar qué y a dónde? —volvió a preguntar él, justo cuando el olor a jabón perfumado de ella, el único lujo que se permitía, le rozó los sentidos con su cercanía.

—Hierbas, de aquí a Cuba —respondió simplemente.

—De las prohibidas, supongo.

—De esas. —Ko'oj evitó decirle lo que Calocho le explicaría si aceptaba el encargo: la adormidera, planta producida en las montañas de la península, estaba teniendo tal éxito que ya no era suficiente la pequeña cantidad que los colombianos recogían. En acuerdo con ellos, habían decidido ampliar la variedad de esa ruta y comenzaron a llevar amapola de forma independiente. El negocio crecía para beneficio de todos.

—Tú vendrías conmigo —dijo, sin preguntarlo—, y la paga es buena… —adivinó, observándola fijamente.

Ella asintió, mientras sus labios carnosos y oscuros se entornaban en un ademán femenino que no le era usual.

Después de la muerte de Joseph, Aurelio no había querido volver a traficar con armas, pero le pareció que transportar un producto cuyo objetivo era divertir resultaba más sano que hacerlo con uno cuyo propósito era matar, y aceptó mentalmente el nuevo reto. También acabó admitiendo que esa mujer, a pesar de su físico poco atractivo y de su total falta de coqueteo, le gustaba.

En un arrebato carnal, la atrajo hacia sí para besarla, pero ella le sostuvo la mirada y, cuando iba a rozar sus labios, volteó la cara. Aurelio la soltó sin más y, como si nada hubiera pasado, le preguntó, desviando la mirada hacia el mar:

—¿Cuándo vamos con tu primo?

A pesar del desaire —o tal vez por eso—, el pacto y los detallados acuerdos que convinieron se sellaron ese mismo día, después de lo cual, Calocho ofreció acompañarlos en su primer viaje, para mostrarles los procedimientos y presentarles sus contactos en la isla. Con ese compromiso se estableció también uno silencioso entre Aurelio y Ko'oj, en el que cada uno enfrentaba y cobijaba, a su modo y a su vez, al otro.

If you ever go down Trinidad
They make you feel so very glad
Calypso sing and make up rhyme
Guarantee you one real good fine time
Drinkin' rum and Coca-Cola
Go down Point Koomahnah
Both mother and daughter

Workin' for the Yankee dollar
Oh, beat it man, beat it
Since the Yankee come to Trinidad
They got the young girls all goin' mad
Young girls say they treat 'em nice
Make Trinidad like paradise

«Rum and Coca-Cola» se había vuelto la canción y la bebida favorita de Aurelio. Su letra indicaba la mezcolanza de vidas e intereses presentes en el Caribe, así como en La Habana, en los tiempos que comenzó a frecuentarla. Bajo la influencia estadounidense, la ciudad había crecido mucho desde la década de los treinta, cuando suntuosos hoteles, casinos y clubes nocturnos se multiplicaron en sus airosas avenidas. El dinero de la mafia que los operaba servía para embellecer a una metrópoli conocida mundialmente, debido a su permisiva vida nocturna, como *la Gomorra de las Antillas*. Los barrios marginados, repletos de barracas y pobreza, la rodeaban, y juego y diversión se ofrecían insolentes a sus visitantes. Mientras Ava Gardner acusaba de infidelidad a Frank Sinatra en una *suite* de El Nacional, el primer ministro británico, Winston Churchill, fumaba puros acompañado por su tradicional whisky en la terraza del mismo hotel, al tiempo que Marlene Dietrich, con la cabeza cubierta por un turbante, paseaba bajo los pórticos de la que Alejo Carpentier describió como la ciudad de las columnas.

En su calidad de proveedor de diversión y derrochador profesional, Aurelio era bienvenido en todos los casinos, y una vez que depositaba la mercancía con sus contrapartes —lo que sucedía a la luz del sol y directamente en el puerto—, se tomaba por lo menos una noche de descanso. Alcohol y sexo, aderezados por los ritmos musicales más bailados en la isla —el son, el mambo y el calipso, su favorito, aunque no fuera propio de Cuba—, eran frecuentes en esos momentos de relajación. A pesar de estas parrandas y de su estilo de vida frívolo, o tal vez precisamente para balancearlo, Aurelio se mostraba cada vez más generoso con las donaciones que le hacia a Ko'oj para su causa. Le sobraba el dinero —proveniente del juego y del tráfico—; con las mínimas necesidades que tenía no alcanzaba a gastar ni una pequeña parte de lo que ganaba. Conforme pasó el tiempo, todos sus haberes fueron destinados a la mujer responsable de su actual estilo de vida, a quien nunca más había intentado seducir. Por su parte, Ko'oj, que guardaba todas sus ganancias para cumplir con su propósito, estaba agradecida de que entre los dos se hubiera establecido una relación, además de fraternal, de camaradería ideológica. Se había convencido de que Aurelio la apoyaba, económica y moralmente, porque creía que su causa era justa y eso la había llevado a quererlo y respetarlo cada día más.

Después de casi cinco años de llevar esa dinámica, divididos entre el glamur de La Habana y el descontento maya, Ko'oj consideró que tenía el dinero suficiente para cumplirle a su raza y tomó la decisión. En una de esas raras noches en las que Aurelio regresó de la ciudad antes del amanecer, esperó a que se durmiera y se escabulló a su camarote. Se quitó el huipil y se metió a la cama. Él, que solía dormir desnudo, no sintió las nalgas que se habían adherido a las suyas, hasta que el calor y el aroma del cuerpo a su lado le despertaron entre sueños el apetito sexual. Pensó que se trataba de una más de sus conquistas y comenzó a recorrerla, con manos y boca, hasta que identificó el inconfundible olor a perfumada limpieza de Ko'oj. Entonces se excitó como un adolescente y, sin hablar, le dijo cuánto la quería. Penetró su virginidad con cuidado, aunque ella estaba tan mojada por un deseo guardado durante tanto tiempo que lo inundó con sus fluidos. Más allá de la pasión, por primera vez Aurelio sintió que estaba con alguien en quien confiaba, admiraba y deseaba. Una combinación que, lejos de embriagarlo o confundirlo, le afinaba la perspectiva y le otorgaba una especie de benévola madurez a través de nuevos propósitos. Lo que no sospechaba era que Ko'oj había elegido ese encuentro amoroso para despedirse de él. Había querido darle, en agradecimiento por sus tantos favores, su cuerpo y su alma en un solo día. Cuando los sentidos consumieron su lujuria y sus mentes recobraron la mesura, ella le comunicó que estaba lista para regresar a su tierra a iniciar la lucha armada que tanto había deseado. Él, consternado por sus palabras, de pronto se vio reflejado en ella y en su necesidad de venganza, oculta debajo de la bandera de la justicia. En un intento por demostrarle su compromiso con ella y con su causa, le propuso alcanzarla, pero Ko'oj le rogó que continuara al frente del único negocio que podía asegurarle el soporte económico que seguiría necesitando. A Aurelio no le quedó más remedio que entender que ella, tal y como a él le había sucedido, tenía un objetivo más grande que el amor: el odio. El mismo odio que la muerte de su padre le había provocado. Así fue como, al volver a tierras mexicanas, se despidieron con la insostenible promesa de verse a cada regreso.

Aurelio no volvió a saber nada de Hofman hasta enero de 1959, cuando Ko'oj llevaba más de un año de haber regresado a su tierra y él comenzaba a olvidarse de extrañarla. Desde que se despidieron en el muelle de Telchac, no había vuelto a verla. Cada vez que atracaba, preguntaba por ella y las versiones eran siempre distintas: primero, que estaba oculta tierra adentro reclutando gente; más tarde, que se había unido a un grupo que vivía en la sierra, allá por los espesos bosques de Chiapas, y que pronto se levantarían en armas. La culminación de aquellas noticias, que la ubicaban cada vez más lejos y que Aurelio prefirió no corroborar, fue que se había unido a la guerrilla nicaragüense contra la dictadura somocista.

En una de sus visitas a Telchac, Calocho, quien se ocupaba de darle los recados de su prima, le refirió las palabras de Ko'oj al emprender su viaje a Nicaragua: «La causa de uno es la de todos».

Aurelio tuvo la inmediata sospecha de que el portador de ese mensaje le mentía. No tenía claro si era por piedad o para seguir recibiendo el dinero que el italiano le enviaba a Ko'oj por su conducto, en una suerte de pago destinado a colmar su conciencia: combatiendo aunque fuera un poco las injusticias del mundo. Ella nunca hubiera abandonado la causa de su pueblo por la de ningún otro. Aurelio lo sabía bien, pero prefirió no enterarse de una verdad que imaginaba adversa. A pesar de su preocupación, no se atrevió a buscarla; no porque no tuviera ganas —incluso, una borrachera en el muelle de Telchac, en la que el vacío de su vida le pesaba más que de costumbre, había considerado dejarlo todo para ir tras ella—, sino porque sabía bien que Ko'oj no traicionaría lo que consideraba su mandato, mucho menos por algo tan insignificante como el amor de un hombre. No, no había espacio para él en la vida de ella. Y tampoco había suficiente empuje en él para dejarlo todo por ella. Una cosa era apoyar, a través de una cooperación económica, los esfuerzos de la humanidad por ganarle la partida a los muchos que la amenazaban, y otra era hacerlo sacrificando la propia vida por una causa que consideraba de antemano perdida. Además, eso de creer que el amor entre dos personas es la fuerza más poderosa del mundo sucede cuando tienes veinte años, pensaba Aurelio al recordar a Irina, y él ya había alcanzado los treinta. Lo que no imaginaba es que su intuición era correcta: Ko'oj nunca llegaría a esa edad. Meses después, cuando la encontraron en un cenote a poca distancia de Telchac y las autoridades declararon que había muerto ahogada, Aurelio no fue avisado. Y para cuando se enteró de ese deceso, casi un año más tarde y gracias a la indiscreción de uno de los habitantes del pueblo, no le quedó más que asumir su pérdida y partir de nuevo hacia Cuba, sin sospechar que esa ruta también había llegado a su fin.

El primero de enero de 1959, día en que las tropas de Fidel Castro tomaron La Habana después de años de una guerrilla que parecía no tener oportunidad alguna, todos, incluyendo hoteleros y mafiosos, tenían esperanzas de conservar sus millonarias inversiones en la isla. Para entonces, Aurelio estaba hospedado en el hotel Capri, un ultramoderno establecimiento construido apenas dos años antes. Después del colosal festejo con el que recibió el año nuevo, estaba a punto de meterse en la cama con *Miss* Matanzas, una chica de medidas generosas y cadera alegre, cuando escuchó el ensordecedor ruido de las metralletas. Apenas logró calmar a la aspirante a *Miss* Cuba, que estaba al borde de un ataque de nervios, bajó del piso 17 en paños menores y con su revolver calibre 38 en la mano. En el elevador se encontró con su amigo George Raft, el director del hotel, quien descendía de su *penthouse* del nivel 19.

Bajaron juntos hasta el afamado, y todavía repleto, Salón Rojo del hotel —de donde provenía el barullo— y al ver la horda de rebeldes amenazar a la alcoholizada concurrencia, dieron sus pescuezos por perdidos. Pero gracias al actor Errol Flynn, quien se encontraba de parranda allí y fue reconocido por los insurgentes, consiguieron entre todos calmar la euforia de los atacantes. Intimidados ante esa figura de la farándula internacional, que en su pésimo español les rogaba dirigir sus pretensiones a otra parte, los revolucionarios allí congregados se conformaron con un mínimo saqueo. Por lo menos por esa noche.

El resto de la madrugada y del día siguiente fueron de mucho trajín. Aurelio, con varios miembros de la organización a la que pertenecía, se encerró en el piso 19 para observar por telescopio y por televisión el avance de las tropas armadas mientras debatían qué hacer.

—Necesito que alisten todos los barcos disponibles para salir al amanecer hacia Miami —pidió Raft, honrando la primera intención de ese grupo de empresarios de poner a salvo las pertenencias transportables que aún les quedaban ahí—. Esta noche llevaremos a cabo un atentado contra los cabecillas de la revolución. Están concentrados en el Hilton y no podemos tener mejor oportunidad que esta. Les pido su apoyo y discreción para eliminar a esos malnacidos. Que la suerte nos ampare —dijo.

—Muerto el perro se acabará la rabia —replicó en su apoyo otro de los asistentes.

—Es muy arriesgado —cuestionó alguno de los que había ordeñado a La Habana hasta entonces.

—Está en nuestras manos —incitó otro más.

—Si el atentando falla, zarparemos al amanecer. De más está decirles que no hay por qué preocuparse. Desde hace varios meses estamos afinando el plan B, que entrará en vigor si esta noche no logramos el cometido: desviaremos la ruta de diversión a Miami —puntualizó Raft, mientras señalaba en dirección al pedazo de tierra que se alcanzaba a ver desde el rascacielos donde se encontraban—. Si lo de hoy no resulta, allí tienen la nueva Habana —concluyó.

En esa apremiante reunión, de la que entraban y salían los más variados personajes del hampa, Aurelio, quien estaba al tanto de que algunos hombres de negocios afincados en Miami llevaban meses de pactar con el Gobierno estadounidense la apertura de casinos en la Florida, se enteró de que entre ellos estaba nada menos que David Hofman, quien resultó ser el dueño del hotel Flamingo en South Beach, uno de los que encabezaba la lista de *resorts* listos para convertirse en casinos.

Apenas escuchó el nombre de Hofman, Aurelio pensó en el azar, que había vuelto a poner a ese individuo en su camino. Otra combinación de circunstancias se presentó, de pronto, para comprobarle que lo imposible no duda en suceder. Grande fue su sorpresa cuando reconoció en la pantalla —que no dejaba de reproducir las últimas imágenes televisivas de la revuelta—, a un lado de uno de los comandantes del Movimiento 26 de Julio, y entre varios jóvenes de uniformes color verde olivo, a Ernesto, el muchacho asmático con quien había compartido a Irina. Allí estaba su otrora adversario chupando un palillo de madera, tal como lo hacía en la Argentina. En medio de las más contradictorias emociones, que cuidó bien no externar, y cumpliendo con sus aspiraciones rebeldes, le dio gusto no sólo que esa revolución hubiera triunfado, sino el hecho de que precisamente ese hombre fuera uno de sus líderes. No, no iba a permitir el asesinato de quien se había atrevido a alcanzar el propósito de devolverle a los cubanos su país y que, a diferencia de Ko'oj, lo había conseguido, por lo que tomó una decisión radical: se escabulló de la reunión y bajó a su cuarto, se sentó frente al escritorio que miraba al mar, dobló una hoja a la que le arrancó el membrete y escribió la siguiente nota:

Ernesto, me pongo a mano: estoy al tanto de un atentado en contra de vos y de los tuyos. El ráquet los quiere muertos. Sé que no te extrañará la noticia, pero te aviso que planean hacer saltar por los aires el hotel donde te encontrás. Un amigo que se acuerda de vos con cariño.

Después de enviar a un mensajero al hotel Hilton con la consigna de entregar con urgencia la nota al mismísimo Ernesto Guevara y a nadie más, Aurelio se subió al barco que había dejado en el muelle, cargado ya con varios de los haberes de Raft y zarpó hacia Miami. Nunca supo si su misiva había llegado al destinatario. Lo cierto es que el tiempo trascurrió y para 1962, cuando la fatalidad quiso que se volviera a encontrar a Ernesto, Aurelio seguía importando amapola, ahora al puerto de Miami, y Chancho, conocido como el Che —nombre con el que llegaría a firmar los billetes del gobierno revolucionario que había contribuido a instaurar—, continuaba vivo y siendo parte de un país tan renovado como ajeno al que tenía enfrente.

XV. Caletas y cercanías

Como si un destino necio se empecinara en recluirlos cada vez más cerca, Aurelio y Sofía acabaron encerrados, por mandato de Fausto, en la jaula que alguna vez fuera destinada a la transportación de pájaros exóticos, en la cala más honda del *Ambrosium*. Dos holandeses de estaturas vikingas, enviados por el comandante en cuanto se percató de la presencia de los intrusos, los inmovilizaron. Y si bien Fausto consideró devolver a los polizontes a tierra firme o incluso aventarlos al agua, no se atrevió a tomar ninguna decisión sin consultarla con su jefe. La orden llegó por radio y, una vez que el tatuado supo quiénes eran los presos —unos inofensivos entrometidos—, fue contundente: «¡No me vengas con más retrasos: entrega el cargamento en Bimini. Luego vemos qué hacer con ellos!». Al parecer, en las Bahamas estaban ansiosos por festejar el desvío del huracán, que tampoco ahí había causado estragos, y les urgía poner diversión profesional al recién concluido encierro.

Desde que los habían descubierto, Sofía pidió hablar con su captor, a quien pretendía explicarle que la imprevista aparición de su abuelo había sido la razón por la cual no había podido bajarse del barco a tiempo. No entendía el motivo de esa retención ni por qué Marjory permitía tanto atropello, si lo único que ella había hecho era ayudarla. Pero los holandeses no le hicieron el más mínimo caso. Lo único que ocasionó su escándalo de gritos y razones fue que la despojaran de su celular y de su mochila. Después de debatir con ellos sin recibir respuesta alguna, Sofía acabó por sosegar la impulsividad de la adolescencia y se postró en cuclillas sobre la tarima de la jaula. Por su parte Aurelio, que no había opuesto resistencia alguna, se mostró a los ojos de los titanes rubios como un viejo endeble y sin posibilidad de darles batalla. Sólo se limitó a aclararles que había subido al barco a buscar a su nieta y a pedirles que disculparan la intromisión y les permitieran desembarcar. Los holandeses se retiraron sin contestar, y ambos presos quedaron expuestos a la soledad de ese compartimiento semivacío, a merced de un bamboleo que iba en aumento. El movimiento, cada vez más vigoroso, de la embarcación indicaba, caviló Aurelio, que ya estaban en alta mar, navegando hacia una dirección desconocida, por lo menos para él. ¡Habría disfrutado tanto esa inesperada travesía en otras circunstancias!, pensó. En cambio, ahí estaba, hundido en la oscuridad y sin la menor idea de cómo salir de ese peligroso enredo. Cansado, recargó su cuerpo endeble en la reja de la jaula, dejando las nalgas descansar sobre el rompeviento rojo que aún traía amarrado a la cintura. Al percatarse del bulto cubierto por la tela comenzó a reír, primero discretamente, luego hasta soltar una explosiva carcajada.

—¿Qué te pasa? —preguntó Sofía, dirigiéndose a su compañero de celda por primera vez desde la aprehensión.

Aurelio continuó riendo, mientras ella volvía a alterarse y lo embestía con los más variados reclamos:

—¿Por qué me seguiste? ¡¿No me van a dejar en paz nunca?! —vociferó, componiendo la oración en plural, refiriéndose así a todos aquellos que, según ella, la atosigaban: su familia y el resto del mundo—. No entiendo por qué me tratan de este modo: *I just did a favor to Marjory…* —continuó con un confuso parloteo que se tornó rápidamente en sollozo. Ese repentino e inexplicable cambio de circunstancias la había hundido una vez más en una confusión tan grande que no podía manejarla.

El italiano observaba en silencio lo que consideraba un comportamiento extremadamente femenino: atacar para no ser atacada, sorprendido por la capacidad de su nieta de meterse en problemas. Aquella debía de ser su manera de llamar la atención. O ¿cuál sería la verdad detrás de su comportamiento destructivo? ¿La constante necesidad de manipular a los demás? ¿Algún tipo de masoquismo congénito? No lograba definirlo.

Más allá del eterno drama de esa niña, que no hallaba sosiego en ningún sitio, Aurelio acababa de descubrir algo que, debido a la rapidez de los últimos eventos, no había tenido tiempo de recordar: su pistola seguía en la bolsa de su chamarra, del otro lado de los cigarros y del mapa. La edad le había representado, una vez más, una ventaja: la de parecer tan inocuo que no fue siquiera revisado por sus celadores. ¡Carajo! Algún beneficio tenía esa hijadeputa de la vejez. Optó por no decirle nada a Sofía, por lo menos hasta que se tranquilizara, confiado en que razonar con ella le conseguiría una aliada.

—¿Querés un cigarrillo? —le ofreció Aurelio, poniéndose uno en la boca. Los rubios tampoco le habían quitado el encendedor. Así que prendió el tabaco, se lo puso entre los labios y aspiró.

Sofía no le contestó y, presa de una incontrolable frustración, aunada a un insospechado vigor, se movió hacia el extremo opuesto de la jaula. Una vez allí, golpeó un par de veces su cuerpo contra la reja. No satisfecha con ese arranque, se arrodilló para estrujar, con toda la fuerza que encontró, sus brazos aún vendados contra la malla de metal.

Aurelio no podía ver lo que estaba pasando, pero el nerviosismo que le producía esa reacción devenida en crisis lo hizo acercarse a ella con prudencia y con el encendedor activado. Cuando la tuvo a tiro, y entendió que el afán de esa criatura por lastimarse era más fuerte que cualquier razón, fue implacable:

—¡Tenés que parar con esto! ¿No ves que ya hay demasiados en el mundo dispuestos a lastimarte? ¡No hace falta que vos lo hagás! Acá arriba tenemos gente que puede matarnos si no actuamos —exclamó mientras la alumbraba.

Desde la penumbra, Sofía recibió el halo de luz que por un momento la dejó quieta. Luego lo miró retadora, como si nada de lo que le dijera pudiera cambiar su necesidad por lo único que le procuraba calma: herirse y sufrir.

—¿Cómo te atreves a decirme que pare, si quien no para de joder a los demás eres tú? *What a pathetic old man!* No tienes siquiera un perro que te cuide. De no ser por mis padres, estarías en un asilo. ¿Tú me vienes a dar lecciones a mí sobre cómo manejar mi vida? *You've got some nerve, you know?*

Aurelio recibió la reprimenda en silencio, mientras ella, al ver que no iba a obtener respuesta, comenzó nuevamente a estrujarse las muñecas, ahora con más ahínco.

Él guardó entonces el encendedor en su pantalón y la tomó de la muñeca. Ella intentó zafarse, pero él, con toda la autoridad que Sofía pretendía omitir, le gritó:

—¡Basta! —Y de manera simultánea a esa orden, aplastó el cigarro encendido en el dorso de la mano que tenía presa.

Sofía chilló de dolor mientras Aurelio se arrepentía de haber lastimado a su propia nieta.

Ella se dejó caer al suelo. La quemadura, aún caliente, de su mano le ardía tanto como constatar que su abuelo tenía razón. La vida se ocupaba sola de golpearla. Más allá de esa obvia observación, su tensión disminuyó inmediata y considerablemente, como si en verdad el sufrimiento le sirviera de exorcismo y a través de esa llaga y esas lágrimas salieran ansias y rencores, incluidos los dirigidos a sí misma. Paradójicamente, el dolor era una especie de mecanismo de alivio que la arropaba. «Después de todo», pensó Aurelio, mostrando una indulgencia poco común en él, «la mayoría de los seres humanos, de modo más o menos eficiente, somos propensos a lastimarnos». ¿Quién era él para juzgar el método que había elegido su nieta?

El italiano percibió entonces el sosiego de Sofía, quien finalmente guardaba silencio, y esperó un momento. Luego, como si lo sucedido entre las dos frases no hubiera tenido importancia, repitió su pregunta:

—¿Querés un cigarrillo? —Enseguida bromeó—: No en la mano, eh. Quiero decir, si vos querés fumarte uno conmigo —aclaró mientras hacía sonar la cajetilla en el aire.

Antes de contestar, Sofía se acarició la herida con cuidado, como si quisiera compensar el maltrato recibido. Después, con la mano sana —si los cortes del día anterior la calificaban como tal— buscó en sus bolsillos el atado de pastillas que Fausto le había entregado y que nadie le había confiscado, mientras contestaba a Aurelio con la voz entrecortada:

—No, gracias.

Conscientes de que esa era una tregua, ambos se concentraron en sus vicios preferidos: el viejo le dio nuevamente fuego a su menguante tabaco y la joven tragó con saliva su felicidad encapsulada. Ambos se sintieron mejor.

Hubo otro largo silencio que Aurelio rompió apenas acabó de procesar una realidad que ahora le había tocado a él encajar:

—Tenemos que irnos de aquí.

—*You know how to fly?* —sentenció ella.

—Somos nuestra única posibilidad de salida —concluyó él, ignorando el sarcasmo de su nieta—. Si vos no te concentrás en buscar cómo irnos, no vamos a librarla. ¿Querés morir a los quince años? —la instigó, dándose cuenta de que ni siquiera él quería morirse a los ochenta.

En qué terrible vicio se convierte la vida; la vejez lo vuelve a uno dependiente hasta de lo que antes despreciaba, constató Aurelio. Pero era inútil pretender que Sofía lo entendiera ahora.

—¿Qué planeas? —preguntó ella, resignándose a escuchar al viejo.

—¿Sabés a dónde nos dirigimos? —continuó Aurelio, animado con la inesperada complicidad de ella.

—*To the Bahamas* —respondió Sofía, repitiendo lo que le había dicho Fausto al despedirse.

El exmarino se quedó en silencio un rato más, antes de proponer:

—Tengo una idea. Un poco loca, pero es la única que se me ocurre. Necesito de tu ayuda —le pidió, mientras la alumbraba con el encendedor, después de dar la última bocanada y apagar el cigarrillo en el suelo. Buscó en la bolsa de su chamarra el mapa, lo sacó y lo extendió sobre el piso, luego volvió a prender la mecha, muy cerca del pergamino—: Este mapa, que es precisa y casualmente de la isla de Bimini, en las Bahamas, indica la localización de la Fuente de la Eterna Juventud, pero...

La llama alcanzó a alumbrar el rostro de Sofía, así como los vívidos colores del dibujo. Ella miró el pergamino sorprendida, para después interrumpirlo.

—*You're such a bullshitter*, ¿por qué eres tan rollero? —exclamó antes de continuar—: Ese cuadro lo pintó *granny* Gloria el año pasado.

—¿Gloria lo pintó? ¿Qué decís? Pero ¿por qué?

—Fue un ejercicio que el doctor le puso a *granpa* David cuando empezó a perder la memoria.

El apelativo «abuelo David» para referirse a Hofman incomodó a Aurelio, aunque hizo un esfuerzo por no sucumbir a esa clase de celos:

—*I don't remember well* —continuó la niña—, pero tenía que describir algo con detalle y a ella se le ocurrió pintarlo. Fue él quien quiso que lo hiciera allí, *on top of that drawing*. Tenía una especie de fijación con ese mapa; hasta cuando ya no recordaba nada, se ponía ansioso sólo con verlo, pero nunca supe por qué.

—¿Querés decir que ella lo pintó mientras él recordaba?

—*Yeah*. Mira, hasta puso su inicial —confirmó Sofía, señalando la «G» que aparecía en un extremo del dibujo y que su abuelo no había notado antes. Esa «G» no existía en el dibujo original—. *But... what are YOU doing with this map?*

Aurelio apagó el encendedor, que ya le quemaba los dedos. No podía creerlo: semejante simpleza era la respuesta al misterio de la reaparición del mapa que se había esfumado más de medio siglo antes. No comprendía qué era lo que molestaba a Hofman ni por qué le había pedido a Gloria que pintara precisamente encima de ese pergamino, pero por lo menos había descubierto cómo y por qué había reaparecido el mapa de la Fuente que prometía la Eterna Juventud.

—Pero, entonces, ¿por qué lo donaron al museo? —preguntó Aurelio a punto de hundirse nuevamente en un mar de cavilaciones.

—Tú y tus porqués... Lo donaron porque cuando Dave ya no reconocía ni a mi abuela se alteraba demasiado en presencia de ese mapa, así que ella decidió *get rid of it*. Pero es cierto, ahora que lo dices, el mapa estaba en el museo. ¿Cómo es que tú lo tienes?

—Lo robé.

—*You're fucking nuts*. Y luego la loca soy yo... —remató Sofía, quien con ese curioso intervalo acabó de aligerar su estrés y prefirió continuar con la conversación que más le interesaba: —*Whatever*, no me dijiste *your idea*...

Aurelio volvió al presente, no había tiempo que perder en elucubraciones. Comenzó a hablar tan quedamente que su voz casi no se escuchaba. Cuando terminó, no pudo ver que Sofía sonreía en la oscuridad:

—Sólo prométeme que, pase lo que pase —solicitó él—, vas a hacer lo que te diga y vas a recordar nuestro pacto: si fuera necesario, dejarás que muera solo —concluyó, esperando comprometerla a la lealtad.

—*I hate to obbey* —rebatió ella, diluyendo su improvisada sonrisa en una mueca ante la sola posibilidad de tener que obedecer. Pero mientras esto sucedía, un sentimiento de empatía brotaba en sus adentros—: «*What a witty old man*. ¡Viejo ocurrente, además de ladrón! Cada día me cae mejor».

Armando López Báez apoyó en el suelo de su gimnasio, el templo donde veneraba su cuerpo con constancia, la ergonómica barra de metal que se encargaba de hinchar sus bíceps. Se miró al espejo frente al cual practicaba una de sus actividades favoritas: el fisicoculturismo. Observó el corte militar de su cabello, el bronceado de su piel, su torso entintado y sus pantalones blancos, tan ajustados que no dejaban un sólo músculo a la imaginación. Le pareció que, a pesar de las arrugas que comenzaban a formarse alrededor de sus ojos —y que combatía usando avanzados sistemas de relleno e inhibición del movimiento—, sus rasgos formaban un conjunto atractivo que bien valía la pena cuidar con empeño. Y eso hacía a diario, se encargaba de la conservación de su patrimonio físico con la diligencia de un devoto hacia su más querida creencia.

Ni la repentina mudanza que provocó el huracán, que lo había desplazado a su mansión tierra adentro, en Coral Gables, ni la inquietante llamada de Fausto fueron motivos para que abandonara sus ejercicios cotidianos. Ahora que había concluido su rutina y había pasado un rato observándose en el espejo, tenía que decidir qué hacer con el par de gilipollas hallados a bordo del *Ambrosium*. ¿Cómo asegurarse de que no repitieran por ahí lo visto? O, peor aún, ¿que no lo denunciaran? La única opción infalible era eliminarlos, pero eso implicaba una doble desaparición que sería investigada por las autoridades. En tantos años de tráficos nunca había matado a nadie, era cierto, pero no podía arriesgarse a que su negocio fuera descubierto.

Como siempre que estaba frente a una disyuntiva, decidió llamar a quien solía resolverle toda controversia: su padrino, el ser bendecido que orientaba su vida guiado por la santería practicada en su nativo Guanabacoa, uno de los barrios de La Habana donde esta religión de origen africano era de casa. Del otro lado del auricular, el cubano pronunció un saludo y, después de escuchar a su ahijado con atención, se dispuso a recitar unas palabras en yoruba. En el suelo frente al altar, sobre una mesa atestada de objetos propiedad de López Báez y ubicada en la casa donde se reunían, en la calle 8 de la Pequeña Habana, le echó los caracoles, el oráculo de su doctrina. Desde que el español conoció a quien se convertiría en su maestro, por casualidad o, según creía ahora, por arte y magia del Todopoderoso Oloddumare, no daba paso sin el auspicio de la Regla de Osha-Ifá. Tenía una vida demasiado azarosa como para no alabar cualquier cosa que la protegiera. El cubano le habló, entonces, en la lengua que torna lo ambiguo en claro: la adivinación. Armando escuchó atento las palabras del santero, su intermediario con el Más Allá:

—Al anochecer le harás un tributo a Yemayá para que te ilumine y te muestre la mejor manera de eludir el peligro que te acecha. Con tu fe y confianza, la solución se presentará para bien de todos.

—De acuerdo. ¿Gardenias y un chivo?

—¡Está bien! Lo único que te pide el Olorun supremo es que no delegues el encargo. Tienes que ocuparte de ellos personalmente. Él, con la ayuda de la reina de las aguas saladas, te dirá cómo. Sólo tienes que escuchar su voz.

XVI. El principio del fin (1961)

El principio del fin comenzó en 1961, cuando Estados Unidos rompió relaciones diplomáticas con Cuba, y Marilyn Monroe, después de un lustro, se divorciaba de Arthur Miller. Ese mismo año, Aurelio, tiempo después de haber desplazado su tráfico ilícito de La Habana a la Florida, conoció por fin al mítico David Hofman.

Hofman había llegado a Miami en 1947, al término de una estancia en San Agustín, la ciudad más al norte de la península y la más antigua de Estados Unidos. Con la intención de convertir sus diamantes, reducto de la fortuna familiar, en uno de los pocos sueños que le quedaban, andaba buscando tierra, la más cálida y bondadosa posible. En esa ocasión visitó varias fincas, incluyendo la de la Fuente de la Juventud, un parque arqueológico con un pozo artesano mencionado por Antonio de Herrera y Tordesillas en su libro de 1601, titulado *Historia de los hechos de los castellanos en las islas y tierra firme del Mar Océano que llaman Indias*. En esa crónica de título largo y mentiras generosas, el español describía la búsqueda y el hallazgo de dicho manantial como el motivo de la llegada del conquistador Juan Ponce de León a la Florida.

Pero la Fuente de la Eterna Juventud le traía pésimos recuerdos a David, por lo que decidió continuar su periplo hacia el sur. Al llegar a Palm Beach se enamoró de esa localidad, la de más abolengo y opulencia de la zona. Sin embargo, pensó que, gracias a los destrozos ocasionados por un huracán recién impactado al sur, iba a encontrar tierra a mejor precio en el área de Miami.

No importó que el predio elegido fuera la playa de la familia más adinerada de la comarca. Con tal de conseguirlo, se casó con la altanera hija del propietario, a quien hizo su socio, con la promesa de duplicar el valor de su tierra en menos de un año. Cumplió su palabra. Para 1953 había erigido, en donde antes sólo había arena y mosquitos, el Hotel Flamingo, el palacio más vanguardista del estado, el primero de una cadena que pretendía arrasar con toda la competencia. Recubierta de mármoles, granitos y piedras calizas, su arquitectura de líneas desafiantes y modernistas hacía alarde de lo último en materia de diseño y tecnología. Contaba con inyección de perfume en los baños, aire acondicionado integral —tan frío que, a pesar del clima caluroso, las damas usaban pieles para acudir a sus suntuosos pabellones—, salas de cine acolchonadas y un bar subterráneo con vista a la alberca en la que se sumergían sirenas en bikinis diminutos. Para 1961, David tenía cinco hijas, otros tantos hoteles, varias colecciones de arte y más brillantes de los que cabían en su caja fuerte. Hábil para el comercio y con un severo aplomo, había prosperado hasta hacer realidad otro de sus propósitos: comprar casa en Palm Beach. Una mansión que, a pesar de ser su favorita, no usaba con frecuencia, pues los negocios lo mantenían en su centro de operaciones. Ahí, en la oficina de cristal ahumado y pinturas abstractas cuya vista daba al *lobby* del Flamingo, recibía a importantes personajes de la mafia local —quienes le procuraban la protección necesaria para operar—, firmaba ventajosos contratos —como el que convirtió a su hotel en la sede de *Miss Universo*— o sobornaba a los políticos para que le consiguieran la legalización del juego en Florida. En el trono de su imperio, sonrisa en boca y puro en mano, se ocupaba de aquellas circunstancias que podían amenazar o beneficiar a sus transacciones.

Cuando su secretaria le anunció la presencia de un tal Aurelio Autieri en su concurrida antesala, recordó vagamente ese nombre como el de uno de los hampones que jugaba, con el resto de su clan, en la cabaña de playa acondicionada para el póquer clandestino. Los mismos maleantes que controlaban el negocio de las apuestas —a los caballos, al jaialai, a las peleas de box y a las carreras de perros— desde la «bodega» de la tienda de *lingerie* de su hotel. Individuos que esperaban impacientes a que el Flamingo se convirtiera en casino y pudieran usar las instalaciones dejadas estratégicamente en el piso de sus ultramodernos salones para recibir maquinitas y ruletas. Tipos que, mientras tal cosa sucedía, se dedicaban también al suministro de otro tipo de diversión, siempre de variedad ilícita: estupefacientes de distinta índole e importación. ¿Qué querría el tal Autieri?, se preguntó David distraídamente.

Desde que Aurelio comenzó a hacer estafeta entre Campeche y la Ciudad Mágica, había escuchado con recelo el nombre de David Hofman. Conocía su existencia y hasta su potencia, pero se limitaba a observarlo de lejos. A veces, vencido por la curiosidad, indagaba acerca del magnate con sus compañeros de juerga, quienes lo enteraban indistintamente de los últimos chismes de la ciudad. Hofman era un personaje proverbial que, al parecer, conseguía manejar todos los hilos de su ambicioso teatro: los de clientes y proveedores, los de enemigos y aliados y hasta los de su mujer, una joven mimada y caprichosa convertida en el terror de los empleados de un hotel más similar a una ciudad que a un *resort*.

Sin embargo, Aurelio había dejado el asunto del mapa atrás, y si bien consideraba una coincidencia extraordinaria estar tan cerca de Hofman, lo evitaba. Incluso, si bien se había cruzado con él unas cuantas veces, su curiosidad no era suficiente para arriesgarse a enfrentar el enojo de tan poderoso personaje.

De ese modo pasaron los años, hasta que Aurelio alcanzó una edad en la que vivir al día, sin más propósito que el goce, ya no lo entusiasmaba. Aunque su interés no fuera amasar un emporio como el de Hofman ni pelear una revolución como lo hiciera Ko'oj, no encontraba la manera de revertir sus inconformidades. Era víctima del irrefutable hecho de que el ser humano, una vez satisfechas sus necesidades básicas, tiene que buscarle un sentido más amplio a su existencia. Fue entonces que se cruzó con el sombrero entaconado, dispuesto a mostrar solamente las piernas de quien lo llevaba, lo que lo intrigó de sobremanera. Habría podido ser una conquista más, de las muchas perpetradas a lo largo de esa época de parrandas, si no fuera porque a sus treinta y dos años la soledad comenzaba a pesarle de forma proporcional a su edad.

El súbito y desbordado interés por la nueva presa, Gloria María Rodríguez Abreu, se convirtió rápida e inconscientemente en un proyecto distinto. Tan distinto que un día, saliendo de uno de los cabarets de la ciudad, la invitó a dormir al Flamingo. Nada raro en semejante proposición, si no hubiera sido porque, en la larga noche que pasaron juntos, Gloria apostó el todo por el todo. En la última mano de un póquer de prendas —ambos eran jugadores empedernidos—, ella lo amenazó seductora:

—Si pierdes, te casas conmigo.

Aurelio, en calzones y en estado de moderada ebriedad, tenía prisa por quitárselos, por lo que aceptó la provocación. La muchacha le gustaba de más, y era probable que la idea de tener una mujer al lado lo cautivara honestamente, aunque no calibrara a ciencia cierta la dimensión de lo que un compromiso de esa naturaleza significaba. Después de perder su trusa y ganar los favores de Gloria, honró, como siempre, su apuesta. La tarde siguiente, en el juzgado del Miami-Dade County, contestó un apresurado «Sí» a la pregunta regidora de toda ceremonia matrimonial. Aurelio jamás imaginó que aceptaría de modo tan dócil la voluntad de una mujer ni que acabaría cediendo a las peticiones de su recién desposada, incluyendo la de alquilar un piso en uno de esos novedosos edificios que se multiplicaban en South Beach. Era la primera casa que tenía en tierra firme desde que había abandonado su hogar en Italia, y era la primera vez que, al mudarse, desempacaba la maleta que nunca antes desempacó. Haciéndolo, reencontró el mapa olvidado y, a partir de ese momento, el pergamino volvió a ocupar su mente. No hallaba un sitio donde guardarlo y, con el remordimiento al acecho y la curiosidad también, acabó por convenir que había llegado el momento de entregárselo a su destinatario, sobre todo ahora que Hofman le quedaba tan cerca.

—Buenas tardes, nos conocimos en la cabaña. Soy… —se adelantó Aurelio, con bastante nerviosismo encima y después de que una secretaria anteojuda lo introdujera a la espaciosa oficina de David Hofman.

—Sé quién eres —contestó David, sin levantar la mirada de los papeles que lo entretenían.

—Me temo que no, pero no importa.

—Te he visto en la cabaña…

—Te traje un whisky. Es…

Hofman lo interrumpió, mirándolo circunspecto:

—¿Qué quieres?

—Que nos tomemos un trago.

David optó por acabar con el asunto de una vez. Abrió la cómoda de atrás de su escritorio y sacó dos *highballs* de cristal, colorado y soplado en Murano, para luego abrir la botella. No tenía tiempo para eso, pero era su costumbre atender a los hampones con la máxima atención.

—Es un *Scotch* de una malta escocesa —dijo Aurelio.

—¡Delicioso! —constató David, después de que ambos bebieron un largo trago.

—Lo estaba guardando para una ocasión especial…

—¿Y a qué se debe tanta generosidad?

—Quiero entregarte algo que creo que te pertenece. —Así de simple fue la declaración, que Aurelio confirmó al extraer el mapa de la bolsa interior de su saco de lino; lo desdobló lentamente, como si quisiera demostrar que, aunque no lo había entregado a tiempo, lo había cuidado siempre—. Tal vez no lo reconozcas, pero, cuando el capitán Janssen me encargó que se te llevara, tenía dibujado encima el mapa de la Fuente de la Eterna Juventud —dijo, atento a la reacción de su interlocutor y consciente de que le debía una disculpa.

Un fulgor maléfico encendió los ojos de Hofman quien, con movimientos veloces, agarró la reliquia con las dos manos y, sin fijarse en la representación de la ciudad de Campeche ni en el cuidado a prestarle a aquella antigua pieza, la volteó con prisa. Su mirada se detuvo en la cifra escrita en el extremo inferior izquierdo, una incomprensible sucesión de números, cuyo significado Aurelio no había podido descifrar.

Hofman reconoció entonces a su enemigo, el hombre al que solía referirse como el Bastardo. Le había perdido la pista cuando se escabulló de Campeche y Janssen, el mercenario a quien le había encargado la recuperación del mapa, lo dejó de perseguir por ir en busca de quién sabe qué tesoro. El único afán de David, en cambio, era encontrar esa pista, trascendental en su vida, que —apenas descubría— se trataba de un número. Recién ahora, cuando menos lo esperaba y quince años después de lo prometido, la información que más había ansiado llegaba a su propia oficina con una desfachatez inverosímil. Ahí estaban, el número 84481 y ese individuo, la persona que, luego de los verdugos nazis que ultimaron a su primer amor, más daño le había hecho. Parecía como si el pasado que se empeñó en disolver le asestara una ulterior y sorpresiva estocada. Un odio profundo, cual veneno recién inoculado, lo recorrió. Sintió la ponzoña alcanzar su corazón y tuvo que hacer acopio de toda la imperturbabilidad que lo caracterizaba para limitar su reacción.

—Gracias —balbuceó, evitando preguntar más. «¿Para qué?», pensó.

La repentina redención de quien otrora lo había traicionado no era de su incumbencia ni atenuaba su dolor, mucho menos su ira. Además, sabía cómo localizar al bastardo que tenía enfrente y no era recomendable mostrarle sus intenciones de forma prematura. La venganza siempre es mejor bien organizada, y él necesitaba hacer algo más importante antes de implementarla. Para no suscitar sospechas, hizo el ademán de agradecerle la entrega con un fajo de billetes, que Aurelio rechazó mientras pronunciaba las excusas que había ensayado para disculpar su retraso:

—Naufragamos… Estuve incapacitado… No podía caminar… Fui a Gotemburgo… Ya no vivías allí… —explicó, agregando un compungido—: Más vale tarde que nunca.

Hofman sabía bien cuál era la verdad, así que forzó una sonrisa, a manera de mueca, con la que pretendía mostrar comprensión y, ansioso por quedarse solo, dijo que lo buscaría para conversar, pues en ese momento tenía prisa. Trató de que aquella pareciera una despedida cualquiera, tan común que Aurelio se sintió aliviado de haberse preocupado tanto por algo que para su destinatario no parecía ser significativo.

Una vez que la puerta se cerró, David le ordenó a su secretaria buscar al investigador privado con sede en Inglaterra, en su nómina desde 1945.

—No me importa qué hora es, ¡llámelo! —ordenó furioso, ante la observación de que en Europa eran las cuatro de la mañana.

Apenas lo tuvo en línea, le deletreó cada número escrito en el reverso del mapa y colgó. Fue entonces que se percató: a pesar de que el aire frío salía copioso de la rejilla justo encima de su asiento, estaba sudando. No lograba distinguir si por el coraje o por el miedo de que ese hallazgo resultara una vez más inútil. Con la transpiración a flor de piel, comenzó a recordar una escena tras otra: el viacrucis vivido en el intento de salvar a su primera esposa, embarazada de pocos meses y recluida en el campo de concentración de Sachsenhausen. Recordó cómo él había alcanzado a huir de Berlín antes de que lo aprehendieran, cómo consiguió llegar a Suecia, su primera parada y el lugar donde su familia tenía algunas propiedades. Más tarde se había dirigido a Estados Unidos, el único sitio que en esos años convulsos le pareció seguro. Desde ambos lugares negociaba con un militar de alto rango, inicialmente la libertad de su mujer, luego mantenerla viva. ¡Qué tiempos aquellos!, ¡qué angustia!, ¡qué suplicio!

Hofman le enviaba al alemán que lo chantajeaba dotaciones de brillantes —para despistar, simulaban que era tráfico de antigüedades y no de vidas—, que escondía cosiéndolos en las fundas de mapas antiguos, la pasión de ambos.

El general se divertía torturando a David a distancia y, a pesar de que los pagos llegaban con puntualidad, acabó enviando a la señora Hofman a la cámara de gas dos años después de que se convirtiera en madre. Había llegado un mejor rehén con el cual extorsionar a su víctima, a quien le informó de la muerte de su mujer al poco tiempo de sucedida, asegurándole que había sido causada por una pulmonía. Para entonces, la caída del Tercer Reich era inminente y el alemán pretendía venderle al desolado padre, por una estratosférica suma, la identidad y el paradero del niño. David aceptó pagarla, enviándosela en diamantes ocultos en la funda del mapa de la Fuente de la Eterna Juventud. Escogió ese mapa, entre los que había heredado de su abuelo, porque le pareció que simbolizaba la esperanza de que ese hijo suyo fuera su continuidad en el mundo. Una manera de ser joven otra vez. Un pensamiento romántico, quizá, pero eran los tiempos en los que la vida aún le otorgaba esperanzas.

Para cuando las piedras preciosas llegaron, los alemanes estaban por emprender la retirada, obligando a sus prisioneros a la evacuación, que se convertiría en la Marcha de la Muerte. En el último telegrama que David recibió, el general le aseguraba que el niño se quedaría en el campo, pero que no podía darle más datos por ese medio. No iba a arriesgarse a ser acusado de traición, alegaba. El mapa, con la suficiente información en el reverso para encontrar a su vástago, ya lo había mandado, le comunicó. Sin embargo, Hofman nunca recibió el envío y, cuando los vencedores se repartieron Alemania, y la Unión Soviética se quedó con la porción donde se encontraba Sachsenhausen, tuvo que aceptar que, si su hijo había sobrevivido, el único rastro disponible para encontrarlo era ese dato. Un número que, ahora le quedaba claro, bien podía corresponder al de la matrícula con que el niño fuera registrado en el campo. ¡Ya lo averiguaría! Eligió creer que lo que había asegurado el general chantajista era verdad: que su hijo había realmente nacido y sobrevivido. Pero ¿cómo no creerle si deseaba desesperadamente hacerlo? Ese pequeño era lo único que le quedaba de su esposa y era, por ser su único varón, la sola posibilidad de prolongar su apellido en esta tierra. Gracias a las investigaciones que dirigió desde Inglaterra y América, consiguió enterarse de que el militar alemán había escapado con su familia a Bariloche, lugar donde al poco tiempo falleció. Sin embargo, sus fuentes le reportaron que el mapa colgaba en la sala de su casa. Por ello mandó a alguien recomendado por sus detectives a robarlo: el mercenario Marc Janssen. No podía saber que ese oportunista de Janssen había aceptado su encargo sólo porque iba en búsqueda de cualquier información capaz de conducirlo al tesoro de un pirata de nombre Laurens de Graaf, posiblemente relacionado con ese mapa. Tampoco podía imaginar que perseguiría a Aurelio solamente mientras fuera conveniente para él, ni que abandonaría la misión en cuanto diera con el botín. ¡El muy bastardo! Por ello, cuando David confirmó esa traición, lo aniquiló sin piedad. Janssen no tuvo tiempo de gozar del tesoro que, después de años de búsqueda, había finalmente encontrado: apenas tocó suelo americano, en Miami, fue interceptado por los aliados de Hofman, que lo tiraron a los Everglades con un bloque de concreto atado a los pies. A David sólo le faltaba vengarse del intermediario, de nombre hasta entonces desconocido y cuyos movimientos errantes, con el tiempo, había renunciado averiguar. Alguien que, venía enterándose por su propia voz, se llamaba Aurelio Autieri.

Cuánto sufrimiento y cuánto rencor en ese capítulo de su pasado, pensó Hofman volviendo a la comodidad de su oficina para contestar el teléfono que sonaba insistentemente. A pesar de que estaba acostumbrado a mirar para adelante y a no detenerse nunca, ni mucho menos para lidiar con sus sentimientos, tuvo un momento de sensibilidad poco común en él, un hombre que la guerra y las pérdidas habían vuelto frío y calculador. Sabía bien que seguir adelante era el único modo de sobrevivir el horror. Puso entonces a un lado su pesar y retomó su semblante. Lo primero que haría sería reanudar la búsqueda de ese hijo perdido.

—*Hello* —respondió al fin la llamada que lo devolvió al presente.

—Tengo a su esposa en la línea —le informó amablemente la secretaria.

—No estoy para nadie y necesito que me organice un viaje a Alemania. Es urgente.

A partir de ese momento, Hofman se avocó a sumar pistas que lo condujeran a la identidad y el paradero de su descendiente, sin importarle que las posibilidades de hallarlo, si es que seguía vivo, fueran mínimas. Voló a Berlín, la capital del país que tanto había maldecido, faltando a la promesa de que nunca volvería allí. Visitó incluso el campo de concentración que le había dado muerte a su mujer y vida a su hijo, ubicado del otro lado de la Cortina de Hierro, en la República Democrática Alemana. A pesar de la Guerra Fría, acababa de abrirse al público el National Memorial, en la que había sido la enorme instalación de Sachsenhausen. Era un obelisco diseñado para conmemorar la victoria sobre el nazismo. Con los permisos necesarios para un extranjero, y los respectivos sobornos, pudo entrar a la RDA y al campo. Ahí se enfrentó al clima frío y cruel al que ya no estaba acostumbrado, y a una desgarradora y, para él, inaceptable realidad. El general no le había mentido: efectivamente había existido un prisionero número 84481, que era —según los archivos que espulgó en esa enésima búsqueda— un niño sin nombre ni padres. Pero saberlo no lo condujo a ningún hallazgo. Según los consultados, la suerte de esa criatura estaba entre las siguientes opciones: pudo haber sido liberado por los soviéticos, junto con los otros tres mil prisioneros que, por estar reducidos a larvas humanas, no participaron en el éxodo en el que la mayor parte del resto perdió la vida cuando atravesaron los bosques de Below; o pudo haberse quedado —quizá escondido— en esa misma cárcel después de la liberación, en cuyo caso habría muerto de hambre, enfermedad o abandono, al igual que otros doce mil presos que entre 1945 y 1950 fueron mantenidos por los rusos en esas instalaciones. El horror, ya se sabe, nunca desaparece, sólo cambia de título: la SS se volvió entonces KVP, traducida como Policía Popular Acuartelada y, a reserva de la eliminación de los crematorios y el cambio de unos presos por otros, todo continuó igual. Otra posibilidad es que ese hijo suyo hubiera sobrevivido gracias a algún ser bondadoso que en su momento lo auxiliara, y entonces habría podido convertirse en un feliz joven que en esos momentos tendría dieciocho años y ni la menor idea de que su padre biológico aún lo buscaba.

Caminando por las instalaciones de ese oscuro lugar, sin hallar ninguna otra pista que lo ayudara a encontrar a su hijo, decidió rendirse, resignado a nunca más abrazarlo. Fue entonces que el horror cambió, una vez más, de nombre. Ahora era David quien no podía hacer las paces con la idea de que su hijo se hubiera ido de este mundo sin conocer otra cosa que no fuera el encierro, el hambre y la humillación. Tal vez había muerto precisamente allí, en el suelo que en ese momento pisaba, sin que él hubiera podido evitarlo. Era un día helado, y, justo cuando estaba caminando alrededor del obelisco erguido recientemente en la explanada central, una mancha en el suelo llamó su atención. Era el reducto de la pintura roja con la que habían coloreado los dieciocho triángulos que conformaban el remate del monumento, pero su trastornado cerebro vio en ella toda la sangre que allí se había vertido, y particularmente la de los dos seres que, tal vez porque ya no podía demostrárselos, más había querido en este mundo. Se sentó en una piedra, vencido, a pesar de todos sus éxitos, y sacó de su abrigo el mapa, del que no se había separado desde que lo recuperó; lo acarició lentamente, para luego guardarlo junto con sus esperanzas, muy cerca del corazón.

Su mente intoxicada por el dolor no dejaba de culpar a Aurelio. De haber conocido el número antes, se repetía, todo habría sido diferente. En la figura de ese «bastardo» colocaba las responsabilidades de los tantos imputados y en ella clamaba el desquite, sin importarle que la venganza no le devolviera a su hijo. Como toda venganza, esta sólo se propagaría a su alrededor para ocasionar más odio y más venganza.

Feliz de haber conseguido marido e independencia de sus parientes de un solo tajo, Gloria recibió la noticia de que estaba embarazada con entusiasmo. A Aurelio le costó asimilarla, pero, al final, seducido por su esposa y por la descabellada pero dulce idea de ser padre, festejó la novedad. Llevaban tres meses de matrimonio y, más allá de la luna de miel en Maracaibo, Aurelio había permanecido en tierra firme todo ese tiempo. Era hora de irse a Telchac por un nuevo cargamento y esa tarde, apenas un mes después de haberse enterado de su paternidad, se despidió de Gloria, sin que ninguno de los dos imaginara que pasarían casi cincuenta años para que volvieran a verse.

Aurelio iba llegando al muelle cuando dos policías vestidos de civiles se le acercaron:

—¿Aurelio Autieri?

Apenas asintió, uno de ellos fue categórico:

—*You're under arrest for the murder of Stephen Cosby, you have the right to remain silent...*

Aurelio no conocía al sujeto, cuyo asesinato en ese momento le imputaban, más que por la crónica de los diarios que desde hacía semanas machacaban a sus lectores con la desaparición de un respetado fiscal del estado. Era el hombre que había amenazado a Hofman, pública y repetidamente, con descubrir su negocio ilegal. Hasta allí las noticias oficiales. De lo que Aurelio no estaba al corriente era de que esa mañana el cuerpo de Cosby, liberado de los amarres que lo habían mantenido en el fondo de los Everglades hasta entonces, fue encontrado en la superficie de esos pantanos. Un hallazgo que podía inculpar a Hofman, quien le había pedido a sus protectores amenazar al funcionario, sin imaginar que el escarmiento provocaría la muerte de su enemigo. Para acallar toda duda y acabar al unísono también con el bastardo oficial, Hofman se había adelantado, convenciendo a sus aliados de fabricar pruebas irrefutables que inculparan a Aurelio del asesinato de Cosby. Según sus planes, el traidor, desacreditado y preso, pagaría con creces por el agravio cometido en su contra y, de paso, lo liberaría a él de cualquier incriminación.

Después de un momento de desconcierto, Autieri entendió que le habían tendido una trampa, de la que no saldría si no lograba zafarse de inmediato. Así que, justo antes de que le pusieran las esposas, decidió intentar el escape. Su barco estaba cerca y el capitán, un fiel veracruzano, tenía la orden de estar listo para zarpar en cualquier momento. En un acto impulsivo se tiró al mar y se sumergió velozmente, sin darle tiempo a los oficiales de reaccionar más que con disparos al agua, uno de los cuales fue a dar a su muslo derecho. Era una herida superficial y, a pesar de ella, Aurelio alcanzó el *Neptuno*. Cuando iba a subirse, se percató de que su tripulación no estaba ahí; lo aguardaban, en cambio, tres desconocidos, policías o matones, no lograba determinarlo. Entonces, sin salir del agua, buceó alrededor del muelle para llegar al lado opuesto, donde permaneció un largo rato, resguardado por los pilotes que sostenían la construcción. Después de taponear con su camisa empapada la herida, guardó silencio por varias horas hasta que sus perseguidores se retiraron dándolo por fugado o por muerto. Al cerciorarse de que se había librado de la captura, aprovechó el anochecer para robarse una lancha que empujó discretamente mar adentro. Cuando sacó su cuerpo del agua para subirse, se dio cuenta de que el dolor que lo estaba torturando se debía a que había perdido mucha sangre por la herida. Entre la adrenalina y la prolongada inmersión, no se había percatado hasta entonces de cuán débil se sentía. No alcanzaría a ir muy lejos en esas condiciones. Con la idea fija de que necesitaba salir de Estados Unidos, comenzó a remar hasta que estuvo lo suficientemente lejos. Entonces encendió el motor y dirigió la embarcación a la ruta que conocía bien, es decir, hacia la isla que le quedaba delante: Cuba. A pesar de los esfuerzos para mantener la conciencia y lograr así esquivar a la guardia costera, pronto se dobló a un lado del propulsor, que seguía andando, y perdió el sentido.

XVII. Rendición

Dos elementos del Miami Dade Police Department llegaron a Fisher Island a bordo de una de esas patrullas blancas con franja celeste que protegen las calles de la Ciudad Mágica. Apenas tuvieron conocimiento de la situación: una niña que había desaparecido con su abuelo—, se dedicaron a tranquilizar a Mapi:

—El huracán provocó daños mínimos y es poco probable que esté relacionado con la desaparición de sus familiares —le aseguró el policía afroamericano, el de más rango de los dos, mientras su compañero exponía su teoría compartida:

—Tal vez estén escondidos en algún refugio y aún no se atrevan a salir.

—Por lo que sea que haya sucedido, *ma'am*, la alerta AMBER ya está activada y hay que confiar en que pronto los encontraremos —concluyó el primero.

Ella no estaba de acuerdo, pero no lo dijo. Temía genuinamente por la suerte de su hija e incluso por la de su suegro. Les reiteró a los uniformados todos los detalles de lo ocurrido la tarde anterior, esperando que alguno de sus recuerdos les ayudara a esclarecer dónde estaba Sofía. Los policías tomaron nota y la cuestionaron, más para calmarla que por que pensaran que iban a recibir de ella información útil.

Al igual que los oficiales, Antonio estaba convencido de que su hija aparecería en cualquier momento, como otras veces había sucedido. Así que, una vez terminado el interrogatorio, se recluyó en su estudio y, para evitar los nervios que le ocasionaba una cada vez más angustiosa espera, llamó a su abogado. Sentía impotencia frente a la rabia que Mapi le provocaba; temía volver a salirse de sus cabales y golpearla. Eso no podía permitírselo. Era hora de enfrentar la decisión que debió de haber tomado mucho tiempo atrás, desde el inicio de su matrimonio: desde aquel día en que volvió a casa para comunicarle su intención de dejarla y tuvo que tragarse sus palabras, pues ella le anunció su tan esperado embarazo.

La principal razón por la que Antonio se había casado con Mapi, la de tener un hijo, se cristalizaría, y no iba a separarse de ella en semejantes circunstancias. Hoy se daba cuenta de que esa decisión había sido un largo error: su vida matrimonial ya era insostenible. Desde que Mapi había pronunciado las tres liberadoras palabras: *Quiero el divorcio*, estas resonaban en su cabeza provocándole un placer sin igual, aunque la separación tuviera un elevado costo económico y sentimental —que consistía principalmente en alejarse de su niña y en entregar la mitad de su patrimonio a su mujer—; e incluso si ella, una vez serenada, retrocediera en su petición, Antonio entendía lo imperativo de concluir aquello. La idea se transformaba poco a poco en obsesión y no lo dejaba pensar en otra cosa, ni siquiera en el paradero de su hija o de su padre.

Pero el asunto iba más allá: harto de ser dominado por sus obligaciones, adquiridas o autoimpuestas, se sentía con ánimos de ponerle fin a todas sus ataduras. Antonio pensó también en la posibilidad de terminar su relación con Raquel, un amor consumido por las pretensiones de ella, quien no dudaba en buscar sus propios intereses antes que los de ambos, razón por la cual Antonio había comenzado a desconfiar de ella.

Luego Sofía vino a su mente. Por un breve momento consideró internar a su hija en uno de los psiquiátricos que los especialistas le habían recomendado, una idea nunca antes contemplada por su parte. Después de años de guardar sus deseos más impronunciables en un apartado sótano mental, se veía ahora dispuesto a arriesgarse para concretarlos. Sólo le hacía falta, concluyó envalentonado, que su niña regresara.

Mapi tocó con suavidad a la puerta del estudio de su marido. Los policías se habían retirado hacía tiempo y lo había dejado tranquilizarse en la habitación que usaba como guarida, principalmente para alejarse de ella. Apenas fue admitida, entró. De pie frente al escritorio en el que Antonio permanecía absorto en su ultradelgada computadora, lo encaró con toda la delicadeza de la que fue capaz:

—Habló tu mamá. No tarda. Dejó a David con la enfermera, porque quiere estar con nosotros. Apenas llegue, comemos. ¿O ya tienes hambre?

Él la recibió con una mueca de hastío. El intento de Mapi por comportarse como si nada hubiera ocurrido había fallado, así que continuó con la estrategia alterna:

—No quise molestarte antes, pero creo que debemos hablar. —E hizo una pausa para modular la voz y llevarla a su tono aún más dulce. Sólo entonces se atrevió a continuar—: Tenemos que estar juntos en estos momentos, olvidar las discusiones, los pleitos y los… —Evitó añadir la palabra *golpes*, como si ignorarlos fuera suficiente para desaparecerlos, y dejó la frase sin concluir.

Estaba dispuesta a perdonarlo. Había tenido el tiempo de sosegarse y de constatar, una vez más, que no deseaba perder su estatus, su apellido o su familia. En ese último baluarte se escudaba para justificar su decisión. Entonces, por segunda vez en ese día, Antonio la sorprendió:

—No —dijo convencido—, no «tenemos» que estar juntos. Eso es lo que ha ocasionado esta desgracia —pronunció la última palabra a regañadientes, pero, por más sangre fría que tuviera, no podía ignorar que su hija y su padre estaban legalmente desaparecidos y una desgracia mayor podía abatirse sobre sus vidas en cualquier momento—. Quedarnos juntos ha sido un error que no podemos seguir cometiendo.

—Ahora no, te lo ruego. No es el momento. —Mapi optó, como siempre, por el chantaje como vía de reconciliación o más bien de postergación; pero Antonio, en vez de alterarse, como hubiera sucedido en cualquier otra ocasión, se acercó a ella para hacer algo que ninguno de los dos hubiera creído posible:

—Perdóname —le susurró.

Fue un «perdón» que inundó a Mapi de lágrimas; tantas, que prefirió excusarse y alejarse del hombre con quien había vivido veintiséis años y que ahora mismo desconocía. Por primera vez en mucho tiempo, su marido le demostraba algún tipo de respeto y también una firmeza que la asustaba.

Apenas ella se retiró del estudio, Antonio comenzó, a su vez, a llorar. Amparado en el pesar que cargaba —quien sufre siente el derecho de hacer sufrir—, llamó a Raquel. Ella le contestó como siempre, de inmediato y con su voz más sensual.

—Lo he pensado mucho y… —confesó él sin ocultar su tristeza— quiero comprar tu parte del negocio.

Raquel permaneció callada unos instantes; sabía que esa petición significaba el adiós. Sin embargo, la suma que su amante ofreció después de pronunciar su deseo era imposible de rechazar, en especial modo para una mujer tan ávida como ella. No quería dejar a su amante ni mucho menos que la dejaran, pero sabía de sobra que a menudo es más conveniente recoger lo sembrado e irse en busca de la próxima cosecha. Por lo menos guardaría la satisfacción no sólo de ser ampliamente compensada, sino de ver a su otrora amor sufrir por esa ruptura.

No sospechaba que las lágrimas de Antonio provenían de una sola aflicción: por fin se había percatado de que, aunque Sofía regresara, lo esperaba la más dolorosa de las decisiones, una que no lograba tomar aunque estuviera convencido de la necesidad de hacerlo. No era capaz de concluir que el mejor modo de salvar a su hija era alejándose de ella. Ni en esas sensibles circunstancias podía admitir que era precisamente él, con sus mimos, su indulgencia y su ceguera, quien más daño le había hecho.

Sofía estaba absorta en la oscuridad, con la cabeza apoyada en la reja de la jaula. El dorso de su mano continuaba ardiendo, igual que las heridas de ambos brazos, avivadas por el ensañamiento con que las había maltratado. La mejor parte de su lamentable estado era que se sentía más fuerte. El ímpetu con que había logrado defenderse de su abuelo le había descubierto una seguridad en sí misma que desconocía. Aurelio, sentado a su lado en la sombra, la miró sin verla; había perdido la noción del tiempo a pesar de estar revisando su reloj cronómetro de cuando en cuando; sólo percibía la respiración y el olor de su nieta, así como la inminencia de un desenlace difícilmente favorable. Entonces no pudo contener unas ganas que, desde que la vio dormida durante la noche del huracán, debatiéndose silenciosamente con sus más aguerridos demonios, habían crecido en él. Acercó su boca al cuerpo que yacía junto al suyo y lo rozó, sin usar sus manos ásperas, temerosas de contagiarle su vejez. Al encontrar el cabello de Sofía, lo besó repetidamente hasta llegar a la frente, donde sus labios permanecieron unos segundos en el calor de la piel tersa que provenía de la suya.

Por un instante, tal vez gracias a las tinieblas que los envolvían, pensó en Irina, luego en Ko'oj y hasta en Gloria, pero inmediatamente después sintió, en cambio, que había besado a su hijo Antonio y se preguntó por qué, en los muchos años que habían transcurrido desde el nacimiento de ese niño, nunca había sentido la necesidad de buscarlo. En todo caso, ¿por qué las veces que la había experimentado no había cedido a ese impulso natural?

Al principio estaban el distanciamiento con Gloria y las circunstancias de ese periodo, pero luego simplemente se había vuelto más fácil no hacerlo, se justificó. Más tarde vino la conclusión en la que se escudaba: «no todas las personas son aptas para ser padres, ni siquiera si tienen hijos», y así, sin más explicaciones, había asumido esa realidad enarbolándose en su aislamiento amoroso. Ni siquiera cuando Antonio fue a verlo a Italia y le presentó a su familia, a su esposa y a Julio —en ese entonces su único nieto—, sintió el deseo de ofrecerle la protección, el cobijo y el amor que tenía ganas de brindarle ahora a Sofía. Tal vez ese impulso defensor surgía del irrefutable hecho de que ella en verdad lo necesitaba. O, por lo menos, eso le parecía a él. Lo curioso era que, a través de su nieta, probaba un sentimiento nuevo hacia su hijo e incluso hacia sí mismo. El mapa y toda venganza se volvieron irrelevantes en ese momento y le cedieron el lugar a un cariño que ni siquiera sabía que estaba buscando. Tal vez era debido a que la sinceridad con la que ambos se habían hablado provenía de la porción más íntima de sus seres. Tal vez la única razón era que la vejez es una hechicera capaz de producir alquimias amorosas insospechadas.

No hubo más tiempo para reflexiones. La culpa de Aurelio y el sopor de su nieta fueron interrumpidos por el abrir del cerrojo del compartimiento donde estaban encerrados. Tras la luz de una poderosa linterna, Sofía reconoció la silueta de Fausto. Tuvo miedo; el silencioso y desvatador sentimiento que siempre la acompañaba, volvió al ataque.

—Llegaron por ustedes, ¡muévanse! —ordenó Fausto, quien, convencido de que tanto la niña como el viejo eran inofensivos, no se molestó en amarrarlos. Cuando subieron por la escotilla que conducía a la cubierta, los cautivos se percataron de que ya era de noche. A pesar de la oscuridad, la excelente vista de Sofía reconoció el barco que estaba esperándolos: era el yate con ciento cincuenta pies de eslora del novio de Marjory, que no conocía más allá de ese hecho. Sorprendidos por el desenlace en curso,

Sofía y su abuelo transbordaron en un *dinghy,* acompañados por sus captores, de una embarcación a otra.

Cuando fueron introducidos a la ostentosa y cándida sala flotante del yate, Aurelio saludó a Armando, que lo esperaba sentado en uno de los blanquísimos sofás del *lounge*, como si fueran viejos amigos. Él, en cambio, lo ignoró, igual que ignoró la tímida sonrisa de Sofía. Se despidió de Fausto y de los vikingos, quienes regresaron a su barco para zarpar inmediatamente hacía Ámsterdam, según le comunicaron a su jefe. Al quedarse solos con Armando, Sofía se puso de pie —vestida de negro de arriba abajo, parecía una mancha en la pulcritud del resto del espacio—, mientras Aurelio se acomodó en otro sillón impecable, tan holgadamente que parecía estar de visita en casa de un familiar.

—Me alegra verte —dijo el italiano, sin permitir que Armando lo interrumpiera—. Pero ¡dejáme contarte por qué! —continuó, sin darle oportunidad de objetar, mientras sacaba de su camisa el mapa, guardado allí para mostrárselo rápidamente al hombre que disponía de su vida y de la de su nieta.

Antes de que pudiera pronunciarse, Aurelio atajó:

—Más allá de rollos —dijo señalando la leyenda del mapa—, esta —y señalo la isla de Bimini— es la posición de la caleta de un narco —continuó, seguro de que Armando conocía la jerga de quienes se dedican al tráfico y sabía que así le llaman al escondite donde depositan dinero—. Lo sé, porque hace muchos años era amigo mío. La guardia costera lo perseguía cuando alcanzó a esconder una buena cantidad de lingotes en esa isla. En eso convertía sus ganancias. A salvo de devaluaciones. Espero que vos hagás lo mismo —dijo intentando ser jocoso.

La cara del tatuado no se inmutó frente al atrevimiento de su prisionero, aunque, por la expresión, era evidente que estaba a punto de perder la paciencia.

Fue entonces que Sofía, repuesta del evento de unas horas antes y haciendo gala de una intuición perspicaz, pero sobre todo decidida a controlar sus impulsos más nefastos, comprendió que

Armando, más allá de no creer en el cuento de su abuelo, de oro tenía llena su vida. Entonces se atrevió a lo impensable y decretó:

—Mi abuelo miente.

Hubo un silencio tenso, en el que los presos percibieron el delicado momento en el que se encontraban, pero Sofía continuó su intento por revertir la situación:

—Este mapa revela, en verdad, el secreto de la eterna juventud, que no es una fuente ni está en Bimini.

Tal vez por lo descabellada que sonaba esa afirmación, tal vez porque Armando creía en lo increíble o tal vez porque, en efecto, el tema de la vejez lo asustaba y nada le hubiera gustado más que encontrar un antídoto para detener el declive, el español miró a Sofía y le pidió con la mirada que continuara.

Echada a andar la imaginación —su atributo mejor guardado, incluso para ella— comenzó a fluir con la misma facilidad con que su abuelo había inventado tantas mentiras a lo largo de su vida. Cuentos que de pronto insinuaban algunas verdades, como que la intensidad de un momento vivido inmortaliza el presente, volviéndolo eterno, o que el secreto para no envejecer radica en sonreír mucho, y un largo etcétera. Sofía, al igual que en *Las mil y una noches,* ganaba con su narración precisamente eso, tiempo, sorprendiendo a Aurelio con la prontitud con la que había encontrado el punto débil de su adversario y se dedicaba a explotarlo.

A pesar de la alegría de ver a su nieta ganar la batalla en contra de sus desequilibrios, el exmarinero sabía que el encantamiento del enemigo no iba a durar mucho y por ello no perdía de vista la puerta de acceso al *deck*, intentando adivinar quién más se encontraba a bordo del yate. Autieri, consciente de que Armando sería un estúpido si dejaba vivir a dos testigos al tanto de su comercio, planeaba la siguiente jugada.

XVIII. El final (1961)

El sol ardía cuando unos guajiros que pescaban cerca de la península de Guanahacabibes encontraron una lancha a la deriva con el cuerpo de Aurelio, tatemado y deshidratado, pero aún con vida. Lo rescataron y llevaron a tierra, donde fue cuidado a escondidas, pues era un hombre baleado y nadie sabía por quién. Durante meses reposó y deliró, víctima de una infección que de su pierna había contagiado a tres de sus órganos vitales. En una choza a la orilla del mar, sus cuidadores especulaban sobre su proveniencia y sobre cuál sería su destino, mientras llevaban al cabo conjuros vudús, rituales santeros y curaciones herbolarias, a según de sus creencias. Alguno de estos remedios debió surtir efecto porque, al cabo de un tiempo, los ojos de Aurelio se abrieron. Hundido en una fuerte resaca postraumática, pasaron otros tantos meses para que su boca pronunciara palabra. Inconsciente del lapso transcurrido y así como el cuerpo fue recuperándose poco a poco, su mente fue todavía más lenta. Se sentía tan lejos de todos y de todo que prefería no recordar ninguna referencia de su pasado, ni del más inmediato. Paradójicamente, estaba cómodo en esa pausa cerebral y en un aislamiento que lo reconectó con lo indispensable en esos momentos: pescar, comer y dormir. Cazaba una de las cuatro especies de tortugas marinas en vías de extinción que en esa zona de la isla se reproducían con facilidad, se las comía acompañándolas con un buen ron, y luego dormía hasta el día siguiente, cuando recomenzaba la rutina. Así las cosas hasta que los recuerdos, los más eficientes taladros del alma, comenzaron a angustiarlo. Tanto, que una vez que distinguió en su memoria que alguien lo esperaba en Miami —para entonces eran dos, su hijo debía haber nacido ya—, acabó por debatirse entre sentimientos encontrados. Finalmente optó por ir a La Habana, donde podría comunicarse más fácilmente con Gloria y determinar qué hacer.

Una vez llegado allí, tuvo que constatar que mucho había cambiado en la capital de un país cuya Bahía de Cochinos había sido recientemente invadida por las tropas de Kennedy. A pesar del ataque estadounidense y de los tres años transcurridos desde que la revolución triunfara, la gente seguía festejando con su tradicional desparpajo. El sentimiento antiamericanista no había menguado, al contrario; lo que escaseaban eran los insumos, mientras que abundaban las deserciones: la mayoría de sus amigos se habían exiliado y habían sido castigados por un régimen cada vez más temeroso de sus detractores. De esto se había enterado Aurelio gracias a una examante suya, que aún no lograba salir de la isla y que lo escondía en su casa.

Rodeado por semejantes circunstancias, se las ingenió para hablar por teléfono con Gloria, quien, apenas se enteró de lo que le había sucedido al padre de su hijo, pasó de estar agobiada a furiosa: había dado a luz como una mujer oficialmente abandonada, en el mejor de los casos como viuda, y ahora se enteraba de que su esposo llevaba meses sin avisarle que estaba vivo. Imposibilitado para regresar a Estados Unidos, Aurelio intentó convencerla de alcanzarlo, pero al saberlo en Cuba, ella estuvo a punto de desmayarse. No iba a volver al lugar al que había jurado no regresar jamás. En esa desesperada conversación, la irrevocable negativa de Gloria canceló cualquier negociación y la recurrente reticencia de Aurelio a establecer lazos, aunada a sus renovados aires de libertad, reapareció más fuerte que nunca. Ambas condiciones se sumaron a un enojo que se tornó mutuo y que acabaría separándolos. Antes de que eso sucediera, y colgaran el teléfono para nunca más volver a hablarse, una revelación de Gloria fue trascendental para Aurelio.

—¿Cómo te las arreglás? Necesitás dinero, supongo —preguntó él, consciente de que su esposa no tenía recursos propios ni facilidad para trabajar con un bebé recién nacido a cargo.

—De ti no necesito nada —contestó con orgullo ella, para continuar de modo arrogante—: un amigo tuyo se ha encargado de procurarnos.

—¿Qué amigo?

—David Hofman, tu jefe. Se presentó conmigo a los pocos días de que te fuiste y desde entonces...

—Ese no es mi jefe ni mucho menos mi amigo.

Fue así que Aurelio supo que —como ya lo imaginaba— había sido víctima del poderoso individuo que, de pronto y sin motivo aparente, protegía a Gloria. ¿Qué otra razón tendría para financiar a su mujer, como lo estaba haciendo, y precisamente desde su partida? «Es por el remordimiento de haberla dejado viuda», pensó. No sospechaba que el único remordimiento que Hofman experimentaba era hacia Antonio, el niño que no quería ver desamparado, como había quedado el suyo. Tampoco tenía idea —pues Hofman estaba casado— de que con el tiempo llevaría a cabo una venganza mayor: enamorar a Gloria y arrebatarle a Aurelio a su esposa e hijo también emocionalmente.

—Él se ha portado como un caballero.

—Él es la razón por la que tuve que huir.

—Eso es asunto tuyo. El señor Hofman —dijo marcando su distancia con quien aún no era su amante— ha sido de gran ayuda para mí y para mi hijo —concluyó ella, enfatizando el posesivo, como para dejar claro que el producto de su vientre era antes que nada suyo.

A Aurelio, un hombre habituado a no sucumbir a chantaje alguno, le pareció que aquella era una actitud extremamente egoísta. Y Gloria, una mujer acostumbrada a hacer lo que mejor le conviniera, se convenció de que su marido era un hombre que no le convenía. Fue así que los recién casados rompieron relaciones, convencidos de que su felicidad no estaba con el otro, ni siquiera en el niño que, a pesar de sus diferencias, los unía. Tal vez con el tiempo lo buscaría, pensó Aurelio, pero en ese momento no deseaba lidiar con la existencia del pequeño, ni mucho menos con su madre.

Sin pareja, ni vástago, ni barco, y con la convicción cada vez más grande de que su desapego sería permanente, Aurelio se emborrachó bajo una palmera en una playa cerca de La Habana. Varias noches duró esa juerga, en la que refrendó su renuncia definitiva a todo compromiso familiar.

En el desamparo de una isla tan distinta a la que había conocido, y en aquella situación tan diferente a la que había planeado para sí, Aurelio no veía muchas alternativas: ¿cuánto tiempo más podía permanecer de incógnito, si no tenía ni siquiera documentos? Antes de que necesitara robar, tenía que decidir si iba a quedarse, pero ¿haciendo qué? O, si lograba irse, ¿a dónde? Y, sobre todo, ¿cómo? No era ciertamente fácil salir de allí.

Alcoholizado y sin hallar una solución viable, optó por lo más sencillo: conseguir más bebida. Inconsciente de que su cuerpo todavía almacenaba una considerable cantidad de alcohol y de que ya se había acabado el poco dinero que había podido reunir en esos meses de aislamiento y trabajo físico, se levantó de la arena sólo para tropezar y volver nuevamente a ella en sus primeros pasos. Entonces, un oficial de la Policía Nacional Revolucionaria que había observado la escena se le acercó por la retaguardia y le dio una orden que lo estremeció:

—¡Papeles!

Aurelio amaneció al día siguiente en los separos de la comisaría habanera, con una sola posibilidad de salida en mente: pedir ayuda al legendario argentino, convertido primero en ídolo de la revolución y más recientemente en el Ministro de Industrias de la República de Cuba, según había leído en el periódico. Con toda la astucia que encontró en su aún embriagado cerebro, convenció al jefe del cuartel, alegando que el Che era familiar suyo, para que aceptara entregarle un recado de su parte. El acento de Aurelio fue lo que consiguió que el cubano, al principio reacio a creerle, se sintiera obligado a mandar el mensaje a la oficina del caudillo. El italiano tuvo que esperar varios días para que uno de los hombres más ocupados de la administración castrista regresara de supervisar la producción isleña y tuviera a bien recibirlo. Obtuvo la audiencia solamente gracias al arrojo de su escrito, que le informaba al flamante funcionario, y a todos los que leyeron el recado antes que él, que Aurelio Autieri era el responsable de salvarlo de un atentado contra su vida tres años antes.

A las once de la noche, el comandante Piñeiro, un corpulento colorado conocido por el apodo de Barba Roja y quien era el jefe de seguridad de Ernesto Guevara, abrió su celda. Después de un interrogatorio exhaustivo al que, contrariamente a su usual inventiva, Aurelio contestó con la verdad, el comandante, convencido de que aquel relato novelesco era una gran mentira, lo sacó de allí, pues, a pesar de su reticencia, tenía una orden precisa. Su jefe lo quería ver y no había mucho que discutir, tan sólo lo prevendría, en todo caso, del fanfarrón con quien iba a lidiar. Era poco más de la medianoche cuando Aurelio, en compañía de Barba Roja, cruzó la Plaza de la Revolución para entrar a un edificio oscuro y semidesierto. Después de subir varias plantas, accedieron a una sala amplia donde había una mesa en la que podían sentarse más de treinta personas. Algunas de las sillas estaban ocupadas por milicianos, prestos a evitar cualquier accidente que afectara a su jefe. Al cabo de otro rato de espera, el cuchicheo de los soldados anunció la llegada de quien debía estar trabajando en el despacho contiguo. Cuando las puertas de la habitación se abrieron, un hombre barbudo, oculto tras la nube de humo proveniente del puro que chupaba, hizo una entrada triunfal, a pesar de su actitud humilde y desenfadada.

—¿Vos seguís metido en problemas, che? —le preguntó a Aurelio con calidez, antes de saludarlo.

—La última vez que estuve acá, vos estabas en la mismas, Che —bromeó el italiano—. ¡Me da gusto verte! —añadió, mientras observaba a su interlocutor, quien seguía pareciendo un revolucionario, pese a su revestimiento político, y sólo había cambiado el clásico palillo entre dientes por un puro.

Ernesto sonrió acercándose a Aurelio con la mano extendida, mientras este se ponía de pie para ofrecerle la suya. Después de unos cuántos preámbulos, el recién llegado le hizo señas para que se apartaran a la cabecera de la mesa y tomaron asiento lejos de los soldados que permanecían pendientes de sus movimientos, aunque ya no alcanzaban a escucharlos.

—¿E Irina? —preguntó Aurelio entrando en confianza.

—¿Vos te acordás de Polo? —sonrió nuevamente el argentino al que el italiano recordaba como Chancho.

—¿El grandulón que jugaba *rugby* en tu equipo?

—Lo último que supe es que se casó con él…

—Estaba empeñada en quedar cerca de vos —bromeó entonces el marinero.

—¿Cerca de mí? Hace tanto que no voy a la Argentina, que si no me llamaran Che ni me acordaría de dónde vengo —dijo sin nostalgia.

Más allá de evocar a la mujer que los había unido tantos años antes o de agradecerle la alerta que le había mandado cuando peligraba, el Che se mostró interesado principalmente en la conexión de Aurelio con la resistencia maya, aunque tenía varias reservas a ese respecto:

—No puedo creerlo. El México moderno es el país de los hijos de la primera revolución del siglo, por demás institucionalizada en un gobierno de izquierda. Los mexicanos nos apoyaron, incluso nos entrenaron. Gracias a ellos pudimos organizar la toma de esta isla. Es una de las pocas naciones que ha podido implementar la reforma agraria, «la verdadera revolución», la respuesta necesaria para acabar con el enorme latifundio latino-americano.

—Pensé que te interesaría ayudar a los compañeros mayas —se atrevió a proponer Aurelio, que estaba consciente de estar frente a quien podía hacer una diferencia para Yucatán.

—Qué más quisiera yo que el fuego revolucionario se propague donde hace falta, pero que en México suceda lo que me cuentas, me sorprende.

Como en su primer encuentro en Buenos Aires, empezaron a discutir, pues Aurelio no vaciló en reportarle los abusos que se cometían por lo menos en el área que había visitado y el Che no dudó en cuestionar sus palabras, hasta que Aurelio estalló:

—¿Qué gano yo con mentirte? —A lo que añadió—: Mataron a Ko'oj, mi mujer, y a su hermano, solamente por oponerse a la creación de un sindicato controlado gubernamentalmente.

Entonces, el Che, por un brevísimo instante, tuvo una visión tan desoladora como fugaz: ¿sería que el destino de las revoluciones era, una vez consumadas, degenerar en Estados tan viles como los que derrocaron? No podía ser, pensó, reprimiendo esa idea inmediatamente después, convencido de que la lucha revolucionaria era la esperanza de un mundo mejor y que tenía que llevarla hasta sus últimas consecuencias. Al fin admitió:

—Aunque así fuera, México sería el último país en donde Cuba se inmiscuiría: le debemos demasiado. Además, como ministro, debo observar distancia. Lo único que puedo ofrecerle en este momento a cualquier revolucionario son mis recomendaciones. —Y se levantó del asiento, dejando la colilla del puro en el cenicero, para dirigirse hacia los anaqueles atestados de libros.

—¿Te pido ayuda y vos me das un libro? ¿Qué querés?, ¿convertirme en insurgente en un país que no es el mío? —se burló Aurelio, que del escepticismo había pasado a la decepción.

Al volver con *La guerra de guerrillas*, un ejemplar de su autoría en la mano, Ernesto precisó con algo de sarcasmo lo que se le acababa de ocurrir gracias a ese último comentario:

—Un libro es un tesoro. Aunque este es un manual algo anticuado, debo admitir. Lamentablemente, si querés enterarte de cómo hacer una guerrilla hoy, hay que consultar a los militares yanquis. Ellos son los que mejor las organizan. Yo también peleé en un país que no era el mío...

—Es terrible que los americanos se aprovechen del resto del mundo, ¿sabés...? Pero es aún más terrible que los de un mismo pueblo persigan a sus compatriotas. Eso es lo que sucede en México. Y más terrible es que los compañeros cubanos se desentiendan —reviró el italiano.

Ernesto lo miró fijamente, afinando el cómo utilizar el ímpetu y las circunstancias de ese hombre. Luego procedió a quitarle la etiqueta a un nuevo puro. Le cortó la punta con una navaja, lo encendió y, después de inhalar, abrió la boca, que expulsó un humo denso y caliente:

—Cada pueblo y cada persona debe entender sus límites. Y cada quien tiene que hacerlo sin esperar la ayuda de los demás —dijo, aclarándose la garganta, mientras Aurelio, quien se sentía repentinamente aludido, sólo alcanzó a tragar saliva, dándole la oportunidad a Chancho de llevar su consejo a un nivel más personal—. En palabras pobres: si algo no te gusta, a ti te toca cambiarlo —externó el razonamiento que, si bien era obvio, había comenzado a desmoronar la sólida incredulidad de Aurelio.

Así fue como el italiano, que se encontraba en un momento particularmente frágil, en el que necesitaba aferrarse a cualquier proyecto de vida que lo rescatara de la ruina en la que podía convertirse la suya, quedó pensativo. Había buscado al Che como el único conducto para salir de la cárcel y de un país cuyas libertades estaban mermadas, pero no imaginaba el cambio de vida que ese atrevimiento iba a significarle.

Al verlo tan compungido, Ernesto remató:

—Qué daría yo por volver a las armas en vez de ocuparme de la producción del azúcar y de obreros inexpertos. Extraño vivir en movilidad, desconfianza y vigilancia constantes, pero eso no me corresponde ahora. Tal vez más adelante, cuando este país se valga por sí solo y ya no me requiera. Tú eres el mejor candidato para coordinar a esa gente que, según dices, tanto lo necesita —concluyó, parafraseando los puntos que había descrito en su libro y que consideraba vitales para sobrevivir en el monte, mientras aprovechaba esa inesperada oportunidad de expandir la llama revolucionaria, aunque fuera a escondidas.

—¿Yo? —balbuceó Aurelio.

—Y yo te ayudaré… extraoficialmente, eso sí…

Así fue como Aurelio volvió a Telchac, a bordo de una embarcación cubana con un cargamento de armas, que extraoficialmente le consiguió su amigo. Era toda la ayuda que iba a proporcionarle, pero bastaría para infundir un nuevo brío a la causa de Ko'oj.

Durante la travesía, Aurelio, que había pensado en largarse apenas llegara a Telchac, reflexionó: allí la tenía, una oportunidad de hacer una diferencia en este mundo, llevando a cabo la acción más anárquica, una rebelión armada. Sin embargo, contribuir de ese modo a la búsqueda de una mínima justicia social, una semilla que le había inculcado Ko'oj, y que le había regado Chancho, no fue la verdadera razón por la que había cedido a la propuesta de Guevara. Fue la necesidad de olvidar que en la ciudad de Miami vivía un hijo suyo que no se atrevía a conocer, la necesidad de olvidar que no tenía a dónde ir ni con quién irse. Eso fue lo que le hizo abandonar su baluarte más querido, el mar, en pro de la causa maya.

Tenía treinta y tres años cuando se internó en la selva para alcanzar al puñado de hombres que se oponía al Gobierno mexicano desde la maleza y que localizó gracias a Calocho. Ellos, por considerarlo el benefactor de Ko'oj y por haberlos financiado durante mucho tiempo, lo adoptaron de inmediato como a un nuevo miembro de esa extraña familia compuesta más por gente desesperada que por soldados facultados para combatir en un conflicto armado. Anhelaban hacer la diferencia en una región en la que la guerra de castas estaba destinada a no terminar nunca. Con esa meta, juntos planearon una ofensiva apoyada por la población de la sierra, la más marginada de la zona y cuyo objetivo era desgastar paulatinamente tanto la fuerza como la paciencia del enemigo. No contaban con que el Gobierno mexicano —tanto federal como local— combatiría a la insurgencia maya, y a los otros veintiséis grupos disidentes en México en esa época, con una guerra tan sucia como la mierda.

Torturas, desapariciones y muertes anónimas; pero, sobre todo, ni una sola mención en la prensa de lo que estaba sucediendo en un país en el que la palabra *justicia* parecía excluida del vocabulario nacional. La táctica del desgaste, la nula tolerancia y la represión, tan brutal como anónima, fueron lo que implementaron los «hijos de la revolución» para asegurarse de que nunca hubiera otra.

Aurelio llevaba seis años de selva y tragedias —primero en Chiapas y, conforme los federales mexicanos fueron acorralándolos, hasta Guatemala—, cuando recibió la noticia. Ernesto Guevara, exministro de Industrias convertido, desde su desaparición de la escena política cubana, en un combatiente clandestino de la Sierra de Bolivia, había ido a alcanzar a Ko'oj y a los demás caídos por una utopía. Una utopía de la que él también era parte.

Fue tal el impacto que tuvo en Aurelio esa primicia que, a pesar de los riesgos que conllevaba hacerlo, se abocó a conseguir un periódico que la confirmara. Cuando por fin tuvo entre sus manos la portada del diario guatemalteco *La Presencia* que, con fecha del 12 de octubre de 1967, publicaba la foto del Che muerto, la observó con asombro, luego con tristeza y finalmente con enojo. El cuerpo de su amigo estaba con el torso desnudo, rodeado de militares; uno de ellos incluso le jalaba el pelo, tan revuelto y sucio como el suyo.

Triste y acongojado, Aurelio se apartó con el periódico al monte más alto de los alrededores. Usando el diario de blanco y con admirable puntería —conseguida por sus horas de práctica en las largas esperas obligadas en la sierra—, disparó todas las balas que tenía hacia las cabezas de los participantes de esa imagen mezquina. El periódico se deshizo al segundo balazo y los demás proyectiles terminaron incrustados en el tronco de un árbol. No solamente aquel héroe ya no estaba entre los vivos, sino que sus restos habían sido humillados públicamente. Semejante desenlace llevó a Aurelio a cuestionarse la validez de regalar la propia vida a ideales que, por más altos que fueran, eran ingratos con sus defensores. Entonces, frente a la fotografía deshecha, decepcionado por la injusticia que reviste al mundo y por la incapacidad humana de suprimirla, desistió de su empresa. Convino que si el Che había sido congruente con su impulso revolucionario, él debía retirarse de una causa que siempre había considerado perdida.

Fue así que se separó de los pocos compañeros que quedaban —la mayor parte había sido paulatinamente eliminada— y vagó de aldea en aldea y de mata en mata, como conejo en un bosque desprovisto de madrigueras. Debilitado por la decepción y por el arduo estilo de vida que llevaba desde hacía demasiado tiempo, enfermó de una simple gripe que, debido a los malos cuidados, se convirtió rápidamente en neumonía. No tuvo más remedio que visitar una clínica rural, en donde su cuerpo se fue reponiendo lentamente. Fue entonces, postrado en un catre, que acabó por constatarlo: a sus casi cuarenta años ya no tenía edad para esos andares.

Apenas restablecido, consideró buscar a Gloria o, más bien, a Antonio —cuando la vida se aleja de uno, uno se acerca a lo que queda de ella—, pero le pareció que ese no era el modo de irrumpir en la vida de nadie. Pensó también en su madre: al menos tenía que avisarle que seguía vivo. La llamó y una voz desconocida del otro lado del auricular le informó que ella había muerto hacía más de un año. Con el dolor de esa nueva pérdida encima, se convenció de que tenía que volver a La Spezia, el lugar que lo acogería sin honores, pero con algo de cariño.

Una vez en Italia, ya no encontró las fuerzas ni las ganas para seguir satisfaciendo sus ambiciones, propósitos o amores. Se instaló en el sitio que lo había visto nacer y en la ventaja de contar con la casa familiar, con una que otra mujer deslumbrada por sus correrías y algunas propiedades inmobiliarias que su madre había sabido administrar.

Sin más preámbulos ni razones, transcurrió el tiempo, que se fue convirtiendo en un estar tranquilo compuesto de recuerdos y fantasías. Su máximo riesgo era conseguir mejillones del vivero de un amigo; su ilusión más grande, jugarse en el Casino de San Remo sus modestas rentas; y su mejor satisfacción, pregonar sus aventuras por América a los asiduos del bar de la esquina. Con esa calma monótona vino también el deterioro, la lenta dejadez en la que fue deslizándose al abandonar sus aspiraciones o, mejor dicho, al no haberlas encontrado nunca. La soledad y la resignación fueron la tumba de sus sentidos e incluso de los sinsentidos.

Solamente le consolaba tener el mar cerca, el lugar donde sus anhelos y dolores se perdían entre las olas. Imaginaba otra vida desde el muelle de La Spezia, la que nunca más se atrevió a buscar. De vez en cuando también fantaseaba sobre cómo sería su hijo, aunque jamás trató de averiguarlo.

Consumido por el bienestar y la comodidad, alcanzó la vejez, su última etapa, la responsable de despertarle sentimientos que ya daba por extinguidos, como el amor y el deseo de venganza.

XIX. En el mar

En el mar, el yate de Armando López Báez continuaba avanzando hacia tierra firme. Las luces de algún puerto brillaban, aún lejanas, en el horizonte. Sin embargo, dentro de la sala principal del barco, los allí reunidos apenas percibían el sensible vaivén de la navegación, o la placentera brisa marina que ventilaba el ambiente, o el panorama de brillos que se aproximaba. Todos estaban absortos en sus disímiles pensamientos. Aurelio escuchaba a Sofía inventar una historia tan fantástica como inverosímil sobre el poder mágico del mapa y, conforme veía a Armando cada vez más interesado en la misma, empezó a creer que, aunque ese pergamino no tenía ninguna facultad prodigiosa, fungía como depositario de los sueños, aspiraciones e ilusiones de cualquiera. Cada quien le ponía a la misma cosa su propio y particular valor. Para Laurens de Graaf, el mapa había sido la manera de proteger lo suyo; para Samuel, el modo de encontrar a Laurens; para Janssen, la ocasión de conseguir riqueza; para Gloria, la posibilidad de ayudar a su marido a superar sus traumas; para Hofman, un trance doloroso que lo había llevado a odios inmensos, aunque ya nunca le revelaría cuáles. Y para él, para Aurelio Autieri, el mapa era el recordatorio latente de sus responsabilidades evadidas, comenzando por la de entregar ese pergamino a su destinatario. Al mirar los ojos apasionados de Sofía, concluyó que su otro deber rechazado, el de ser padre, le exigía ahora actuar como abuelo. Un abuelo que pudiera recuperar algo del tiempo perdido pero, sobre todo, que pudiera salvar a su nieta. La supervivencia de una joven que tenía aún mucho por imaginar era en ese momento su único objetivo, que fue a estrellarse contra la sentencia del verdugo:

—Lo siento, Sherezada —la interrumpió Armando, cuyos límites para buscar la eterna juventud eran los de su conveniencia inmediata—, tu tiempo se acabó. —Luego se volvió hacia Aurelio para extenderle la amenaza—: Y el vuestro también.

Aurelio entrevió un arma en la cintura de Armando y sintió el fin cerca. Entonces, buscó, a través de los cristales oscuros, el mar que los rodeaba. Al ver la blancura del quiebre de las olas iluminar la oscuridad, se sintió acompañado: su mejor amigo estaba con él.

Había llegado el momento de la historia en el que el verbo se vuelve protagonista, pensó quien fuera cazador de ballenas, traficante y guerrillero, incluso si se trata de morir, tal vez en vano. Había llegado el momento en el que la vida le concede a quienes la soportaron lo suficiente una oportunidad para reivindicar las propias fallas.

«Es extraño —reflexionó—, lo único en lo que puedo pensar ahora es en ella y en cómo protegerla, incluso si hacerlo implica jugar mi última carta».

No había tiempo que perder, resolvió al deslizar su mano derecha lentamente hasta la bolsa del rompeviento rojo, que traía puesto, para rozar así la pistola.

—¡Salgan a cubierta! —ordenó Armando levantándose de su asiento.

—¿Me permitís un último cigarrillo? —Sin esperar respuesta, continuó—: ¿Vos no querés uno? —preguntó, mientras empuñaba el revólver y lo sacaba de la bolsa de su chamarra como si se tratara de una cajetilla de cigarros, sin darle tiempo a su contrincante de reaccionar. Fue un movimiento tan natural que Armando, experto en lavado de dinero mas no en refriegas armadas, no alcanzó a adivinar que pocos segundos después estaría encañonado. El español no tuvo tiempo de sacar su pistola que el viejo, aprovechando la sorpresa de su contrincante, ya lo había despojado de ella. Apenas la tomó, Aurelio le dio el revolver de Armando a Sofía, mientras empujaba a quien se había convertido en su prisionero. Abrió un par de puertas antes de hallar un baño que pudiera servir para su propósito. Entre tanto, Sofía había ido a buscar un objeto pesado, según lo habían acordado en la jaula de pájaros exóticos en la que planearon el ataque. Encontró uno de los fósiles de la mesa de la sala, lo cargó con sus dos manos y alcanzó a Aurelio, quien no despegaba su arma de la espalda de Armando. Una vez allí hizo acopio de todas sus fuerzas y, con los ojos cerrados mientras lo hacía, le dio un sonoro golpe en la cabeza a su celador, quien cayó al suelo aturdido. Después de permanecer un momento incrédulos por el éxito de su hazaña, Aurelio y Sofía procedieron a amarrar, con las cortinas del baño, las manos de quien había pasado a ser su víctima; luego lo encerraron y salieron juntos.

—Adelantate, yo te cubro —le ordenó Aurelio a Sofía, que lo miraba eufórica—. Apenas podás, subite al *tender*, ¿entendés?

Al pronunciar esas palabras y más allá de sus logros, Aurelio se sintió cansado, incluso, derrotado. Por un momento pensó que sólo un milagro conseguiría salvarlos. Luego recordó que no creía en los milagros. Algún otro miembro de la organización acabaría con ellos antes de que pudieran huir. Qué estúpida decisión habían tomado. Si no lograba escapar, su nieta quedaría a la merced de esos malvivientes; todo por creer que el tiempo no es implacable y que la vejez todavía permite el lujo de decidir el propio destino.

Por su parte, Sofía entendió entonces que su abuelo iba a sacrificar lo que le quedaba de vida por salvar la de ella, lo que, a pesar del dolor que le provocaba, la remitió a una reveladora conclusión: la certeza de ser tan valiosa para alguien le infundió una seguridad en sí misma que desconocía. Ese no era momento de desobedecer, pensó, y se apuró a cumplir las órdenes de Aurelio, no sin antes darle un beso presuroso en la mejilla y reconocerle por primera vez los lazos de sangre que los unían.

—Gracias, abuelo —dijo al despegar sus labios de la incipiente barba gris del italiano.

El beso y la connotación fueron suficientes para que Aurelio retomara fuerzas y saliera al *deck* tras ella. Temía que alguien los interceptara, pero nadie se aparecía. ¿Sería posible que no hubiera más gente vigilándolos? Una vez afuera, vio a su nieta precipitarse hacia la escalera que conducía al piso inferior, bajar los peldaños de un jalón y desamarrar la cuerda del *tender* que la embarcación remolcaba, para jalarlo hacia ella. Sin nadie más a la vista, Sofía gritó:

—¡Ven!

Aurelio se dispuso a alcanzarla, pero, antes de que pudiera llegar a la plataforma trasera del yate, alguien empezó a dispararles desde el primer nivel del barco.

—¡Saltá! ¡Con la cuerda en la mano! —vociferó Aurelio a su nieta mientras la cubría, disparando a su vez hacia el lugar desde el que venían los balazos y desde donde le respondían el atrevimiento con más plomo.

Gracias a su recién despertado instinto de supervivencia, Sofía comprobó entonces que hay momentos en que subordinarse es la opción acertada y que más vale saberlos distinguir. Una vez que logró que el *tender* —un inflable de buen tamaño— estuviera lo bastante cerca como para subirse, se trepó en él. Inmediatamente después de hacerlo, ya se había arrepentido: «¿Cómo pude dejar a mi abuelo?», se preguntaba, pensando en él en los términos en que, estaba segura, le hubiera gustado.

El intercambio de balas entre los dos tiradores, cuya distancia entre sí era de varios metros, continuó brevemente hasta que el sicario, desde la oscuridad, consiguió herir a Aurelio en el brazo izquierdo. Un dolor profundo sacudió al italiano que, escondido tras la estructura que sostenía el *deck* superior, vaciló. Aun así, logró vencer el dolor provocado por la herida para asomarse de nuevo y disparar, alcanzando a colocar una bala en algún punto del estómago de su adversario. Por un momento se hizo el silencio. Aurelio aprovechó para arrastrarse unos metros más, viendo desfilar frente a sí muchos de los episodios que hubiera querido olvidar, antes de caer sobre la parrilla de madera del embarcadero del yate, listo para rendirse a la muerte, si se dignaba en aparecer.

Un instante le bastó a Aurelio para recibir en la piel de su rostro el fresco salpicar de las olas y hacerse de un nuevo brío. Abrió los ojos y miró la inmensidad del océano desde la plataforma de embarque del yate que continuaba moviéndose lentamente, como si nada hubiera pasado. Alcanzó a ver a Sofía alejándose en su bote a la deriva. Los gritos menguantes de la joven lo incitaban a tirarse al mar, el sitio misterioso y oscuro donde las cosas pesan menos. O pesan igual, pero no se les nota.

Su mente funcionaba en cámara lenta, trascurrieron apenas unos segundos más y llegaron los refuerzos. Dos hombres que nunca antes había visto se presentaron en el nivel intermedio del yate. Para fortuna de Aurelio, era tarde para que vieran a su nieta, cuya embarcación se había perdido diligentemente en la oscuridad. Aurelio guardaba la esperanza de que Sofía sabría arreglárselas: «debemos estar muy cerca de tierra», pensó esperanzado.

Luego calibró la situación: «Tengo una sola posibilidad para salvarme de morir a manos de matones», concluyó al percibir sus dedos mojados. El mar es una extraordinaria tumba, convino, mientras rodaba suavemente sobre su costado derecho hasta caer al agua. Una vez dentro, todo se volvió más fácil, lejano, silencioso. «¿Será que el peso corporal al contacto con el líquido ya no cuenta y eso alivia al alma de las menudencias a las que suele aferrarse?», se preguntó, desvinculándose de las últimas ataduras. Al sumergir su cuerpo entero en el agua, sintió el empuje que lo llevó hacia arriba, hacia la vida. Liberado de sus pesos, el zambullido lo llenó de sal y de una vitalidad que creía perdida. Apenas su cabeza alcanzó la superficie, buscó instintivamente a su nieta; sólo escuchó el ruido del romper de las olas y el motor del yate alejándose paulatina y lentamente en sentido opuesto. Cuando los sicarios avisaran de la fuga al resto de los tripulantes, el barco —que aún no daba marcha atrás ni cambiaba de rumbo— se detendría. Entonces regresaría a buscarlos, pero a esas alturas sería difícil que los encontrara. Movió los brazos para mantenerse a flote y recordó la sensación de contento que le daba estar en el agua.

En algún lugar, no muy lejos de ahí, había una playa. De pronto advirtió algo que hasta entonces no había considerado: sin la tierra que lo recibe, el mar no tendría el mismo sentido. Uno es el complemento del otro, el medio para llegar a ese otro; ambos se unen en un abrazo fraterno e inseparable.

Pensó entonces en los que estaban en tierra: su hijo, Gloria, Hofman, la humanidad entera. Hasta pensó en Dios y en su nombre de pila: Miedo. El Miedo. Una vida evadiéndolo para enterarse de que basta un instante de decisión para que desaparezca. Luego vino el turno de pensar en su nieta, la joven a la que en su primer encuentro había confundido con Julio, su hermano, y que se encontraba en ese mismo mar. Se la confió al océano, el amigo que, a pesar de sus traiciones, siempre lo había protegido. La imaginó remando.

No muy lejos de allí, era exactamente lo que Sofía estaba haciendo. Ella también pensaba en su abuelo y en cómo le hubiera gustado hablar más con él, haber escuchado las historias que ya no podría contarle. ¿Cómo sería su muerte? ¿Cómo habría sido su vida? ¿Cuáles habrían sido sus refugios, esos que todos necesitamos cuando la existencia arrecia en torbellinos o cuando aburre con su lentitud? La recién despertada imaginación de Sofía comenzaba ya a rellenar los huecos de la biografía de

Aurelio. En esos momentos de soledad pensó que, si llegaba a tierra, ignoraría todo lo que le molestaba. «Cuando el rumbo de la realidad no me guste, le inventaré otro, como hice con el mapa y como haré con mi abuelo», concluyó.

Aurelio, por su parte, seguía regocijándose en el recién redescubierto placer que le otorgaba estar sumergido en el mar, mientras se reconciliaba con la única patria que le quedaba: su cuerpo herido, agotado de llevarlo a cuestas. Estaba contento de no tener que cargarlo más. Se arrepintió de no haberse mojado antes, aunque fuera en las apacibles playas de Fisher Island. ¿Cómo fue a privarse de esa sensación tan renovadora?

Habría podido permanecer inmóvil y esperar a que el agua lo colmase, convenciéndolo con su languidez a dejarse ir para siempre, pero un impulso, conocido e inspirador a la vez, lo llevó a nadar con todas sus fuerzas. Nadar, aunque fuera para que la muerte lo encontrara con vida. Al morir no todos volveremos a ser polvo, Aurelio será agua. Más bien, mar.

Agradecimientos

A Marco Marcucetti, mi padre, con quien tuve oportunidad de convivir cuando ya era un pirata retirado. Después de casi veinte años de no hablarnos, durante los últimos tres de su vida me contó algunas de sus muchas aventuras, con las cuales construí esta disparatada historia.

A Adolfo Rodríguez, mi amor, le agradezco su paciencia y hasta la que no tiene.

A Ferdinando Vicentini-Orgnani, el responsable del título de esta novela y de muchas vivencias compartidas.

A todo el equipo de Grupo Editorial Planeta, y en especial modo a Doris Bravo, David Martínez, Carmina Rufrancos, Gabriel Sandoval y Carlos Ramírez, por hacerme sentir en casa de nuevo.

A Laura Lara Enríquez, mi editora de cabecera, por ayudarme a tomar las mejores decisiones en mi vida profesional, pero sobre todo por su amistad de siempre.

A Sofía Guadarrama Collado, por su generosidad y valentía, tanto en lo que concierne a lo editorial como lo personal.

A Ninfa Sada, por haberme dado su visión puntual, con respeto y cariño.

A Guillermo Bustamante, por su afecto y cobijo, literario y no literario.

A Jorge Solís y a Fernanda Álvarez, por sus certeras anotaciones y su pericia editorial.

A Antonio Aramburu, Gabriel Bauducco, Ruth Desentis, Juan Carlos García Bolavski, Beatriz Rivas, Maria Scanlan, Jacqueline Weisser, Claudia Wenzel, por sus comentarios apasionados, pero sobre todo por su lealtad y apoyo.

A Iván Ríos Gascón y José Luis Martínez, por sus consejos y amistad durante la escritura de este libro y siempre.

A Gloria y Manolito Rodríguez, Paloma y Gloria Fernández Abreu, Karla Abaunza, Astrid Bismark y a toda la «Miami connection», por inspirarme y hospedarme desde hace tantos años en mis viajes a esa ciudad.

A Miguel Barnet, Daniel Liebshon, Ignacio Lascurrain y Jay Rodríguez, la pandilla cubana, por leerme y quererme.

A Simona y Silvia del Fabbro, Michela Moro, Patrizia Baccigalupi, Laura Luciani y el clan italiano, por hacer más divertidas las visitas a mi país de origen.

A Daniela y Cristina Lobeira y Wolfghan Hahn, por compartirme su mar y su playa «La negra» en las maravillosas costas de Jalisco.

A Carolina von Humboldt, por alimentarme física (con sus artes culinarias) y emocionalmente (con sus sabias palabras).

A Carmen Ortuño por su hospitalidad, apapacho y energía contagiosas.

A los Falzoni Goullet, a los Alemán Koidl y a los Botero Zea.

A todos los jóvenes que se cortan, maltratan o perjudican de alguna de las muchas maneras disponibles, pero en especial modo a los que conozco personalmente.

Índice